美少女を上手に○○○にする方法

アナルカン
illustration◎ユキヲ

美少女文庫
FRANCE SHOIN

プロローグ 7
第一章 終わりからの始まり 10
第二章 鬼畜王復活 19
第三章 真琴とマッサージ訓練開始 60
第四章 転入生なんて関係ない 106
第五章 真琴は出しちゃう 180

第六章　真琴は堕ちてゆく　211
第七章　真琴の真実　236
第八章　城島くんの決意　256
第九章　真琴と総一郎　273
第十章　真琴と蒼維の最高の夜　309
エピローグ　361

プロローグ

地元を離れてもうすぐ一年が経とうとしている。

俺の実家はそれなりの名家で、躾が厳しく、優等生を演じざるを得なかった。だが裏では溜まった鬱憤の腹いせに、標的を見つけては潰していた。

そんなことをやっていたせいで見事受験に失敗し、滑り止めとして受けた遠方の学校に入学することとなった。

実家の両親も俺の扱いには困っていただろうからな。俺が消えてせいせいしたことだろう。

新たな土地は誰も俺のことを知らない。おかげで気楽なものだ。

これでよかったんだ。これが一番だったんだ。実家には兄貴がいるからな。兄貴さえいれば、俺なんて必要ない。

※

洗面所で顔を洗い、そのまま髪を掻き上げた。

鏡に映る性格が悪そうな男。実際心が歪みまくっている。

「ずいぶん髪が伸びたな」

濡れた前髪が水を滴らせながら目元を隠す。もう随分と髪を切っていない。以前はそれなりに短くしていたんだが、どうでもよくなってしまった。

——前髪が邪魔だろう。これを使うといい。

あの人の声が脳裏を過り、ギリッと歯を食い縛った。

向日葵《ひまわり》の花飾りがついたヘアピン。弟に花飾りのついたヘアピンを贈るなんて、何を考えているんだか。何度も捨てようと思ったが、いまだに机の引き出しの奥に押しこんである。

「本当に、何から何まで似ていない兄弟だよな」

俺は身長にも体格にも才能にも恵まれなかった。一方俺の兄である城島総一郎《きじまそういちろう》は、すべてを持って生まれてきた。

兄貴は俺より七つ年上で、名家としてそれなりに有名な城島家《うち》の跡取りだ。

高い身長と逞しい体躯。凛として精悍な美しい容姿。文に長け武に長け、およそ欠点が見当たらない完璧な人だ。そんな兄貴の最も卓越した才能は努力だろう。

温和な兄貴が唯一厳しく接する相手。それは自分自身。

天賦の才を持つ者に死に物狂いで努力されたら、凡人はおいてけぼりだ。だけど現実を知らなかった俺は、いつか兄貴に追いつけると思っていた。だが差は詰まるどころか開く一方だった。

そんな兄貴は異常なまでに俺に甘かった。溺愛、そう言えるほどに。

甘やかしてくれる兄貴が大好きだった。兄貴が行くところにはどこにでもついていった。兄貴もそれを許してくれた。本当に仲がよい兄弟だと誰もが羨むほどだった。

その一方で、親父は俺に厳しかった。今にして思えば、親父は俺を不憫《ふびん》と思っていたのかもしれない。優秀な兄と出来損ないの弟。いずれ訪れる現実を考え、だからこそ親父は俺にことさら厳しく接したのだと思う。

笑える話だ。一番厳しかった人が本当は誰よりも俺を心配してくれていたんだ。そして一番優しかった人が誰よりも残忍だった。

兄貴には理解できないだろう。兄貴の優しさが、どれだけ俺を追い詰めていたのかを。

兄貴には感謝している。俺に現実ってものを嫌と言うほど教えてくれたからな。城島総一郎の弟として生まれた時点で、俺は負け犬であり続ける運命を背負ったのだ。

第一章　終わりからの始まり

なんの変哲もない平凡で平穏でくだらない日常。

俺はずっと負け犬だったが、それでもどうにか耐えていた。兄貴の背に追いつくことなど不可能だと知りながら、それでも心のどこかで諦めきれないでいたのだろう。だが受験に失敗したことを理由に、ついに逃げ出してしまった。晴れて本当の負け犬になったたって訳だ。

もう目指すものがない。目標を失い、生きる目的も失った。そうなったらもっと心が荒《すさ》むと思っていたんだが、実際逃げてみたら、たどり着いたのは虚無だった。

何もかもがどうだっていい。そう思っていた。

あの日までは――。

※

いつものように校門を潜り抜け、そこでふわりと甘い香りが鼻をくすぐった。

視界に映るサラリと風に流れる艶やかな黒髪。初雪のように透き通った白い肌。そして——。

その瞳には見覚えがあった。

「……里中《さとなか》？」

思わず呟いてしまい、とっさに右手で口元を覆った。馬鹿な、そんなはずはない。里中がここにいる訳がない。

「え？」

立ち止まり、振り返る少女。その動きに合わせてサラリと流れる艶やかな長い黒髪。似ていない。全然似ていない。やはりただの気のせいだ。だけど——。

「す、すみません。勘違いでした」

「え？　あ、はい」

俺の言葉に首を傾げた少女は、でもにっこりと笑い、俺に向かって軽く会釈をした。そして踵を返して遠ざかってゆく。その背中とアイツの背中が重なった。

ふつふつと湧き上がるナニカ。眠っていたモノが目覚めてゆくのを感じた。

「……面白そうだ」

ニヤリと笑い、力強く足を踏み出した。

※

心が荒みきっていた頃、俺には好きにできる女がいた。気に食わないヤツラを叩き潰した時に手に入れた戦利品だ。名前は里中聖《さとなかあきら》。都合がよいという意味では最高の女だった。

母子家庭の里中は生活が貧しかった。穴が開いても新しい服を買わず、アップリケをつけていた。そんな里中の貧しさを馬鹿にしている連中がいた。ようはイジメだ。最初はそれほど酷いイジメではなく、からかって遊ぶ程度だった。だが状況が一変した。里中の母親が過労で倒れて入院したのだ。

人間とは残酷な生き物だ。弱みを見せるとそこを突く。

どれだけからかわれても耐えていた里中だが、母のことを言われると泣いてしまう。里中の肉親は母親だけ。そんな里中にとって、母親の入院はその心を折るのに十分すぎる出来事だったのだろう。

泣くのが面白かったんだろうな。それに　里中は何をされても抵抗しなかった。そんな里中なら何をしても大丈夫だと思ったのだろう。イジメはどんどんエスカレートしていった。

取るに足らないと思って放置していた俺だが、だんだん胸糞が悪くなってきた。だから里中をイジメていた連中をことごとく叩き潰した。

里中のためにやった訳じゃない。俺の胸糞を悪くさせた連中が気に食わなかっただけだ。

気がつくとそばに里中がいた。どこに行くにも俺の後ろをついてきた。邪魔だから消えろと言っても頑なに俺の後をついてきた。

肛門に指でも突っこんでやれば泣いて逃げ出すと思い、突っこんでやった。ところが里中は逃げなかった。それどころか自ら進んで俺の玩具になると言ってきた。

玩具、つまり性処理用の肉の人形だ。

使って欲しいと言うのなら、断る理由はない。しかも里中は抜きん出た美少女だった。なおさら断る理由がない。

俺から何をされても、そのすべてを里中は受け入れた。どれほど恥辱にまみれた行為を強要しても、里中は一切抵抗することなくすべてを受け入れた。

しかも里中はなかなか使えるヤツだった。面白そうな情報を仕入れ、それを俺に報告するようになったのだ。その情報収集能力は驚嘆に値するものだった。

憂さ晴らしに暴れたかった俺は、里中が持ってくる情報を使い、偉そうに踏ん反り返って弱者をいたぶる馬鹿共を次々と潰していった。

別に弱者を助けた訳じゃない。憂さを晴らすには悪者をいたぶった方がスッキリするからだ。

その頃から里中の成績が急激に伸び始めた。成績は学年でもトップクラスとなり、運動方面でも活躍するようになっていった。

いつしか里中の周りには大勢の生徒が集まるようになり、そして生徒会長にまで上り詰めた。

里中の価値が上がるほどに、その里中を独占して好き放題に辱めることで、俺は自尊心を満たすと同時に愉悦に浸ることができた。

本当にいい玩具を手に入れた。そう思っていた。

そんな生活が四年ほど続き、里中のすべてを余すことなく穢し尽くした。

だが飽きたから捨てた。

どこまでも俺についてゆくと言っていた里中は、俺が受験に失敗した進学校に見事合格した。しかも首席合格だ。

捨てておいて言うのもなんだが、飼い犬に手を噛まれた気分だ。

それが俺と里中の出会いと別れだ。

※

長い黒髪の少女、名前は小笠原真琴《おがさわらまこと》。俺と同じ二年生だ。率先して人前に出るような性格ではなく、どちらかと言えば内気。だが幼さか残る愛らしい容姿に巨乳、という男受けする要素があるため、男子生徒たちから高い評価を得ているようだ。

そんな小笠原真琴がイジメを受けているという情報を手に入れた。イジメを受けている理由は、ある男子生徒に関係している。俺や小笠原真琴と同じ二年生の佐々木達也《ささきたつや》だ。

佐々木は美形として有名であり、そのうえ身長が高く、運動神経が抜群。さらに成績も優秀で品行方正。そんな佐々木が小笠原真琴に言い寄っているらしいのだ。だが小笠原真琴は佐々木からの再三のアプローチをことごとく蹴っているのだと言う。

小笠原真琴をイジメている女子生徒たちは、それが面白くないようだ。自分たちが好きな男の告白を蹴ったからイジメるとか、いくら佐々木が完璧でも、小笠原真琴にだって好みってものがあるだろうに。

カーテンを閉めきった薄暗い部屋の中。机に向かい、両手を頭の後ろで組みながら、集めた情報を映し出しているパソコンの画面を見つめる。

少し情報を集めた程度でイジメの実態を把握できた。

惚れた女がイジメを受けているというのに、佐々木は何をやっているんだ。もし気付いていないと言うのなら、とんだ無能だと言わざるを得ない。しかもイジメの原因が佐々木だからな。笑い話にもなりゃあしない。

※

生徒たちの会話を盗み聞きして情報を集めた結果、佐々木と小笠原真琴は幼なじみであることが判明した。しかも以前は仲がよかったようだ。

でも今現在、小笠原真琴は佐々木の想いを拒んでいる。

小笠原真琴は佐々木をただの幼なじみだと思っていたが、佐々木はそうは思っていなかったということか。佐々木が恋愛感情を抱き、その想いを小笠原真琴に告げた。だが小笠原真琴は佐々木の想いに応えることができず、その想いを拒んだ、拒まれた佐々木だが、諦めきれずに現在も小笠原真琴に言い寄っている。とそんなところだろう。

逃げられると余計に追いたくなるのが人間の性《さが》だからな。とはいえ、しつこく迫れば余計に嫌われてしまうだろうに。

美形として有名な佐々木だが、俺は男には興味がないため、顔を知らない。その顔を拝んでやろうと思い、佐々木のクラスに足を運んだ。

佐々木のクラスに到着すると、扉に近寄った。とそこで教室から出てきた男子生徒とすれ違った。

驚いて振り返ると、視界に背中が映った。

似ている。あの人の背中と。

「おい佐々木！　便所なら俺も行く！」

教室内にいた男子生徒が声を上げ、俺の横を通過した男子生徒が立ち止まり、振り返る。

ドクンと鼓動が跳ねた。

佐々木、確かにそう言った。そうか、コイツが佐々木か。

色素が薄い髪は長すぎず短すぎず。顔は端整であり、凛とした男らしい美形。そして高い身長と抜群のスタイル。

似ている。あの人に似ている。

気がついたら駆け出していた。必死に廊下を走っていた。

あろうことか、佐々木は見た目もさることながら、雰囲気までもが兄貴に似ていた。

いや、兄貴のほうが身長が高いし、兄貴のほうが逞しいし、兄貴のほうが凛として精悍な美形だ。存在感も兄貴の方が遥かに上だ。能力値だって兄貴のほうがずっと上だろう。

似ているとはいえ、兄貴に比べれば佐々木など取るに足らない小物。だが似ているのは事実。だからこそ怒りがこみ上げた。

その優しさで俺を追い詰め続けた兄貴。

想いを寄せる相手がイジメに遭っていることにすら気付かない佐々木。

悪意がなければ許されるのか。

決めた。小笠原真琴は俺が堕とす。里中にそうしたように、小笠原真琴を肉の玩具にしてやる。

変わり果てた小笠原真琴を目にし、無知だった自分を呪うがいい。

その前に――。

立ち止まり、前屈みになって膝に両手をつき、息を荒らげながらニヤリと笑った。

「まずはゴミ掃除だな」

小笠原真琴をイジメている連中を排除しよう。

小笠原真琴は俺の獲物だ。その獲物に手を出すヤツは俺の敵だ。

それにゴミを掃除した方が、安心してじっくりと小笠原真琴を堕とせるからな。

第二章　鬼畜王復活

自室の机に向かい、両手を頭の後ろで組みながら、パソコンの画面を見つめる。

小笠原真琴を執拗にイジメているのは三人の女子生徒だ。

一人目は三年の露村里緒《つゆむらりお》。イジメグループのリーダー格だ。性格は傲慢で自信過剰。典型的な女王様タイプだが、佐々木のこととなると途端に猫をかぶる。

もう一人は一年の栗原美咲《くりはらみさき》。一年生だがコイツは甘く見てはいけない。三年の露村と肩を並べ、自分の地位をしっかりと確立している。狡猾と言う意味では露村以上に危険な存在だ。

そして三人目は三年の黒沢伊織《くろさわいおり》。コイツは露村の腰巾着で雑魚《ザコ》だ。

この三人に共通していること。それは佐々木に想いを寄せていることだ。

佐々木に言い寄られている小笠原真琴が気に喰わないのだろうが、小笠原真琴を潰せば佐々木を手に入れることができるとも思っているようだ。だから執拗にイジメ行為を繰り返している。

そんな三人の弱みを握ることができた。イジメの現場を記録することができたのだ。要するに証拠だ。

「しかし」

パソコンの画面に映し出されているイジメの証拠画像を見つめて呟いた。

小笠原真琴は佐々木から言い寄られているだけで、誰かに危害を加えるようなことはまったくない。それに、言い寄っているのは佐々木の意志だ。

「それなのに、よくもまあここまで非情になれるもんだな」

鬼畜王とまで呼ばれた俺だが、コイツらも負けず劣らずの鬼畜だ。

トイレ掃除と称し、小笠原真琴を全裸にさせて、雑巾で便器を拭かせる。それを見て笑い、撮影する。撮影しているのは小笠原真琴の精神を追い詰めるためと、反抗できないように脅すためだろう。全裸で便器掃除だけならまだしも、サインペンで全身に卑猥な文字を書きこんだり、便器の水を頭から掛けたり、そのうえで土下座させたり。さらに金銭まで巻き上げている。

小笠原真琴が無抵抗なのをいいことに、やりたい放題だ。

だがまあ、これだけの証拠が揃っていれば勝ったも同然だ。確実に潰すことができる。

それはそうと――。

「本当にいい体をしていやがる」

イジメの現場を撮影した訳だが、小笠原真琴はまさに極上の獲物だ。

艶やかな長い黒髪は清純で清楚な雰囲気を醸し出し、切り揃えられた前髪が幼さの残る愛らしい顔をさらに幼く思わせる。それなのに、その肉体は淫靡のひと言。

首筋や腕は細く儚く、それでいて豊満で形のいい大きな乳房と桃色で可憐な乳輪や乳首。腰はくびれ、対照的に大きく卑猥な尻。そしてむっちりとした太もも。本当にたまらない女だ。一秒でも早くその肉体を堪能したい。

※

栗色の髪と青みがかった瞳。うちの学校は髪を染めたりカラーコンタクトをつけたりするのは禁じられているが、栗原美咲は平然と着飾っている。

明らかな校則違反。それなのに教師たちは黙認している。栗原を敵に回すのが怖いらしい。なんとも情けない話だ。

そんな栗原の最大の武器は幼く愛らしい風貌。

低い身長と幼い顔立ち。加えて体の凹凸も少ない栗原は、綺麗と言うより愛くるしいといった感じだ。その見た目のおかげで少々小生意気な態度を取っても許されてしまう。しかも生意気な割に媚びを売るのが異常に上手い。

しっかりと我を通しつつも力を持つ者に取り入り、自分の地位を確保する。大胆で狡猾なヤツだ。

最初の標的は栗原に決めた。露村よりもコイツの方が厄介そうだから、最初に潰すことにしたのだ。

栗原は昼休みになると必ず小笠原真琴を呼び出す。場所は音楽室。まず栗原が音楽室に向かい、次いで小笠原真琴が向かう。そしてイジメが行われる。

狡猾だが大胆。その栗原の性格がつけ入る隙を生み出してしまった。

昼休みになり、頃合いを見計らって音楽室に向かうと、扉の隙間から室内を覗き見る。

「小笠原先輩、そこにゴミが落ちてますよ？　拾ってもらえないですか？」

室内の中心に立っている栗原は、向かい合って立つ小笠原真琴を見上げ、そう問いかけた。

一応は敬語を使っているが、その表情や態度は完全に見くだしている。

栗原の言葉を受け、ゴミを拾うためにその場にしゃがむ小笠原真琴。すると――。

「先輩って男に媚びを売るのが上手ですよね？　サラサラの黒髪で男に媚びを売って、綺麗なお顔で男に媚びを売って、無駄に大きな胸とお尻で男に媚びを売って、規則通りのスカートの丈で清純アピールですか？　ほんと、ムカつくんですよねぇ」

　クスクスと楽しそうに笑う栗原は、小笠原真琴の頭をグイグイと踏みつけ、土下座をするような格好にさせた。そしてさらに頭をグリグリと踏み躙《にじ》る。

「私に想いを寄せる男子生徒たちを、周囲はなんて言っていると思います？　ロリコンって言っているんですよ」

　笑っている栗原だが、その声には明らかに怒りを含み、土下座をしている小笠原真琴の頭を容赦なく何度も踏みつける。

　低い身長と童顔にツルペタな体型。それらを最大の武器として今の地位を築き上げた栗原だが、同時に幼い見た目にコンプレックスを持っているようだな。だからこそ清楚で清純な雰囲気を身に纏い、それでいて妖艶で卑猥な肉体《からだ》を持っている小笠原真琴が気に食わないのだろう。

「ほら先輩、今日も検査をしてあげますよ？　先輩はトイレの床や便器を平気で舐める豚じゃないですか。ギョウチュウが湧くかもしれないですからね」

　そう言って小笠原真琴の頭から右足を離した栗原は、制服のポケットに手を入れると携帯を取り出した。

顔を上げた小笠原真琴は、栗原に媚びを売るように笑った。そして床の上に膝立ちになり、両手をスカートの中に入れると、下着を降ろした。

下着を膝まで降ろし、栗原に背を向け、前屈みになって自らスカートをまくり上げ、女性器もろとも肛門をさらけ出す。さらに両手で自分の尻たぶを摑み、左右に開いた。ぱっくりと開いた薄桃色の肛門が、ヒクヒクと蠢いている。

恥ずかしいのだろう。決して人に見せてはならない不浄の穴を、自らさらけ出しているのだ。

耳まで真っ赤にさせている小笠原真琴は、涙ぐみながら下唇を噛んでいた。だが、それでも笑っていた。

あれは笑おうと思って笑っているんじゃない。長い間、笑わなければならないと思いすぎたあまり、勝手に笑ってしまうのだ。

笑えなくなった里中とは真逆だが、中身は同じ。

もうとうに限界を超えている。いつ壊れてもおかしくない。いや、もう壊れているかもしれない。

「きゃはははは！　自分からお尻の穴を開いて恥ずかしくないんですかぁ？　あ、そっか、トイレの床や便器を平気で舐める豚ですもんねぇ？　豚が恥ずかしいわけないですよねぇ？」

小笠原真琴の哀れな姿を目にし、盛大に笑って好き放題に罵倒した栗原は、携帯で撮影を行う。

自ら開いた肛門を撮影されるという屈辱と恥辱。そうやって小笠原真琴の心を追い詰め、同時に脅しの材料を手に入れる。なかなかにえげつないやり方だ。

「ああ、そうそう、露村先輩が言ってましたけど、そろそろ男と遊んでもらうそうですよ？　なるべく汚い脂ぎったおっさんがいいって言ってました。よかったですね、人間から相手にしてもらえますよ？　きゃはははははははは！」

撮影しつつ、いかにも馬鹿そうな笑い声を上げる栗原。

そろそろ男と遊ばせる、か。

これまでのイジメは女だけで行われていた。だがどうやら一線を越えるつもりのようだな。

もう時間がない。

栗原、悪いがパパッと潰させてもらうぞ。

※

翌日、小笠原真琴の靴箱の中に手紙を忍ばせた。差し出し人は栗原。昼休みに校舎裏に来い、と書いておいた。

もし小笠原真琴が栗原に確認すれば、手紙が偽装であることがすぐにバレてしまう。だが小笠原真琴は栗原には確認せずに手紙の指示に従うだろう。手紙が偽装だなどと思いもしないはずだ。

予想通り、小笠原真琴は栗原に確認することなく、昼休みになると校舎裏に向かった。そして何も知らない栗原は、いつものように音楽室へとやって来た。

さて、では始めるか。

用意しておいたマスクをかぶる。片目に巻かれた包帯には血が滲み、もう片方の目は赤く染まり、そして牙を剥き出している不気味なクマのマスクだ。

小笠原真琴が室内に入ってきたと思ったのだろう。声を上げて振り返った栗原は、

「先輩、遅いじゃ……へ？」

俺を見て目を点にさせた。当然だ。小笠原真琴が来ると信じて疑っていないところへ、不気味なクマのマスクをかぶった男が突然入ってきたのだ。

呆然と立ち尽くしている栗原に足早に近寄り、制服のポケットに手を入れると、大量の写真を取り出して室内にバラ撒いた。小笠原真琴をイジメている証拠写真だ。しかもその他に、栗原が万引きを行っている証拠写真や、他の生徒を恐喝して金品を奪っている証拠写真など。まさに栗原の悪事の展覧会だ。

バラ撒かれた写真を目にしてギョッとした栗原は固まってしまった。突然のことでパニックに陥っているのだろう。そんな栗原との距離を一気に詰めると、胸元を掴み上げて足を払い、床に投げ倒した。

「あぐっ」

抵抗すらできずに床に叩きつけられた栗原が呻きを上げる。そんな栗原を手早くうつ伏せにすると、すかさずその背に馬乗りになった。そして頭を床に押しつけた。

「わ、私にこんなことをしたら、どうなるかわかってるの？」

許しを乞うどころか挑発してくる栗原。この状況で虚勢を張れるとは大したものだ。退いたら終わりだとわかっているのだろう。だが声が震えているぞ。それと駆け引きは無意味だ。俺はお前を脅す気も交渉する気もサラサラない。俺はお前を潰しに来たんだからな。

ポケットからメモ帳を取り出すとページを捲り、それを栗原に見せた。

――お前を潰す。

それを目にした栗原が瞳を泳がせた。そして――。

「は、話を聞いてください！　私は無理やりイジメに加担させられていたんです！　万引きも無理やりやらされていたんです！　本当です！　信じてください！　私も被害者なんです！」

　高圧的な態度から一転し、すかさず許しを乞う栗原。ほう、機転の速さとセンスが抜群だな。ハッタリが通じない相手と見るや瞬時に態度を変えるとは。これができるヤツはそうはいない。まあ、俺には通用しないがな。

　昼休みの今、学校には大勢の生徒がいる。だが、くく、場所が最悪だよなあ。ここは滅多に使われない第二音楽室。それを見越してここで小笠原真琴をイジメていたんだろう？

「む、無理やりイジメに加担させられていた私に酷いことをしたら、それは無実の者に手を出したことになりますよ！　今ならまだ間に合います！　私は決して誰にも言いません！　いいえ、全力であなたの力になります！　だから――」

　必死にまくし立てる栗原に、メモ帳を見せた。

――助かりたいなら大声で叫べ。人が来ても俺は困らない。

　それを目にした栗原は黙ってしまった。

　何を言おうが証拠は揃っている。そして現状を見られて困るのは栗原だ。なにせ栗原の悪事を写した証拠写真が床に散乱しているんだからな。助けなど絶対に呼べないだろう。それどころか、誰も来ないで欲しいと祈るしかない状況だ。

　顔を青ざめさせて瞳を揺らし、唇を震わせる栗原。おいおい、諦めずに頑張れよ。お前を潰すために何日徹夜したと思っているんだ。

「お、お願いします。なんでもしますから……」

とにかく現在の状況を打破しなければと思ったのだろう。たとえ口から出まかせでも、栗原は言ってはならないことを言ってしまった。

なんでもする、と。

言われなくてもなんでもする気だったが、合意をもらってしまった。なら今から行うことは、すべて栗原の合意の元での行為ってことだ。

栗原の髪を乱暴に掴み、顔面を床にグイッと押しつけた。

「あぐっ」

小笠原真琴に散々やってきたことをやられ、呻きを上げた栗原が嗚咽を漏らし始めた。あらら、泣いちゃったよ。

おい栗原、小笠原真琴は笑っていたぞ。それなのにお前ときたら。

栗原の背に馬乗りになったまま反転し、尻の方を向いた。そしてスカートを捲り上げると無理やり下着をズリ下げた。

「いや！　いやあああああ！　やめて！　お願いだからやめてください！　なんでもするからああああああああ！」

なんでもすると言いながら抵抗しようとする栗原。コイツは馬鹿か。授業で矛盾という言葉を習わなかったのか？

泣き叫びながら暴れる栗原だが、うつ伏せの状態で背に馬乗りになられているのだ。体が小さい栗原にどうにかできる状態じゃない。

暴れる栗原を無視し、制服のポケットに手を入れると小箱を取り出した。中身は浣腸だ。

小箱を開けて浣腸を取り出し、注入口のキャップを外す。そして細く長い注入口を容赦なく栗原の肛門に突き挿し、薬液を一気に注入した。

「いやあああああ！　いやああああああああああああ！」

栗原の悲痛な叫びが虚しく響き渡る。

空になった器を放り投げ、ポケットから新たな小箱を取り出す。一つだけじゃあ足りないだろ？

同じ手順で二つ目を注入。さらに三つ目、四つ目、五つ目、六つ目、七つ目——。

「あ……あぐ……あ……ひう……」

全部で十個の浣腸を注入された栗原は、悲鳴を上げることすらできなくなっていた。

「お、おねが……せ、背中から降りて……降りてください……」

ただでさえ苦しいだろうに、背中に馬乗りになられているのだ。下腹部が床に押しつけられ、圧迫されている状態。そりゃあつらいだろう。今にも出ちゃいそうだろう。なら出しちゃえよ。

栗原が気持ちよく出せるように、背中を両手でググッと押してあげた。それにより、栗原の下腹部が床に押しつけられる。

「ひっ⁉　あっ⁉　あが⁉　かはっ⁉　ひぐっ⁉」

悲痛な呻きを上げる栗原だが必死に肛門を締めている。まだ出さないか。ならもっと押してあげないと。そう思い、栗原の背中を両手でグイッグイッと強く押した。

「ふぐううううううっ、うぐううううううううっ、んおおおおおおおおっ」

栗原の呻きの質が変わった。異常なまでの脂汗を浮き出し、ブルブルと震えながら全身を硬直させている。そんな栗原の小さな肛門がプックリと盛り上がってきた。

「ゆ、ゆるじでっ、ゆるじでぐだざ――んぎいいいいいいいいいいいいっ」

くぐもった悲鳴を上げた栗原の肛門から、ブビュッと音を立てて薬液が噴き出した。

それでもどうにかギュギュッと肛門を締めて耐えている。

「も、もうだめっ。出ちゃうっ。出ちゃう出ちゃう出ちゃううううううっ」

大量に浣腸されたうえに下腹部を容赦なく圧迫され、叫びながら身悶える栗原だが、その動きがピタリと止まった。

「あああああああああああああああああああああああっ」

絶叫と共に肛門がムリムリと盛り上がり、次の瞬間――。

「いやああああああああああああああああああああああっ」

栗原の絶叫と共にグバッと開いた肛門からブビュビュビュッと勢いよく薬液が噴出した。

あーあ、やっちゃった。

一度出始めてしまうと、もうどうしようもない。

悲痛な叫びと汚い排泄音が響き渡るなか、薬液が噴き出る様子を撮影した。

一年生で最も可愛いと評判の美少女。大勢の友人に囲まれ、さぞやチヤホヤされて生きてきたことだろう。それに教師たちすら注意できないほどの権力を持っていたんだ。自分は特別だと思っていたに違いない。そんなプライドの塊のような女が、無理やり浣腸を施され、排泄という恥ずべき行為を撮影されたのだ。その心はズタボロだろう。

「あ……ああ……そ、そんな……こんな……ひどい……」

だいたい出し終わった栗原は、時折ブビュッと肛門から音を出しむせび泣いている。

振り返り、栗原の髪を掴むとグイッと持ち上げ、その顔を撮影した。そして栗原にメモ帳を見せた。

——笑えよ。

それを目にした栗原は、頬に涙を伝わせた。そして瞳から光が消えた。

ようやく理解できたか？　俺はお前を許す気なんてないってことを。

――笑えよ。

そう書かれたメモ帳を顔に押しつける。

――笑えよ。

髪を摑み、押しつけたメモ帳でグリグリと顔を嬲《なぶ》る。

「あ、あは、あはは……あはははは」

頬に涙を伝わせ、光を失った瞳で笑う栗原。その乾いた笑い声が虚しく響く。

さすがの俺も、なんだかちょっと可哀想になってきた。苦しいのはこれくらいで止めるか。

そう思ってポケットから取り出したのはアルミチューブ。相当なドマゾに使う特殊な塗布剤だ。効果は塗った個所に耐えがたい痒みを発生させる。そのチューブのキャップを外し、先端を栗原の肛門に突き挿した。

「ひぐっ」

ビクッと震えて呻きを上げる栗原。

「お、お願いっ、お願いしますっ！　なんでもしますから、もう浣腸はやめてっ！」

瞳から光が消え失せていた栗原だが、また浣腸をされると思ったのだろう。必死に許しを乞うている。安心しろ、これは浣腸なんて甘いものじゃない。

肛門に突き挿したチューブの中身を穴の内部に惜しみなく注入してやった。

ああ、これはマジでシャレにならないぞ。

振り返って栗原を見ると、怯えたように震えている。もうちょっと面白い相手だと思っていたんだがな。

「あ」

ピクンと震えた栗原がかすかに声を上げた。

「か、痒い」

続いてポツリと呟いた。もう効いてきたか。この塗布剤、効果が凄いうえに即効性で、持続性もヤバいんだよ。

「痒い！　痒い痒い痒い！　痒いの！　痒いのお！」

両足をバタつかせ、両手で床を叩きながら叫ぶ栗原。こうなってしまったら、効果が切れるまで必死に耐えるか、痒みを発する場所を掻くしかない。

「痒い痒い痒い痒い痒い痒い痒い痒い痒い痒い痒い痒い！」

響く絶叫。必死に暴れる栗原の全身は紅潮し、大量の汗を吹き出している。

「いやあああああ！　痒い！　痒いの！　痒くてたまらないのおおおおお！」

痒くて気が狂いそうなのだろう。一心不乱に叫ぶ栗原は、水泳のバタ足の如く両足をバタつかせ、相撲の張り手の如くビタンビタンと両手で床を叩いている。

待ってろ。今楽にしてやるから。

用意しておいたアナル用のバイブを右手に持ち、バイブの挿入部分に塗布剤をたっぷりと塗りこむと、その先端を栗原の肛門に宛がった。

このアナルバイブは初心者用だが、指すら入れたことがないのなら、十分すぎる凶器だ。いきなり突き挿せば肛門が馬鹿になってしまうかもしれない。が、コイツのアナルを使う予定はないため、どうなろうと知ったこっちゃない。それに、まあ、多少穴が馬鹿になっても、おむつを穿けば大丈夫だ。

そう思いつつ、バイブの取っ手を両手で握りしめ、グイッと力をこめた。

ズボッと突き挿さったバイブがムリムリと肛門を広げながらズルルルッと奥へ侵入してゆく。

「あああああああああああああああああああああああああああっ♡」

その絶叫には確かな悦びが含まれていた。

普通なら痛みしか感じないだろうが、今の栗原は痛みなどどうでもいいのだろう。バイブが擦れることによって痒みが解消され、それと同時に得られる絶大な快感。

「んぎもぢいいいいいいっ♡　か、掻いて！　もっと掻いて！　激しく掻いて！　お尻の穴を掻いて欲しいのおおおおおおおおおおおおおおおおっ♡」

痒みが解消されることによって得られる快感を知ってしまった栗原は、肛門を引っ掻き回して欲しいと訴えてきた。

悪いがお前程度の女のためにサービスをする気なんて微塵もないんだよ。

アナルバイブを突き挿した状態で手を離すと、その場に立ち上がった。そしてメモ帳をペラペラと捲り、開いたページを栗原に見せた。

——自分でやれ。

そうメモ帳には書かれているのだが——。

メモ帳には目もくれず、四つん這いになって右手を背後に回した栗原は、その右手でバイブの取っ手を摑み、自らバイブをズボズボと抜き差しし始めた。

「んあああああああっ♡　ぎもぢよすぎてバカになるうううううううぅ♡」

白目を剝いて舌を突き出し、だらしなく涎を垂らす栗原が悦びの絶叫を上げる。

あーあ、まったく拡張していないのにそんなに激しくズボズボしちゃって。その穴はもうダメだな。

「んああああああああっ♡　ぎもぢいいっ♡　ぎもぢいいっ♡　ぎもぢいいっ♡　ぎもぢよすぎてズボズボやめられないのぉぉぉぉおおおおおおおおおっ♡」

だらしなく涎を垂らしてアヘ顔を晒している栗原は、痒みが解消されることで得られる絶大な快感によがり狂い、小便まで噴き出してしまった。

そんな栗原をバッチリと撮影し、後は栗原に任せることにして音楽室を立ち去った。

※

さて、残るは露村と黒沢か。できれば今日中に片付けたいところだ。

黒沢は雑魚だから後回しにするとして、次は露村だな。

朝の時点で露村の靴箱の中に手紙を忍ばせておいた。佐々木から露村に宛てられた手紙だ。当然俺が書いたものだが。

手紙の内容は大したことがない。多くの生徒から信頼されている露村先輩に相談したいことがある、といった内容だ。下手にラブレターのような内容にするよりもリアルだろう。

露村に指定した時刻は午後六時。場所は学校から多少離れた人気《ひとけ》のない公園だ。

すべての授業が終わって放課後になり、露村と待ち合わせている公園へと向かった。

公園の茂みの中に隠れ、もう何度目になるか携帯の時計を確認する。

時刻は午後五時十五分。待ち合わせの時刻まであと四十五分。ただ待っていると言うのも暇だ。と思っていたら、公園内に純白のワンピースを着た少女が駆けこんできた。

露村だ。暇で暇で仕方がなかったから早く来てくれて助かったが、ちょっと早すぎないか？　それほど舞い上がっているということか。しかも服装を見る限り、一度家に帰ってめかしこんできたようだ。

息を切らせながら公園内をうろついた露村は、俺が隠れている茂みの前に設置されたベンチに座った。そして落ち着かない様子でソワソワしている。

ふわりと漂ってくる甘い匂い。香水のような強烈な匂いではなく、仄かだが確実に甘い香りだ。

相談があるってだけなのに、きっと風呂に入って全身を丹念に洗い、無駄毛の処理とかもしたんだろうな。あと勝負下着とか。

露村、今どんな気持ちだ？　胸が張り裂けそうなほどにドキドキと高鳴っているのか？　小笠原真琴を散々嬲り尽くし、見も知らぬ男に抱かせる計画まで立てて、自分は甘酸っぱい青春を謳歌するのか？　ダメだよ露村、お前はこっち側の人間だろ？　俺と同じ鬼畜で最低なクズだろ？　なら佐々木のことなんか忘れて、同類の俺と楽しく遊ぼうぜ。

ソワソワしながら数秒おきに時間を確認している露村。時刻は午後六時十五分。露村がここに来てから一時間が経過したことになる。

俺が待ち望んだ時は予想よりも随分と早く訪れた。ベンチに座っている露村が明らかに変調をきたしたのだ。

終始ソワソワしていた露村は、何度も軽く腰を浮かせたり、軽く体を揺すったりしている。さらに数分が経過し、ついに貧乏揺すりを始めた。間違いない。露村は尿意に駆られている。

佐々木から呼び出しを受け、きっと緊張で水分を多く摂取したことだろう。それに緊張自体が尿意を促すからな。さらに佐々木がいつ来るかわからないため、ベンチから離れる訳にもいかない。そうなるとトイレに行けない。それがなおさら尿意を促してしまう。

さあどうする露村。おっと、公園内に公衆トイレがあるじゃないか。だいぶ薄汚れているが、コンビニに行くよりずっと近いぞ。どうする？　選ぶのはお前だ。

時間が過ぎるほどに露村の貧乏揺すりが激しくなってゆく。

現在時刻は午後六時二十分。もうちょっと待てば佐々木が来るかもしれない時間帯。そんな時に露村は限界を迎えようとしていた。

「うう！　ううう！　うううう！」

激しく貧乏ゆすりをして呻きを上げる露村は、何度も何度も時間を確認し、そして――。

「ああもうダメ！」

跳ねるように立ち上がった露村は、迷わず公衆トイレの方へと向かって駆け出した。

はいはい、脚本通り、っと。

ニヤリと笑って茂みから出ると、道具が詰まったバッグを肩にかけ、公衆トイレへと向かって歩き出した。

この公園の公衆トイレは汚い。外観を見ただけで汚いとわかるほどだ。露村が限界まで我慢したのは、そんな汚いトイレを使いたくないと言う想いもあっただろう。それほどに汚い。ちなみに中はもっと汚い。そこへ露村は迷わず駆けこんだ。

「か、鍵が、鍵が壊れてる！」

聞こえる悲痛な声に思わず噴き出してしまった。そう、このトイレの個室の扉は鍵が壊れているんだよ。

「うう！　ううう！　うううう！」

ガタガタと音を立てながら呻きを上げる露村。

トイレの中に入り、一応閉まっている個室の扉の前に立った。

鍵が壊れていてもやるしかないだろうなあ。もうコンビニに行く余裕はないだろうし、野ションをするくらいなら鍵が壊れていても個室の方がマシだろう。

しばらく待っていたら、ガタガタという音が消えた。そして――。

「ふぅ、ふぅ、ふぅ……はぁぁぁ」

聞こえる荒い息づかい。次いでシュルルルルッと水音が響き、同時に長いため息が聞こえた。それを合図に不気味なクマのマスクをかぶった俺は、デジカメを構えると個室の扉をグイッと押した。多少の抵抗はあったものの、内開きの扉がギィッと開く。

「え!? え!? え!?」

扉を手で押さえながら用を足していたであろう露村は、無理やり開けられた扉に困惑したのだろう。何度も声を上げた。そして――。

「あ、開けないでよ！ 入ってるわよ！ 鍵が壊れてるのよ！」

必死に扉を押し返しながら怒声を上げているが、シュルシュルと排尿する音を響かせながら怒ってもマヌケなだけだ。しかもしゃがんで小便を垂れながら扉を押さえている露村と、両手で扉を押せる俺とでは勝敗がわかりきっている。

無情にも扉は開かれ、その扉がドンッと露村に当たった。

「きゃあ！」

悲鳴を上げ、バランスを崩した露村が、穢れた床に尻餅をついた。それでもシュルシュルと響き続ける水音。限界まで我慢したせいで放尿が止まらないらしい。

「い、いや！ 見ないで！ 見ないでよ！」

悲鳴を上げながら両手で股間を押さえる露村。尻餅をついたことで、噴き出す小便は便器に入らず、床を濡らしてゆく。それが純白のワンピースを穢してゆく。

「なんで撮影してるの！ なんなのよあなたは！」

俺がデジカメを持っていることに気付いた様子の露村が怒声を上げた。

おお、イキがいいな。放尿シーンを撮影されても突っかかってくるとは。ならこれでどうだ。

撮影を続けながらバッグから大量の写真を取り出し、それを露村に向かって投げつけた。

写真の束が露村に当たり、バラバラと散らばる。

キッと俺を睨んだ露村だが、視界に写真が入ったのだろう。目を見開き、一瞬で顔を青ざめさせた。

率先して小笠原真琴をイジメていたお前は、間違いなく主犯格だ。そしてその証拠もバッチリと記録させてもらった。何をどう言い繕おうと、この写真の山があればいつでもお前を潰すことができる。それでもまだ虚勢を張れるか？　できれば抵抗して欲しい。その方が楽しめるからな。

「な、何が目的なの……」

ようやく排尿が終わった露村は、震える声で問いかけてきた。

軽くウェーブがかかった長い髪と、気が強そうな吊り目がちの瞳。そして目を見張るほどの巨乳。卑猥を通り越してだらしないとすら言えるほどだ。

露村は我が校でも五指に入る美少女だと言われている。まあ、巨乳補正もあるだろうが。そんな巨乳美少女が放尿している最中に男が押し入ってきた。なら体が目当てだと思うだろうな。もしそう思っているのなら、それは自意識過剰だ。俺はお前のような低俗な女の体に興味はない。単にお前を潰したいだけだ。

――すべてはお前次第だ。

そう書かれたメモ帳を露村に見せると、露村は目の色を変えた。メモ帳の文字を読み、まだ助かる道が残されていると思ったのだろう。

肩に提げているバッグから小箱を取り出し、その小箱を露村に向かって放り投げた。放物線を描いた小箱は、露村の無駄にデカい胸に当たって床に落ちた。

「ど、どういうこと?」

床に落ちた小箱を見て、そして俺を見上げて問いかけてくる露村。

ペラリとメモ帳のページを捲り、それを露村に見せた。

――小箱の中身は浣腸だ。この場で浣腸をして、そして排泄する姿を撮影させてくれたら許してやる。

そう書かれたメモ帳を目にした露村は、ギロリと俺を睨んだ。その目は、誰がそんなことをやるものか、と無言で訴えかけていた。

そうか、小笠原真琴を散々嬲っておきながら、自分は嫌か。まあそれもそうだよな。ならば仕方がない。諦めよう。

ため息交じりにメモ帳のページを捲り、それを露村に見せる。

——お前には負けたよ。もう何も強要しない。

そう書かれたメモ帳を見た露村の顔が綻んだ。そんな露村を見ながらページを捲る。

——証拠をすべて暴露して、それで終わりにするよ。

そう書かれたメモ帳を目にした露村の顔が一瞬で青ざめ、引き攣った。

栗原の時と違ってあえてチャンスを与えてやった。そのチャンスを蹴ったのだから、お前はもう本当に終わりだ。

「ま、待って！」

個室から響く声。その声を無視して公衆トイレから出た。

「待って！　お願いだから待って！」

さらに響く声。そして——。

「きゃあっ」

ガタンと何かがぶつかるような音と共に悲鳴が聞こえた。振り返ると露村がトイレの床に倒れていた。

放尿の真っ最中に個室の扉を開けたんだ。露村は下着を膝まで降ろしていたからな。焦ってそのまま俺を追いかけようとして、下着に足を取られて転んだのだろう。そんな露村を一瞥し、公衆トイレを後にした。

公園の入り口付近まで来ると、背後から荒い息づかいと足音が聞こえた。

振り向きもせずに公園を出ると、背後から腕を摑まれた。そこでやっと振り返り、腕を摑んでいる露村を見た。

「お願い待って！　私の話を――」

蒼白な顔で悲鳴染みた声を上げた露村だが、その手を振り払うと歩き出した。チャンスは与えた。そのチャンスを潰したのはお前だ。

「待って！　お願いだからちょっと待ってよ！　話くらい聞いてくれたっていいじゃない！」

俺に無視され、逆ギレする露村。当然露村を無視して歩いた。

不気味なクマのマスクをかぶっているため、なるべく人気《ひとけ》のない道を歩いて目的地を目指す。ルートは確認済みだ。この道はほとんど人が通らない。

「はぁ、はぁ、はぁ、はぁ」

背後から聞こえる荒い息づかい。純白のワンピースを自分の小便で汚した姿のまま、必死に俺を追いかけてくる露村。

「お、お願い。うう、ひっく。お願いだから話だけでも聞いてください……」

逆ギレしていた露村だったが、俺の意志が固いことを悟ったのだろう。泣き出してしまった。そんな露村を無視してしばらく歩いていると、目的の物が見えてきた。郵便ポストだ。

迷わず郵便ポストに向かい、ポストの前で立ち止まると、肩に提げているバッグから大きな封筒を取り出した。

「ちょ、ちょっと！」

見ただけで気付いたのだろう。封筒の中にはイジメの証拠写真が入れられていることを。そしてそれをどこかに送ろうとしていることを。

どこか。それは送られると露村の人生が終わってしまう場所、と露村は思っただろう。だが封筒の中身は雑誌だ。そして宛先はマンションの俺の部屋だ。

「あっ」

響く小さな悲鳴。

露村を完全に無視し、封筒を郵便ポストに投函してやったのだ。

「ああああ！　ああああああああああ！」

狂ったように叫び声を上げた露村は、ポストの投入口に手を突っこんだ。だがそんなことをしても封筒を取り出せるはずもない。ポストを揺すっても叩いても、コンクリートの基礎に立てられた鉄製の支柱はビクともしない。投函したら終わりだ。

バッグから新たな封筒を取り出すと、それを見た露村が跳びつくように俺に抱きついてきた。

「お願いだからやめて！　なんでもする！　本当になんでもしますからそれだけは許

して！」

　恥も外聞もかなぐり捨てて、俺に懇願してくる露村。お前は小笠原真琴を徹底的にいたぶり尽し、その心を破壊しようとした。実際、小笠原真琴の心はもう取り返しがつかないほどに壊れているかもしれない。

　お前は小笠原真琴を可哀想だと思ったか？　俺はお前を可哀想だとは思わない。じゃあどう思っているのか。答えは、お前がどうなろうが知ったことじゃない、だ。

　封筒は無情にもポストの中へストンと落ちた。

「……う、嘘、そんな……ひどい」

　俺の右腕を両手で掴んでいる露村は、ポツリと呟くと、両手からフッと力を抜いた。そしてビルを爆破したようにストンと垂直に崩れ落ちた。

　終わった。そう思って絶望したのだろう。いやいや、まだ終わっていないぞ。

　バッグの中から次々と封筒を取り出した俺は、それらをポストに投函しようとした。

「ああああああああああああああああああああ！」

　絶望していた露村は、見事復活を遂げた。

「なんでもする！　なんでもしますからもう許してください！　本当になんでもしますから！」

　叫びながら立ち上がろうとする露村だが、一度絶望したせいで腰が抜けてしまったのだろう。立ち上がることができず、代わりに俺の足に縋りついてきた。そんな露村を蹴り払い、メモ帳を見せた。

——じゃあ脱げ。ここで全裸になってオナニーをしろ。

それを見た露村は固まってしまった。その隙に封筒を次々とポストに投函する。

「やめてぇぇぇえええええええええええええええ！」

絶叫を上げた露村は、俺の足に縋りついた。が、俺が封筒の投函をやめるはずもない。

浣腸で一回、全裸オナニーで一回、計二回もチャンスを与えてやったのに、それを蹴っておいて、やめてはないだろう。

封筒は全部で五十通ほど作った。その内、すでに二十通ほど投函してしまった。明日、大量の封筒がマンションの俺の郵便受けに届く訳だ。

叫んでも懇願しても投函をやめない俺に、露村は両手をワンピースにかけた。そして脱ぎ捨てた。だがまだだ。まだ下着が残っている。

——投函済みの封筒に入れた写真には顔が映っていない。顔が映っている写真を入れてあるのはこの封筒だ。

そう書かれたメモ帳を見せると、へらっと媚びた笑みを浮かべた露村は、両手を後ろに回してブラジャーのホックを外した。そしてへらへらと笑いながら全裸になった。

一線を越えたな。

絶望のドン底から希望を与えられた露村は、もはや傀儡だ。もしわずかでも俺の気分を害せば、俺は容赦なく封筒を投函する。そう身に染みて覚えただろうからな。

そう思ってポストから離れると、次の目的地へと向かうことにした。

静まり返った周囲に響くペタペタという足音。すべてを脱ぎ捨てた露村は、本当に生まれたままの姿で俺の後をついてくる。

人が通らないことは確認済みだが、絶対じゃない。それにこの道は人が滅多に通らないことを露村は知らない。

立ち止まると振り返り、露村にメモ帳を見せた。

——胸を隠すのは人間だけだ。

それを見た露村は、へらっと笑うと胸を覆っていた両腕を離した。

露わになった巨乳がたゆんと揺れる。

だらしないほどの巨乳は乳輪もデカい。乳首もかなり大き目だ。まさに牝豚だな。

しっかりと乳房を露出したことを確認し、また歩き出した。その俺に続き、背後からペタペタという足音が響いてくる。

しばらく歩き、到着したのはコンビニの跡地。人通りがほとんどないせいで潰れてしまったのだろう。新たなテナントが入る様子もなく、かなり荒れている。

そんなコンビニの跡地へと入り、駐車場の中心に立つと、バッグの中から懐中電灯を三つ取り出した。そして灯りを点けるとそれぞれの場所にセットした。

三方向から照らされた中心に立っているのは全裸の露村。周囲は闇。だからこそライトアップされた露村がよく見える。逆に俺の姿は闇に紛れて見えないだろう。

顔を引き攣らせながらへらへらと笑っている露村は、両手を後ろに組んで乳房を曝け出している。そんな露村に近寄ると、バッグの中から洗濯バサミを取り出し、露村のだらしない乳首に取りつけた。

「ひぎぃっ」

洗濯バサミで乳首を挟まれ、悲鳴を上げて巨乳をブルンブルンと揺らす露村。そんな哀れで情けない光景を眺めつつ、バッグの中から巨大な注射器を取り出し、露村に差し出した。

ビクッと震え、急いで注射器を受け取った露村は、おろおろしながら俺を見た。注射器を何に使うのか理解できないのだろう。そんな露村にメモ帳を見せた。

——浣腸。

その二文字で理解できたはずだ。

巨大な注射器には大量の水が入っていて、先端にはゴムチューブがついている。使い方は説明しなくてもわかるだろう。

瞳を揺らした露村は、俺を見てへらっと笑うと、ゴムチューブの端を持ち、それを背後に回した。焦っているうえに慣れないせいで、ゴムチューブの先端が肛門になかなか入らないらしい。巨乳をブルンブルンと揺らしながら体を揺すっていた露村は、足を開くと前屈みになり、グッと尻を突き出した。

「んぐっ」

顔をしかめて呻きを漏らす露村。どうにか入ったのか、顔を真っ赤にさせて息を荒らげている。そしてチラリと俺を見た。そんな露村にメモ帳を見せる。

――全部注入しろ。

そう書かれたメモ帳を見た露村は、三リットルもの水が入っている注射器の押子《おしこ》に右手を添え、その右手にグッと力をこめ、注入を開始した。

「う、く、うう、ううう……」

顔をしかめ、呻きを漏らし、泣きながらゆっくりと水を注入し続ける露村。冷たい水が腸内に流れこんでくる不快感に襲われていることだろう。

「はぁ、はぁ、はぁ、はぁ」

大量の汗を吹き出している露村は、余裕のない表情で息を荒らげ、必死に押子を押す。気持ち的には水をすべて注入するつもりなのだろうが、まあ、厳しいだろうな。初心者が三リットルもの水を注入するのは無理だろう。

「はぁ、はぁ、はぁ、はぁ」

息を荒らげながら、グッ、ググッと押子を押す露村だが、押子が戻ってしまう。もう限界のようだ。

涙目で俺を見る露村。そんな露村を黙って見守る。

へらっと笑った露村は、ギリッと歯を食い縛り、ブルブルと震えながらググッと押子を押した。

押しても戻っていた押子が、ググッと押されてゆく。それにより、それまでほとんど膨らんでいなかった下腹部が、まるで妊婦のように膨らみ始めた。おお、本気になった人間って凄いな。

「ひぎっ」

唐突に白目を剝いて悲鳴を上げた露村は、注射器を手放すと両手を背後に回した。それと同時にブビュッと水音が聞こえた。

白目を剝いて涎を垂らし、ガチガチと歯を鳴らしている露村は、全身を燃えるように紅潮させ、異常な量の汗を吹き出し、内股になってブルブルと震えている。そんな露村にデジカメを向け、撮影を開始した。きっといい思い出になるぞ。

ブビュッ、ブビュビュッ、と断続的に響く排泄音。そのたびに呻きを上げる露村は、両手で強引に尻たぶを締める。だが音の間隔が次第に狭くなり、そして――。

「ああああああああああああああああああああっ！」

獣のような雄叫びと共に、ブバババババッとまるでジェット噴射のように肛門から勢いよく水が噴き出した。

「んぉぉぉおおおおおおおおおおおおおおおっ♡」

響く絶叫に甘さが混じる。限界を超える限界からの大量排泄。その解放感が快感を生み出しているのだろう。

肛門からジェットのように水を噴き出し、アヘ顔を晒す露村。その光景をしっかりと撮影した。

よし、これくらいでいいか。後は最後に雑魚を始末して終わりだな。

はぁ、徹夜続きでクソ眠い。早く帰って爆睡したい。

※

安物の黒いワンピースを着ている露村。その顔はへらへらと笑っている。露村が着ているワンピースは、あらかじめ俺が用意しておいた物だ。

闇の中、煌々と光り輝くコンビニの看板。その駐車場に立っている露村と、その露村を離れた場所から監視している俺。

しばらくすると少女が走ってきた。

普段は降ろしているボブカットの黒髪を後ろで結い、黒いカーディガンにスキニーのパンツという出で立ちの少女。黒沢だ。

今日中にすべてのケリをつけるため、露村に黒沢を呼び出させたのだ。

まだ何も知らない黒沢だが、始まる前から終わっている。露村の腰巾着である黒沢は、露村が壊れた時点で終わりが確定しているのだ。

息を荒らげながら露村の前に立った黒沢は、愛想笑いを浮かべながら露村に話しかける。だがへらへらと笑うだけで何も答えない露村は、まるで糸に引かれるようにフラフラと歩き出した。

首を傾げた黒沢は、露村を呼びながら追いかける。そんな二人の後を追った。

露村が向かったのは最初の公園だ。黒沢に何を聞かれてもへらへらと笑うだけで何も答えない露村は、公園内に入ると、そのまままっすぐ公衆トイレに向かった。

「つ、露村さん？　なんだか変だよ？　どうかしたの？」

薄汚い公衆トイレに入ったことで、さすがに怖くなったのか、しきりに露村に声をかける黒沢。そんな黒沢を無視し、おもむろに黒いワンピースを脱いで全裸になった露村は、用意してあった巨大な注射器を手に取った。

「つ、露村さん⁉　ねえ露村さん⁉　なんなのいったい⁉」

突然の異常事態に動揺し、混乱し、狼狽する黒沢。そんな黒沢が選択したのは――。

「ひっ」

振り返り、駆け出そうとした黒沢だが、入り口に立っている俺を見て小さな悲鳴を上げた。

「だ、誰か――」

叫ぼうとした黒沢だが、俺がピラリと見せた写真に固まった。

それは、地面に転がっている小笠原真琴の腹を嬉々として蹴っている黒沢の写真。

露村の腰巾着である黒沢は、誰かの庇護を受けないと不安に駆られる小心者。だが自分が絶対的に有利な状況になると、凶暴性が一気に増す。ある意味露村や栗原よりも最低なクズだ。

そんな黒沢の動きを封じるため、黒沢が小笠原真琴に暴力を振るっている証拠写真を大量にバラ撒いた。

目を見開いて固まっている黒沢は、震えながら振り返った。そこには、ゴムチューブを肛門に挿し、巨大な注射器で水を注入している露村の姿。

さすがに理解しただろう。露村が俺によって壊されたということを。

「わ、私は、私は無理やりやらされていただけで……」

さっそく言い訳を始める黒沢。栗原も言い訳をしていたが、アイツは計算していた。

だが黒沢は違う。黒沢は計算などしていない。とにかくここから逃げたい。そのことだけで頭がいっぱいだろう。

ガラン、と音が響き、黒沢がビクッと震えた。

三リットルもの水をすべて注入した露村が、空になった注射器を落としたのだ。

下腹部を妊婦のように膨らませ、ブビュッ、ブビュビュッと水音を発しながら黒沢に近寄った露村は、震えている黒沢の髪を摑み、グイッと乱暴に引き寄せた。

「あぐっ」

顔を歪めて呻きを上げる黒沢。そんな黒沢を血走った目で睨んだ露村は、ニタリと狂気染みた笑みを浮かべた。

「つ、露村さん……」

せわしなく瞳を揺らして怯える黒沢が、震える声を上げた。

「逃がさない」

その露村の囁きに、黒沢はその場に崩れ落ちた。

黒沢のようなヤツは、主人から躾けてもらった方がいいだろう。てなことで、露村による腰巾着の公開調教をじっくりと撮影することにした。

恐怖のあまり硬直している黒沢のズボンを強引にズリ下げた露村は、その肛門に無理やりゴムチューブを突き挿す。そして容赦なく水を注入した。

悲鳴すら上げられず、されるがままの黒沢。限界を超えると肛門から水を噴き出し、また注入される。露村も限界を超えて肛門から水を噴き出し、共犯者としての証拠を残すためか、黒沢に注入させる。そうやってお互いに浣腸をし合い、排泄し続けた。

露村は俺から容赦なく追いこまれ、徹底的に潰されたからな。その逃げ場のなかった恨みつらみがすべて黒沢に向けられることになった訳だ。ご愁傷さま。

※

ゴミは掃除し終わったが、まだ問題がある。露村と栗原の失脚によってイジメは沈静化するだろうが、安心はできない。佐々木に想いを寄せている女子生徒は大勢いるからだ。露村たちのように小笠原真琴を潰そうとする輩が出てこないとも限らない。

ならどうするか？

二年の田中涼子《たなかりようこ》。コイツを利用する。

見た目は可憐な美少女なのだが、中身は生粋の体育会系だ。剣道部に所属していて、その腕前は一年生時で全国大会に出場するほど。今年は入賞できるかもしれないと言われている。そして肝心の性格だが、一度友人だと決めてしまうと、たとえ裏切られても信じ抜くほどの馬鹿のようだ。

関わると面倒そうなヤツだが、小笠原真琴を守らせるという意味では都合がいい。

その田中の意識が小笠原真琴に向くように仕向けることにした。

「小笠原さんってイジメられてるって噂があるよな。でもイジメてた連中が学校に来なくなって、今一人ぼっちらしいんだよな。放っておくとまたイジメられるんじゃないかな」

自分の席に着きながら、誰にとはなく呟く。

「小笠原さんって友達を欲しがってるらしいんだよな。田中さんみたいな優しい人と友達になりたいって言ってたらしい」

廊下を歩きながら誰にとはなく呟く。

「田中さんみたいな人が小笠原さんの友達になってくれたら、小笠原さんは喜ぶんじゃないかなあ」

田中と仲がいいと言われている女子生徒と廊下ですれ違う際、ボソッと呟いた。

適当に噂を作って流してやれば、いずれ田中の耳に入るだろう。

その日の昼休み、小笠原真琴の教室に田中が殴りこみをかけたという話を聞いた。

ちょろいちょろい。

第三章　真琴とマッサージ訓練開始

田中が小笠原真琴に纏わりついているという話をよく耳にするようになった。

仲がよくなるのは結構だが、剣道部に勧誘されたら困る、と思っていたが、小笠原真琴は相変わらず帰宅部のようだ。

さて、ではそろそろ小笠原真琴を堕とすための第一歩を踏み出すとしよう。どうやって堕とすか考えた結果、同好会を立ち上げることにした。その同好会に小笠原真琴を引きこむのだ。

小笠原真琴は押しに弱い、と思う、たぶん。

言いきれないのは、佐々木から言い寄られても断り続けているからだ。そこがどうにも腑に落ちない。

だが気が弱いのは間違いないし、どれだけ鬼畜なイジメを受けても一切抵抗せず、何を強要されても受け入れてしまうことから、押しに弱いのも間違いないはずだ。

情報によると、小笠原真琴は本が好きらしい。だから読書の同好会を作ることにした。

同好会は生徒会から承認を得られれば立ち上げることが可能だ。その代わり、学校側からの援助は一切受けられない。つまり活動に必要な場所は自分で探し、必要な資金も自分でなんとかしなければならない。

余計な手出しをされたくない俺にとっては、その方が都合がいい。場所も目星をつけている。

そこは卒業生が置いていった物や、文化祭で使った物などが保管されている空き教室だ。保管と言えば聞こえはいいが、ようはガラクタ置き場だ。言い方を変えれば、そこにあるのは生徒たちの想いが詰まった品々。そのせいか、幽霊が出るという噂がある。

ちなみに俺はオカルトを信じていないため、幽霊とかは特に怖いと思わない。

そのガラクタ置き場は校舎の二階の最奥に位置し、手前にあるトイレにも幽霊が出るという噂があるため、ほとんど誰も寄りつかない。小笠原真琴にいかがわしいことをするのに打ってつけの場所だ。幽霊に感謝しなければ。

生徒会長に書類を提出したら、拍子抜けするほどあっさりと受理された。

一週間ほどかけてガラクタ置き場の整理整頓を行い、小笠原真琴を堕とすために必要な物を会室に運びこみ、そして準備が整った。

露村たちを潰した時と違い、俺の心は異常なまでに高鳴っていた。これほど高揚し、そして緊張しているのはいつ以来だろうか。

小笠原真琴を同好会に引き入れる方法だが、出した結論は――。

「普通に声をかけてみるか」

と言うものだった。

小笠原真琴は内気で押しに弱い。なら普通に勧誘してみようと思ったのだ。ただし、拒否されることをなるべく防ぐため、小笠原真琴の本の好みを調べることにした。

図書室に向かうと、本についている読書カードを一枚一枚チェックした。小笠原真琴が借りた本を調べれば、好きな本の傾向がわかる。

休み時間毎に図書室に向かい、それを三日ほど繰り返し、ほぼすべての本の読書カードをチェックし終えた。

結果、予想通り、小笠原真琴はかなりの量の本を借りていて、好きな本の傾向もわかった。

小笠原真琴がもっとも熱心に借りていた本のジャンル。それは恋愛だ。中でも悲恋系のモノが好きなようだ。

まあ、女はだいたいそんな感じだろう。

傾向がわかったら、次は内容の把握だ。とにかく本を読んで内容を把握し、小笠原真琴の興味を惹くための知識を得ることにした。ようは話題作りだ。

適当に読むと肝心な部分を読み飛ばしてしまう恐れがあるため、一冊一冊じっくりと読んだ。

ほんの些細なフレーズが心にグッとくる場合もあるからな。

二週間ほどかけ、睡眠時間を削り、三十冊ほど読破した。さらに本屋に行って人気の恋愛小説を買い漁り、さらに一週間ほどかけて読破した。おかげで世界中が悲しい愛に満ちているような気になった。

様々な恋愛小説を購入したが、中でも特に気に入った本を小笠原真琴に与えることにした。本が好きなら本を与えると釣れると思ったのだ。でもそのまま与えるのも味気ない。だから本にリボンをつけてみた。

「うむ」

ピンクのリボンで結んだ本を見て納得した。

悪くないんじゃないか？

ただリボンを結んだだけだが、リボンの形や大きさや角度が気になり、何度も結び直したせいで、徹夜してしまった。

ここ二週間ばかり睡眠時間を削って本を読みまくったし、寝不足でクソ眠い。

※

小笠原真琴に声をかけるため、休み時間になるたびに廊下を歩いた。だが——

「真琴ちゃーん！」

声を張り上げながら廊下を走る田中。その田中の声を聞いて振り返る長い黒髪の少女、小笠原真琴。

小笠原真琴をたびたび廊下で見かけるんだが、そばには必ず田中が纏わりついている。そのせいで小笠原真琴に声をかけることができない。どうやら田中は小笠原真琴をえらく気に入ってしまったようなのだ。

俺がそうなるように仕向けたんだが、まさかここまで粘着するとは。人選をミスったかもしれない。

何か上手い方法はないものかと悩みながら廊下を歩き、会室の扉が見えたところで立ち止まった。

我が目を疑った。扉の横に小笠原真琴が立っていたのだ。しかもいつも纏わりついている田中の姿がない。

しかし小笠原真琴はなぜこんなところにいるんだ。わからないが、これはチャンスだ。だがそこで思い出した。小笠原真琴を釣るために用意した本がない。まさか小笠原真琴がこんな場所に一人でいるとは思っていなかったため、机の中に置きっぱなしにしていた。せっかく徹夜してリボンを結んだのに。

まあいい。この機を逃す手はない。そう思い、何食わぬ顔で小笠原真琴に近寄った。

「あ、あの……」

声をかけようとしたら、俺より早く小笠原真琴が声をかけてきた。

恐る恐ると言った様子で俺に近寄ってきた小笠原真琴は、上目遣いで俺を見た。

「城島くん……ですよね？」

そしてそう問いかけてきた。よく見ると唇が震えている。視線を下げると膝が震えているのも見えた。

俺が怖いのか。いや、男全般が怖いのかもしれない。

「た、田中さんって知ってますか？」

明らかに怯えながらも、それでもさらに問いかけてくる小笠原真琴。

「え、ええ、田中さんなら知っていますが。有名ですからね」

せっかくチャンスが到来したのに逃げられると困るため、丁寧に対応した。その俺の答えを聞いた小笠原真琴は、どこかホッとしたようだった。でもすぐに表情を引き締め、大きく息を吸いこんだ。

「た、田中さんから聞いたんですけど、読書同好会を作ったんですよね？　そ、それで、その、田中さんから勧められたんです。城島くんの同好会に入ってみたらどうだって」

声を震わせながら話す小笠原真琴は、言いきるとぷはあと息を吐き出した。そして息を荒らげながら耳まで真っ赤にさせて、チラチラと俺を見ている。

田中から勧められた？　どうして田中が俺の同好会の存在を知っているんだ。しかもなぜ小笠原真琴に勧めたんだ。

訳がわからないが、これはもの凄い好機だ。このまま勧誘してしまおう。

「もしよかったら、うちの同好会に入っ――」

「ほ、本当ですか!?　入っていいんですか!?」

俺の言葉を遮るように声を張り上げた小笠原真琴は、瞳を輝かせて満面の笑みを浮かべた。

「あ、あの、私、本が好きなんですよ！　そ、それで、あの、城島くんの同好会は、ただひたすら本を読むだけって聞いて！」

ズイッと足を踏み出した小笠原真琴が、顔を真っ赤にさせながら声を張り上げる。

これは本当に凄いぞ。本好きという調査結果を元に読書同好会を立ち上げたが、本当に食らいつくとは。

「あ、あの……」

聞こえた声にハッと我に返った。俺が黙ったせいで不安になったのか、小笠原真琴は不安そうに上目遣いで俺を見ていた。

「小笠原さんさえよければ歓迎するよ」

そう答えると、小笠原真琴がパアッと満面の笑みを浮かべた。

「ありがとうございます！」

そして礼儀正しくお辞儀をするとお礼を言った。

まさか自分から蜘蛛の巣に飛びこんでくるとは。

「田中さんに報告してきます！　それとお礼も言わないと！」

そう言って小笠原真琴は駆け出そうとした。

「あ、小笠原さん、ちょっと待って」

「は、はい！」

駆け出そうとした小笠原真琴を呼び止めると、ビクッと震えた小笠原真琴が返事をしながら振り返った。思ったより忙しいヤツだな。

「誰かを勧誘する気はなかったんだ。だからできれば……」

俺を見つめる小笠原真琴に問いかけた。小笠原真琴が他の誰かを勧誘したりしたら困るからな。

「勝手に誰かを誘ったりするなってことですね？」

俺を見つめてそう答える小笠原真琴。俺の言葉を理解してくれたようだ。

「うん」

俺が頷くと、小笠原真琴は満面の笑みを浮かべた。

「大丈夫です！　私とお話してくれるお友達は田中さんだけですから！」

悲しいことを元気よく言う小笠原真琴。

「じゃあ、田中さんに報告してきます！」

そう言って小笠原真琴は駆け出した。本当に思ったより忙しいヤツだな。でもまあ、獲物はイキがいい方がいい。そのほうが楽しめるからな。

あくる日から、小笠原真琴は読書同好会の会室に毎日やって来るようになった。

※

会室のソファに座る俺と、テーブルを挟んだ対面のソファに座っている小笠原真琴。同行会の活動の内容は、ただひたすら本を読むだけ。特に会話を交わすでもなく本を読み、ただ静かに時間が流れてゆく。聞こえるのは時折ページを捲る音。

これでいい。とにかく今は小笠原真琴の警戒心を薄れさせなくては。一秒でも長く時間を共有し、俺を信頼させることが大切だ。

それはそうと、小笠原真琴を釣るために用意した本だが、小笠原真琴が勝手に釣れてしまったため、渡す必要がなくなってしまった。リボンを綺麗に結ぶのに結構苦労したんだが、まあいいだろう。

それと、予期せぬ幸運に恵まれた。

小笠原真琴の本の趣味を把握するため、小笠原真琴が図書室から借りた本をすべて借りて読んだ訳だが、そのせいで図書カードに俺の名前が残る結果となった。特に何かを狙った訳ではなかったんだが、小笠原真琴は気に入った本を何度も借りて読む習慣があるらしく、図書カードに俺の名を見つけたらしい。しかも自分が気に入っている本の図書カードすべてに俺の名が記されていることにも気付いたようだ。お陰で俺にいい印象を持ったらしい。あの徹夜の日々は無駄ではなかったということだ。

※

小笠原真琴が読書同好会の会員になってから二週間ほどが経過した。そして小笠原真琴は確実に俺を信頼し始めている。

すべては順調だ。順調すぎて怖いくらいだ。だがここからが問題だ。

まず最初に越えなければならない壁は、小笠原真琴の体に触れることだ。体に触れても違和感のない状況を作り出さなければならない。しかも軽く触れる程度ではなく、触りまくって当然という状態にする必要がある。そうしないと、その先に進むのに時間がかかってしまう。

ここさえ上手く越えることができれば、後はどうとでもなる。

細心の注意を払って事に臨まなければならないが、大胆さも必要だ。

失敗した時のことを考えると少々不安だが、だからこそ高揚し、興奮し、ワクワクする。

心を鎮めるために何度か深呼吸をすると、覚悟を決めて小笠原真琴をまっすぐに見つめた。

「小笠原さん」

「はい？」

名を呼ぶと、ソファに座って本を読みふけっていた小笠原真琴が顔を上げた。

「実は前々から聞いてみたいことがあったんだ」

「あ、はい。私に答えられることならなんでも聞いてください」

俺の問いに無警戒な笑みを浮かべた小笠原真琴は、頷くと読んでいた本を閉じ、その本をテーブルの上に置いた。そして椅子に座り直すとまっすぐに俺を見た。

「将来の夢についてだ。俺らも二年生だからね、そろそろ進路を考えなければならない時期だと思うんだ」

なるべく真剣に、できるだけ真面目に問いかけると、小笠原真琴の表情が曇った。

「あ、あはは。夢……ですか。将来の夢。私に叶えられる夢なんてあるんでしょうか……」

俺から視線をそらし、自虐的な笑みを浮かべ、明らかに暗い影を落として呟く小笠原真琴。イジメられていた小笠原真琴にとって、夢や希望という言葉はトラウマを呼び起こす禁句だろう。だからこそあえて口にした。

「わ、私のことはいいです。それよりも……」

そう言って俺を見る小笠原真琴。

「城島くんの夢はなんですか？　よかったら聞かせてもらえませんか？」

小笠原真琴は、俺が振った話題をそのまま俺に切り返してきた。

小笠原真琴に将来の夢を聞き、同じ話題を俺に振らせるというのが理想の展開だったが、大成功だ。

「俺の夢は、マッサージ師になることだ」

「え？」

俺の言葉に首を傾げる小笠原真琴。

「叔父がマッサージ師なんだ。叔父には昔よく遊んでもらって、仕事場にもよく遊びに行っていた。そこで叔父の仕事を目にしてね。とても地味な仕事なんだが、仕事中の叔父はとても真剣でカッコよかった」

昔を思い出すようにしみじみと語りつつ、チラリと小笠原真琴を盗み見る。

真剣な表情で俺の話を聞いている小笠原真琴。よしいいぞ、いい感じだ。

「マッサージと言うのは、患者の体調を改善させたり疲れを癒すのが仕事だ。地味な仕事だけど、叔父のマッサージを受けた患者はホッとしたように表情が緩み、足取りも軽くなる。医師のように病気を治したり怪我を治療できるわけじゃないけど、でも、些細な安らぎだって大切だ。俺はそんな叔父の仕事に憧れたんだ」

夢を熱く語っている俺だが、すべては口から出まかせだ。小笠原真琴を籠絡するための創作だ。

「俺の夢は叔父のような立派なマッサージ師になることだ。夢が地味で拍子抜けしたんじゃないか?」

そう言って照れたように笑うと、頬を染めて瞳を輝かせた小笠原真琴が、ブンブンと首を横に振った。

「そんなことはないです！　子供の頃から憧れて、その夢にまっすぐに向かっている城島くんは凄いです！　私は立派だと思います！」

　興奮したように息を荒らげ、声を張り上げる小笠原真琴。

　いい感じだ。夢を語る作戦は小笠原真琴のようなタイプには効果があると踏んでいたが、予想通りだ。だが問題はここからだ。

「それでなんだけど……」

「はい？」

　言いづらそうに口ごもる。そういった演技をしながら小笠原真琴を見ると、首を傾げる小笠原真琴。

「そ、その、急にこんなことを言ったら驚くと思うけど、その、小笠原さんに頼みたいことがあるんだ」

　前屈みになり、両手の指を組み、やや俯きながら少々気まずそうに声を上げた。

「は、はい！　私にできることならなんでも言ってください！」

　身を乗り出した小笠原真琴が声を張り上げる。

　なんでも言ってくれ。小笠原真琴は確かにそう言った。そう言ってしまった手前、俺の頼みごとを断りづらくなってしまった。ただでさえ押しに弱いのにそんなことを言ってしまったら、なおさら断りづらいだろう。

　理想の展開だ。考え得る限り最高の展開だ。もし小笠原真琴が渋っても、この機を逃してはならない。約束さえ取りつけてしまえばこっちのものだ。

さあ行くぞ。俺は今まさに足を踏み出すのだ。

「専門学校に進学しようと思っているんだけど、その前に少しでも経験を積んでおきたいんだ。だから、もしよければ、マッサージの訓練に付き合ってもらえないかな？」

言った。言ってしまった。もう後には引けない。

マッサージの訓練。それが意味するところ。マッサージを行うのだから、当然肌に触れる。しかも軽く触れる程度じゃない。それこそ全身を余すことなく——。

「え？　あ、はい！　私でよければ喜んで！」

一瞬首を傾げた小笠原真琴だったが、すぐに満面の笑みを浮かべて大きく頷いた。

……え？

ちょ、ちょっと待てよ。マッサージの訓練だぞ。体に触れるんだぞ。ただ触れる訳じゃない。揉みしだくんだぞ。それなのにお前、そんなに簡単に同意していいのか？

俺が言うのもなんだが、もうちょっと考えた方がよくないか？

「お、小笠原さんは、男から体に触れられてもなんとも思わないのか？」

言ってはいけないと必死に堪えようとしたが、ダメだった。せっかく小笠原真琴が同意したって言うのに、水を差すようなことを言ってしまった。馬鹿か俺は。

「そ、それは……恥ずかしいに決まってます」

頬を染めた小笠原真琴は、恥ずかしそうに視線をそらして呟いた。

どうやら理解はしているようだな。少しホッとした。

「き、城島くんの夢のお手伝いができると思ったから……」

恥ずかしそうにもじもじしながらそう呟く小笠原真琴。

夢のお手伝い、か。

どうやら俺が思っていた以上に俺を信頼しているようだ。

最悪ゴリ押しするつもりだったが、くく、理想を超える最高の展開になったな。

※

小笠原真琴は俺の提案を受けた。マッサージの訓練を行うための被験者になることを了承した。

筋書き通り。脚本通り。恐ろしいほどに理想的な展開。順調すぎて違和感を覚えるほどだ。まあ、上手くいっているのだからいいだろう。

それはそうと、気になる噂を耳にした。

「佐々木が小笠原さんから身を引いたらしいぞ」

廊下を歩いていたら、そんな話が聞こえてきたのだ。

気になって調べてみたらどうやら事実らしい。佐々木は小笠原真琴を諦めたようだ。しょせんその程度の男だったってことだ。兄貴と似ていると思った俺が馬鹿だったな。

だが、だからこそ後悔させてやる。

一度は惚れた女が快楽に溺れ、一匹の牝になった姿を見て絶望すればいい。

そのためにも、小笠原真琴を今以上に魅力的にしなければ。

放課後になり、会室に行くと、小笠原真琴がすでに待っていた。

「こんにちは！」

ソファに座っていた小笠原真琴は、俺に気付くと立ち上がり、礼儀正しくお辞儀をすると、元気よく挨拶をした。その仕草には気品を感じる。やはり小笠原真琴は極上の獲物だ。早く穢したくてたまらないが、我慢するのも楽しみの一つだ。

「あ、あの、城島くん。ま、マッサージの訓練ですけど、今日から始めますか？」

チラチラと俺をチラ見している小笠原真琴が、耳まで真っ赤にさせながら問いかけてきた。

自分からマッサージの話題を振ってくるとは。本当に恐ろしいほど順調だ。

「そうしたいのは山々なんだが、そうもいかないんだ」

「へ？」

俺の言葉に間の抜けた声を上げた小笠原真琴が首を傾げる。

「これは遊びじゃない。本格的な訓練だ」

「え？　あ、はい。わかっているつもりです」

真顔で問いかけると、真顔で頷く小笠原真琴。

「じゃあ聞くが、小笠原さんは制服でマッサージを受けるつもりなのか？」

「……あ」

俺の問いかけにキョトンとした小笠原真琴は、自分を見てハッとした。

「す、すみません！　服装のことは全然考えていませんでした！　すぐに体操服を持って――」

「いや、ちょっと待ってくれ」

俺に謝って駆け出そうとした小笠原真琴だが、俺に呼び止められて振り返った。

「アロマオイルを使いたいとも思っているんだ」

「オイルですか？」

俺の言葉を聞き、首を傾げる小笠原真琴。

「そう、リラックス効果と摩擦を軽減させるために、アロマオイルを使いたいんだ。オイルだからね、ヌルヌルする。だから、できれば濡れても問題がない服装の方がいいんだが……」

その俺の言葉に小笠原真琴がハッとした。

「あ、じゃあ水着じゃダメですか？　以前学校の授業で使っていた物があります」

その小笠原真琴の言葉に思わずニヤリと笑いそうになった。

そうそう、濡れても問題がないとなると水着しかないよな。俺の誘導にまんまと乗ってくれて嬉しいよ。しかも以前学校の授業で使っていた水着。それはつまりスクール水着だろう。しかも口振りからすると、ここ最近は着ていないように思える。一年前か、もっと前に使っていた水着だろうな。となると、サイズが小さくなっている可能性があるが、小笠原真琴はそこに考えが至っていないようだ。

「水着か……それはいいかもしれない。濡れても問題がないからね」

小笠原真琴の提案を聞いて、そこで初めて気付いたように呟いた。

「じゃあ週明けにその水着を持ってきてもらえないか？」

「はい！　わかりました！」

俺の問いかけに、小笠原真琴は迷わず頷いた。

※

月曜日、マッサージの訓練と称した小笠原真琴淫乱化計画が始まりを迎えた。

会室の中央に敷かれたマット。体育の授業で使う体操用のマットだ。ガラクタ置き場と化していた会室にあった物を流用させてもらうことにした。そのマットをビニールシートでくるみ、施術台が完成。マットをビニールシートでくるんだのは、ローションを使用するからだ。ちなみに小笠原真琴にはアロマオイルと説明してある。

それとお湯。魔法瓶に入れたお湯を家から持ってきた。お湯の量は合計で十リットル。運ぶのに苦労した。

ほどなくして会室の扉が開いた。

「こんにちは！」

頬を染め、満面の笑みを浮かべ、元気よく挨拶をしながら室内に入ってくる小笠原真琴。

「ああ、ご苦労さん」

ソファに座っている俺は、高鳴る心を必死に抑え、平静を装って挨拶を返した。

「じゃあさっそく始めますか？」

ソファのそばまでやって来た小笠原真琴は、そう言っていきなり制服を脱ぎ始めた。

「ちょ!?」

驚いて思わず声を上げてしまった。

「はい？」

キョトンとした小笠原真琴は、制服を脱ぎながら首を傾げる。

な、何を考えているんだコイツは。俺がいるんだぞ。男がいるんだぞ。それなのに平然と制服を脱ごうとするなんて。

「き、着替えをするなら脱ぐ前に言ってくれ。外で待ってるから」

ソファから立ち上がると、そう言って入り口に向かって歩き出した。

小笠原真琴を堕とすに当たり、紳士的な態度で接する必要がある。小笠原真琴の警戒心を取り払うためだ。だが——。

もうすでに必要以上に無警戒な気がする……。

で、でも、当初の計画通りにいく。

「大丈夫ですよ？　ほら」

小笠原真琴の横を通過する間際、声を上げた小笠原真琴がピラッとスカートを捲り上げた。

「おい!?」

驚いてとっさに視線をそらした。

「下着じゃないですよ？　制服の中に水着を着ているんです。ほらほら」

小笠原真琴の言葉にチラリと視線を向けると、両手でスカートを捲り上げている小笠原真琴が、紺色の下着をさらけ出していた。いや、下着じゃなくて水着か。

付け根までさらけ出されたムッチリとした白い太ももと、股間を覆う紺色の水着。色からしてスクール水着だろう。

以前使っていたという小笠原真琴の発言から、サイズが小さいと予想していた。だが予想以上に小さいようだ。異常なまでに股間に食いこんでしまっている。いや、ただ食いこんでいるだけじゃない。あまりにも食いこみすぎて、股間の中心にある秘裂の形がクッキリと浮かび上がってしまっていた。そのあまりの卑猥さに、思わずゴクリと唾を飲みこんだ。

「さ、サイズが小さすぎるんじゃないのか？」

口元に拳を当て、コホンと咳払いをしながら問いかけた。

「あ、わかります？　家で着てきたんですけど、食いこんだ部分が痒くなって大変でした。それに脱ぐのも着るのもひと苦労なので、トイレも凄く大変なんです。明日からはここで着替えた方がよさそうです」

食いこんだ部分が痒くなるだの、トイレが大変だの、女が平然と口にすることじゃない。まったく、どんな教育を受けてきたんだコイツは。

「お、小笠原さん。その、俺も一応男なんだが」

警戒心を弱めるはずが、逆に警戒心を強めるようなことを言ってしまった。何をやっているんだ俺は。

「あはは、城島くんが男の子だって知ってますよ?」

両手でスカートを捲り上げて股間を晒しつつ、へらへらと笑って答える小笠原真琴。

本当か? 本当にわかっているのか?

「小笠原さん。君はもっと警戒心を持つべきだ」

「へ? 警戒心ですか?」

「ああ」

「どうしてですか?」

「さっきも言ったが、俺も一応男なんだよ」

「えへへ、知ってます。城島くんは男の子です。そして私は女の子です」

「……はぁ」

へらへらと笑って答える小笠原真琴に、思わずため息を漏らしてしまった。

コイツ、絶対にわかっていない。

結局俺の目の前で制服を脱いだ小笠原真琴は、紺色のスクール水着姿をさらけ出した。

肩に食いこみ、大きな胸をミチミチと押し潰している紺色のスクール水着。どう考えてもサイズが小さすぎる。そのせいで水着の脇から白い乳房がはみ出してしまっていた。

横乳だ。凄まじい卑猥さだ。食いこんだ股間も秘裂を浮き上がらせてしまっているし、それを平然と晒している小笠原真琴は異常だ。俺がこんなことを言うのもなんだが、恥ずかしくないのか？

「ここに横になるといいんですか？」

そう言って、小笠原真琴は自らマットの上に横になった。

怖いほど順調なのに、調子が狂う。

ため息を漏らし、気を取り直してマッサージの訓練を始めることにした。

「じゃあ始めるぞ」

「はーい」

小笠原真琴の妙に明るい声にイラッとしつつ、落ち着けと自分に言い聞かせ、ローションが入ったビニール製の器を手に取った。

冷たいと驚くと思い、ローションはぬるま湯で温めておいた。そのローションを手のひらに垂らし、よく馴染ませる。そしてローションまみれになった両手を、うつ伏せになっている小笠原真琴の太ももにそっと触れさせた。

「ん」

かすかに声を上げてピクンと震える小笠原真琴。だが警戒する様子はない。

「気になることがあったら遠慮なく言ってくれ」

そう問いかけながら、小笠原真琴の太ももに両手を滑らせた。

ローションによってヌメる肌は、張りと弾力が凄い。なんて揉み甲斐のある太ももなんだ。やはり俺の目に狂いはなかった。コイツの肉体《からだ》は最高だ。

太ももを揉みほぐされた小笠原真琴は、ピクピクと震え出した。そして――。

「ん、んくっ……あひゃ、あひゃひゃ」

震えながら笑い声を上げた。どうやらくすぐったいらしい。

「くすぐったいか？」

「うくく……ちょ、ちょっと」

「ならふくらはぎから始めた方がいいか」

「い、いえ、気にせず続けてください。あひゃひゃ」

「無理をする必要はないよ」

笑いながらも気を遣う小笠原真琴に言い聞かせると、両手をふくらはぎに移動させた。

「あ、ふくらはぎはくすぐったくないです。気持ちいいです」

俺の両手がふくらはぎに移動すると、ホッとした様子の小笠原真琴が緩んだ声を上げる。

まずは慣れさせるのが肝心だ。それとマッサージは気持ちがいいものだと徹底的に刷りこむ。

しかし、太ももも素晴らしかったが、ふくらはぎも素晴らしい。吸いつくような柔肌で、かつ張りと弾力がある。太ももやふくらはぎでこれほどなら、乳房はさぞや揉み心地が格別だろう。

ゆっくりと時間をかけてふくらはぎを揉みほぐしつつ、時折ローションを足し、徐々に太ももへと戻った。

四十分もすると、小笠原真琴は太ももを揉みほぐしても笑わなくなった。それどころか寝てしまった。それだけ心地よいのだろう。

寝ている小笠原真琴の太ももを十分に堪能し、本日の訓練を終了することにした。初日だからな。早めに切り上げることにした。

「小笠原さん」

「むにゃ」

声をかけると、寝息を立てていた小笠原真琴がむにゃむにゃと口を動かした。そして目を閉じたままへらりと笑い、すやすやと寝息を立てる。

イラッとした。

マッサージが心地よく、初日から寝てくれたのは大成功と言える。だが、だがしかし、いくらなんでも警戒心がなさすぎる。ていうか、こっちは細心の注意を払って丹念に丁寧にマッサージを行ったせいで疲労困憊《こんぱい》だというのに、能天気に寝やがって。

展開的には大成功なんだが、どうにも納得できない。

「小笠原さん。今日の訓練は終了だ」

「うにゅ？」

軽く肩を揺すって声をかけると、うっすらと目を開けた小笠原真琴が妙な声を上げた。そして俺を見てへらっと笑った。

しっかりしろ俺。落ち着け俺。平常心だ俺。コイツはこういうヤツなんだ。怒ったら負けだぞ。

「今日の訓練は終わりだ」

「ふぁい」

再度声をかけると、へらへらと笑っている小笠原真琴が、明らかに寝惚けながら返事をした。

「あいがほうごじゃいまひた。しゅごくきもひよかったれしゅ」

そして呂律の回らない言葉で俺にお礼を言った。

本当にいちいちイラッとくる。今すぐにでも犯してヒィヒィ言わせたい。だが落ち着け。ここは我慢だ。それにここからが本当のお楽しみだからな。

「バケツにお湯を用意しておく。俺は部屋の外に出るから、お湯を使って体を拭くといい」

「ふぁい」

俺の問いかけに間の抜けた声を上げて頷く小笠原真琴。そんな小笠原真琴の全身はローションでベトベトだ。着替えるにしてもローションをなんとかしなければならない。そのためにお湯を用意したのだ。

家から持ってきた五本の魔法瓶に入っている十リットルのお湯。熱々なそのお湯をバケツに入れ、水を足して量を増やす。そうすれば大量のぬるま湯ができる。それを使えばローションを洗い流すことが可能だろう。

ただし、裸になる必要がある。それが狙いだ。

魔法瓶のお湯をバケツに注ぎ、水を足して適温にする。それを繰り返してバケツ十杯分のぬるま湯を用意した。

「お湯はここに置いておく。全部使ってもらってかまわない。それとタオルも置いておくから使ってくれ」

「ふぁい」

準備が整い、小笠原真琴にそのことを告げると、相変わらず寝惚けている様子の小笠原真琴が間の抜けた声を上げた。そんな小笠原真琴をその場に残して部屋から出た。

そして扉の隙間から室内を覗く。

楽しみだった。楽しみすぎて、まるで遠足の前日のようにワクワクして、昨日はろくに寝られなかった。それほどにこの瞬間をずっと心待ちにしていたのだ。

マットの上に女の子座りをして、しばらくぼーっとしていた小笠原真琴が、ピクンと反応した。

「ん？　あえ？　城島くんは？」

座ったまま辺りを見回して俺を探す小笠原真琴。まさか、寝惚けていたせいで俺の話を聞いていなかったのか。

「体がヌルヌル。このままだと制服に着替えられにゃい……」

ローションまみれの自分の体を見た小笠原真琴は、困ったように呟いた。だからそのためにお湯を用意したんだろうが。目の前にバケツがズラリと並んでいるだろ？　そのお湯を使ってローションを洗い流すんだよ。

「あえ？　バケツがいっぱいある？」

目の前に並んでいるバケツに気付いた小笠原真琴は、四つん這いになるとバケツに近寄った。そして指をバケツの中に入れた。頼むから気付いてくれ。

「あったかい？　ん？　タオル？　あ、もしかして」

バケツの中身がぬるま湯だと知り、そしてタオルも見つけ、ハッとする小笠原真琴。おお、気がついたか。いいぞ、その調子だ。

「体のヌルヌルを落とすために、城島くんが用意してくれた？　わあ、やっぱり城島くんって優しいです」

そう言って嬉しそうににっこりと笑う小笠原真琴。それを見て心底ホッとした。気付かなかったらどうしようかと思ったが、気付いてくれて本当によかった。

「着るのは大変だったけど、脱ぐのは楽だ。ヌルヌルしてるからかなあ？」

これっぽっちも警戒していない小笠原真琴は、平然と水着を脱ぎ始めた。

肩に食いこんでいた水着をズラし、そのままグイッと下げる小笠原真琴。それにより、それまで水着によってギチギチに押さえこまれていた巨乳がブルンッと弾みながら跳び出した。

お、おお、おおおお、おおおおおおおおおおお！

素晴らしい。素晴らしい乳房だ。幼さが残る愛らしい容姿に不釣り合いな巨乳。まさに卑猥のひと言。しかも大きい割に形がよく、雪のように白いのがまたなんともエロい。ポヨンポヨンと弾みながらも完璧なお椀型を維持していることから、十分な柔らかさと、そして張りと弾力を有していることがわかる。さらに最も素晴らしい点は乳輪と乳首だ。乳輪は清楚で可憐な桃色で、大きすぎず、かといって小さすぎない。愛らしさと卑猥さを完璧に両立させている。そして乳首だが、こちらも穢れなき可憐で清楚な桃色。それなのに淫らにツンと勃《た》ってしまっている。恐らく水着の生地に擦れてしまったせいだろう。

愛らしいのに、清楚なのに、可憐なのに、あまりにも卑猥。露村のだらしない巨乳とは格が違う。

小笠原真琴、やはりお前は格別だ。俺の目に狂いはなかった。おつむは足りないようだが、お前は紛れもなく最高の獲物だ。

俺から盗み見られているとも知らず、水着を脱いでゆく小笠原真琴は、無警戒に全裸になってしまった。そして、その儚くも豊満で卑猥な肉体《からだ》を濡れたタオルで清めてゆく。

首筋を拭く仕草が艶めかしい。腕を拭こうとして乳房が寄せられる姿が堪らない。左手を上げ、その腋の下を拭く様は卑猥すぎる。

完璧。まさに完璧だ。さらに――。

乳房が大きいせいで、そのままでは乳房の下を拭けない小笠原真琴は、左手で乳房を持ち上げ、右手で乳房の下を拭く。その光景のなんと妖艶で卑猥なことか。それでいて気品を感じるその仕草に、俺の加虐心が煽られまくる。

ああ、早くその肉体《からだ》を穢し尽くしたい。幼さが残る愛らしい顔が快楽に歪む様をこの目で見たい。

何度もタオルを洗い、何度も拭き取り、そうやってローションにまみれた肉体《からだ》が清められていった。そして――。

「ん？」

タオルを股間に当てた小笠原真琴は、そこで首を傾げた。そして股間からタオルを離した。

糸を引く淫らな粘液。

股間をタオルで拭いたことで、ネットリとした粘性の強い液体がタオルに付着したのだ。

微妙な表情で右手を股間に伸ばした小笠原真琴は、指で秘裂をなぞった。そしてその指先を見ると、クンクンと臭いを嗅いだ。

「こ、これって、もしかして……」

神妙な面持ちで呟いた小笠原真琴。その頬が色付いた。いかに天然で無知とはいえ、さすがに気付いたか。

「わ、私、城島くんのマッサージを受けて……」

指先についた粘液を見つめ、恥ずかしそうに呟く小笠原真琴。

そう、小笠原真琴は、マッサージの訓練を受けて淫液を垂れ流してしまったのだ。

扉の隙間から小笠原真琴を盗み見ながら、俺は異常なまでに興奮していた。

※

学校に登校し、授業を受け、そして待ちに待った放課後になった。

会室のソファに座って待っていると、小さな足音が聞こえてきた。それが次第に大きくなり、そして会室の扉の前でピタリと止まった。

「こんにちは！」

ガラリと扉が開き、元気よく挨拶をした小笠原真琴が室内に入ってくる。

「ああ、ご苦労さん」

何食わぬ顔で挨拶を返す。だが俺は知っているぞ。お前がマン汁を垂れ流していたことを。

「すぐにマッサージの訓練を始めますよね？」

いつものようにソファに近寄った小笠原真琴は、ソファに座らずに俺に問いかけてきた。そして俺の目の前で制服を脱ぎ始めた。その姿を呆然と見つめた。

制服の上着を脱いだ小笠原真琴は、丁寧に畳むと、次はスカートを脱ぐ。そこでハッとした俺は、勢いよく立ち上がると小笠原真琴の華奢な肩をガシッと摑んだ。

「え？」

俺から肩を摑まれ、首を傾げる小笠原真琴。

気付いていないのか。本当に本当に気付いていていないのか。

「お、小笠原さん。水着は……」

「大丈夫です！　制服の下に着ていますから！」

「い、いや……」

満面の笑みを浮かべて答えた小笠原真琴の姿を見て、これは本当に気付いていていないんだと思った。

「き、着ていない……」

「え？」

「お、小笠原さんは、今日、制服の下に水着を着ていない……」

そう、小笠原真琴は今現在、下着姿なのだ。

「あ」

俺の言葉を聞いて自分の姿を見た小笠原真琴が小さな声を上げた。そして俺を見上げると――。

「えへっ♡」

照れたように笑った。

なぜ笑う。普通なら悲鳴を上げて体を隠すところだろ。

「ご、ごめんなさい。着てきたつもりだったんですけど、勘違いしちゃってたみたいです」

恥ずかしそうに笑いながら、右手で乳房を、左手で股間を隠した小笠原真琴は、申し訳なさそうに声を上げると、真っ赤になりながらも上目遣いで俺を見た。そんな小笠原真琴を見て、顔が引き攣るのを感じた。

天然なのも大概にしろ。俺はお前をゆっくりと丁寧に時間をかけて堕としてゆくつもりだから、今ここで襲ったりはしない。だが普通なら襲われてもおかしくない状況だぞ。それなのにへらへらと笑いやがって。

「小笠原さん。君はもっと自分を大切にするべきだ」

そう言って小笠原真琴の肩から手を離すと、入り口に向かって歩き出した。

あー、クソ、もう籠絡とか考えずに襲ってやろうか。

「あ、あの！　ど、どこに行くんですか!?」

背後からかかった声に立ち止まり、頭を掻きながら盛大にため息を漏らした。

どこに行くって、着替えが終わるまで廊下で待っているに決まってんだろうが。

「どこにも行かない。着替えが終わるまで外で待っているだけだ」

イライラしながら背後の小笠原真琴に答えた。わざわざ言わなくてもわかるだろ。

「あ、あの！　水着、家に忘れてきちゃったんですけど！」

聞こえた声にドッと疲れが押し寄せてきた。

ああそうかよ、忘れてきたのかよ。はいはい、今日の訓練は中止だな。わかったよ。ったく。

「無理をしてまで訓練する必要はない。今日は終わりにして明日にしよう」

「お、終わりなんですか？　城島くんは帰っちゃうんですか？」

帰っちゃうのかって、そりゃあそうだろ。やることがないのなら帰るに決まっている。ああ、マッサージの訓練ができなくても、同好会の本来の活動である読書はできるか。

「そうだな。じゃあ今日は読書を――」

「は、裸じゃダメですか？」

俺の言葉を遮った小笠原真琴は、信じられないことを口にした。

小笠原真琴は、今、なんて言った？

「は、裸ではダメですか？」

幻聴などではない。そう主張するかのように、小笠原真琴は再度信じられない言葉を口にした。

小笠原真琴が天然なのは理解している。そしてその天然の誘惑に乗るつもりはない。

俺はあくまでも俺のやり方で小笠原真琴を堕とす。だがこのままではダメだ。俺の理性にだって限界はある。

「お、小笠原さんは、俺を男だと思っていないのか？」

「わかってます！　城島くんは男です！　いいえ、男の中の男です！」

その小笠原真琴の叫びにギリッと歯を食い縛る。

理解しているのなら、もっと警戒心を持てよ。お前の言動を見ていると、まるで俺から襲われたがっているように思えてしまう。そうじゃないんだろ？　お前はただ純粋に俺の役に立ちたいだけなんだろ？

なあ小笠原真琴。男って言うのはな、勘違いしやすい生き物なんだよ。

「とにかく服を着てくれ。今日はマッサージの訓練を中止して読書をする」

「き、城島くんは……私に同情しているんですか？」

今にも泣き出しそうな震える声で問いかけてくる小笠原真琴。その言葉を聞き、俺の中で何かがプッンと切れた。

同情だと？　ふざけるな。誰がするか。お前は獲物なんだ。いずれ快楽に溺れた牝に成り果てるんだよ。同情なんてするはずがないだろうが。俺を舐めるんじゃねえ。

「わかった。なら予定通りマッサージの訓練を――」

そう言いながらゆっくりと振り返り、視界に映った光景に絶句した。

雪のように白くきめ細やかな肌を朱色に染め上げながら、気をつけの姿勢で立っている小笠原真琴。下着はすでに脱いでいた。乳房も乳輪も乳首も、それにうっすらと毛が生えた股間も、そのすべてをさらけ出しながら、その一切を隠していなかった。身に着けているのは白いハイソックスと内履きだけ。本当にそれだけだ。

恥ずかしいのだろう。死ぬほど恥ずかしいのだろう。耳まで真っ赤にさせて瞳にいっぱいの涙を溜めている小笠原真琴は、口をへの字にさせてカクカクと膝を震わせていた。だが潤んだ瞳はどこまでもまっすぐに俺を見つめていた。

「素晴らしい……」

思わず呟いてしまい、とっさに口を噤んだ。

「わ、私は、私は城島くんの役に立つんです！　そのためなら、裸になってもへっちゃらです！」

羞恥と不安と恐怖で心臓が破裂しそうなほどに鼓動を刻んでいるのだろう。荒い呼吸を必死に抑え、声を張り上げる小笠原真琴。

俺に全裸をさらけ出し、雪のように白い肌が朱色に染まるほどの羞恥に駆られているというのに、その瞳はどこまでもまっすぐに俺を射抜いている。

ゾクゾクとした快感が背筋を駆け上がってゆく。

おつむが弱い天然だと思っていたが、コイツは想像以上の強敵だ。俺の役に立ちたい一心から裸体をもさらけ出す。その固い決意と強靭な精神。コイツは脱がせることはできても、堕とすのは至難。

里中、コイツはお前以上の獲物だ。

「実にいい目だ。小笠原さんを見直したよ」

「ありがとうございます！」

俺の言葉を聞き、グッと胸を張った小笠原真琴は、たわわに実った大きな乳房をたゆんと揺らしつつ、声を張り上げた。

今にもむしゃぶりつきたくなるような淫靡で卑猥な肉体。

見たい。見てみたい。

マッサージの訓練という、あくまでも〝誠実な〟行為の中で、処女のままどこまで堕ちてゆくのか。清純なままどこまで堕ちてゆくのか。そして快楽に溺れた淫らな牝へと成り果てるのか。

見たい。どうしても見てみたい。そのためならば、目先の欲望など塵芥《ちりあくた》。どれだけ最高の食材を用意したとしても、料理人の腕が悪ければ、ただの凡百な料理になってしまう。

そう、すべては俺の腕にかかっているのだ。

「さっそく始めよう」

「はい！　お願いします！」

俺の問いかけに、小笠原真琴は巨乳をたゆんと揺らしながら大きく頷いた。

小笠原真琴よ。俺の理性が崩壊するのが先か、それともお前の清廉な心が堕ちるのが先か、勝負だ。

※

ビニールシートで包んだマットの上に全裸で横たわる小笠原真琴。うつ伏せになっているため、乳房の全貌は見えない。だが押し潰されているせいで、横にはみ出してしまっている。それに大きく形のいい尻が丸見えだ。角度によっては肛門や秘裂も見えてしまうだろう。

いずれこうなる予定だった。スクール水着で露出に慣らし、いずれ全裸にするはずだった。でもそれはまだまだ先だと思っていた。それなのに、何段階もすっ飛ばして、今現在小笠原真琴は全裸で横たわっている。

これは順調と言ってもいいのだろうか。

いや、考えるな。迷うな。踏みとどまるな。本人が納得しているのだから問題ない。

「小笠原さん」

垂らしたローションを両手に絡めつつ、小笠原真琴に問いかけた。

「は、はい……」

全身を朱色に染め上げている小笠原真琴は、緊張しているのだろう。震える声で返事をした。

さすがの小笠原真琴も、現在の状況が異常であることくらい理解しているはずだ。だからこそ羞恥に駆られて緊張している。だがそれ以上に、俺の役に立ちたいという想いが勝っているのだろう。

「小笠原さんのやる気が本物だということは理解しているつもりだ。だからこそ無理はして欲しくない。これからも訓練に付き合ってもらうために」

そう小笠原真琴に語りかけると、それまで全身を強張らせていた小笠原真琴がフッと力を抜いた。

俺の言葉で緊張が多少和らいだようだ。

「じゃあ、始めるぞ」

そう小笠原真琴に問いかけると、目を閉じている小笠原真琴は、薄く笑みを浮かべてコクンと頷いた。

小笠原真琴が頷いたのを確認すると、ローションにまみれた両手を小笠原真琴の背に触れさせた。

背筋を指圧し、二の腕を揉みほぐし、そして押し潰されてはみ出てしまっている乳房に軽く触れた。あくまでも偶然指が当たってしまったかのように。

「ん」

ピクンと震え、かすかに声を上げる小笠原真琴。だが目を閉じたまま何も言おうとしない。

背に両手を押し当て、その両手を上下にすべらせる。そして徐々に脇腹へと移動させた。それにより、両手が上下にすべるたびに、はみ出た乳房に指が当たる。

指先に当たる乳房の感触。思った通り素晴らしい。

乳房に指が当たるたびに、ピクンピクンと震える小笠原真琴。だが唇を固く閉じ、声すら上げない。

小笠原真琴は、これがマッサージの訓練である限り、すべてを受け入れるつもりのようだ。ならば遠慮した方が怪しまれてしまう。

意を決し、大きく形のいい尻を両手で掴むと容赦なく揉みほぐした。そして掴んだ尻たぶをグイッと左右に開き、不浄の穴をさらけ出させた。

皺が寄るその穴は、まだ蕾のように固く閉じられている。だがヒクヒクとかすかに蠢く様は、今まさに花開かんとしている菊の花のようだ。

最高の肉体《からだ》を持っているとは思っていたが、肛門に至るまで完璧だ。

目を閉じたまま耳まで真っ赤にさせている小笠原真琴は、尻たぶを左右に開かれて不浄の穴を晒されて、凄まじい羞恥に襲われているのだろう。眉間にしわが寄るほど固く目を閉じ、キュッと締めた唇をかすかに震わせ、全身を硬直させた。だが何も言わない。

尻たぶを左右に開くのはあくまでもマッサージ。そう思わせるため、尻たぶを容赦なく揉みほぐし、摑んだ尻たぶを左右に開き、また揉みほぐし、また開き。それを何度も繰り返した。

二時間が経過し、本日の訓練を終了することにした。

背面が余すところなくローションまみれになっている小笠原真琴。

「今日は終わりにしよう」

ローションにまみれた両手をタオルで拭きながら、小笠原真琴に訓練の終了を告げた。

小笠原真琴の薄桃色の可憐な肛門に指を突き挿したい衝動に駆られ続けたが、どうにか耐えきることができた。肛門の開発と拡張はまだ先だ。訓練に慣れたら便秘解消のマッサージだと言い聞かせて行うつもりだ。それまで理性を保たなければ。

「お、お疲れさまでした……」

目を閉じ、頰を染め、かすかに息を荒らげながら震える声を上げる小笠原真琴。

尻たぶを何度も開かれて肛門を晒され、その羞恥によってさすがに精神が摩耗したのだろう。明日の訓練までゆっくり休んでもらわなければ。体調を崩して学校を休まれたら困るからな。

「お湯を用意するからローションを洗い流してくれ。準備ができたら俺は外に出ているから」

そう言って立ち上がろうとした。

「あ、あの……」

それまで一切声を上げなかった小笠原真琴が、俺に声をかけてきた。

「ひ、一人で背中を流すのは難しいです。ですから、もしよかったら、手伝ってもらえませんか？」

目を閉じていた小笠原真琴は、そう言って薄く目を開けるとチラリと俺を見た。それはあまりにも妖艶な流し目だった。

断る理由はない。小笠原真琴が言っていることは正論であり、それを受けてもなんら問題はない。

「あ、ああ……わかった」

ゴクリと唾を呑みこみ、必死に平静を装って答えた。

ローションを洗い流す。そうするためには起き上がらなければならない。それはつまり、うつ伏せの状態よりも色々と見えてしまうことを意味している。

片膝をついた状態でその場に留まっている俺と、ゆっくりと身を起こす小笠原真琴。

体が起き上がるほどに、それまで押し潰されていた乳房が徐々にお椀型へと姿を戻し、そして乳房がマットから離れると、桃色の乳輪と乳首が露わとなった。

流れるローションが大きな乳房を伝い、ツンと尖った桃色の乳首に集まる。そして卑猥な糸を引きながらマットに滴る。

その身のすべてを紅潮させている小笠原真琴は、マットの上に女の子座りになると、恥じらうように左腕で乳房を、右手で股間を隠した。そしてチラリと俺を見た。

ハッとした俺は、まだお湯を準備していないことを思い出した。

「す、すぐにお湯を用意する！」

そう言って焦って立ち上がると、俺を見つめる小笠原真琴がクスッと笑ったような気がした。

きっと気のせいだ。だが顔が燃えるように熱くなった。

第四章 転入生なんて関係ない

自室の机に向かい、両手で頭を抱える。

とめどなく欲望がこみ上げ、悶々とした気持ちが治まらない。

目を閉じれば鮮明に浮かび上がる小笠原真琴の裸体。

俺にすべてをさらけ出した小笠原真琴だが、思い出されるのは、マットの上に女の子座りになり、恥じらうように乳房と股間を隠し、妖艶な流し目で俺を見る姿。あの瞳が忘れられない。

こみ上げる欲望。

犯したい。穢したい。性欲を吐き出したい。それ以上に――。

小笠原真琴を俺だけのモノにしたい。

結局ほとんど眠れず、窓の外が白んできたのを目にし、ふらつく足で浴室へと向かった。そして眠気を覚ますためにシャワーを浴びた。

何かが決定的に狂っている。堕ちてゆくのは小笠原真琴か。それとも――。

※

シャワーは浴びたが眠気は抜けず、ふらつく足取りで通学路を歩き、学校へと向かった。

気がついたら昼休みになっていた。

食欲が湧かない。思えば昨日から何も食べていない。何も手につかず、小笠原真琴のことばかり考えてしまう。

俺は一体どうしてしまったんだ。

頬杖をつきながら悶々と悩んでいたら、教室内が妙に騒がしいことに気がついた。

違和感を覚え、目を閉じて寝ているフリをしながら聞き耳を立てた。

「転入生だってよ」

「見たヤツがいるんだけど、スゲー美少女らしいぜ」

「超名門校からの転入って話だぞ」

聞こえる男子生徒たちの会話。

転入生？　しかも超名門校から？　まあ、俺には関係のない話だ。

昼休みが終わる前にトイレに行ったが、廊下で立ち話をしている生徒たちや、トイレで用を足している生徒たちが異常に盛り上がっていた。原因は転入生だ。

超名門校からの転入であり、しかも驚くほどの美少女らしい。

転入生がどれほどの美少女か知らないが、どうだっていい。ただ可愛いだけの女にうつつを抜かしている暇など俺にはない。

小笠原真琴を堕とすこと。それが俺のすべてだ。

放課後になっても学校中が転入生の話題で持ちきりだった。

「美少女転入生はお兄ちゃんと一緒に顔を出しにきたらしいよ」

「転入生のお兄ちゃんって超美形なんだって！」

「お兄ちゃんもうちの学校に転入するの!?」

「けっこう年上っぽかったらしいから、違うんじゃない？」

「あぁん！　美形なお兄ちゃんを見たかったぁ！」

「よし決めた！　転入生と友達になろう！」

昼間の時点では主に男子生徒たちがはしゃいでいたが、放課後の今現在、女子生徒たちも盛り上がっている。原因は転入生についてきた男だ。聞く限り転入生の兄であり、相当な美形らしい。

美形な男ねえ。どれだけ美形でも、兄貴には敵わないだろうけどな。あの人は色々と格が違うから。

それはそうと、噂の転入生は職員室に顔を出し、帰ってしまったようだ。正式に登校するのは週明けの月曜日かららしい。

興味はないが都合がいい。周囲が転入生に気を取られれば、安心して小笠原真琴を調教できるからな。

そう思い、会室に向かって歩き出した。

会室に入ると、小笠原真琴がすでに待っていた。

ソファに座って本を読んでいた小笠原真琴は、俺に気付くとテーブルに本を置き、立ち上がって俺を見た。

「こ、こんにちは！」

やや緊張した面持ちで挨拶をした小笠原真琴は、耳まで真っ赤にさせながら礼儀正しくお辞儀をした。

「あ、ああ、ご苦労さん」

なぜか俺まで緊張してしまい、声が震えそうになった。

「すぐに始めますか？」

顔を上げた小笠原真琴が俺を見つめて問いかけてくる。その瞳は潤んでいた。

ドクンと鼓動が跳ね、顔が燃えるように熱くなった。

何を動揺しているんだ俺は。しっかりしろ。

「あ、ああ。じゃあ始めようか」

「は、はい！」

俺の問いかけに返事をした小笠原真琴は、その場で制服を脱ぎ始めた。

制服を脱いで綺麗に畳んだ小笠原真琴は、昨日と同様に下着姿になった。

水着はもう着ないつもりなのか。

「きょ、今日も水着を忘れてきたのか？」

そう小笠原真琴に問いかけると、今まさに下着を脱ごうとしていた小笠原真琴がビクッと震えた。

「い、いえ。今日はちゃんと持ってきました……」

俺を見ようとせず、消え入りそうなか細い声で呟く小笠原真琴。

「き、昨日、全裸でマッサージの訓練を受けて思ったんです。裸でも問題がないのなら、裸の方がいいんじゃないのかなって……」

俺から視線をそらしたまま呟いた小笠原真琴は、チラリと横目で俺を見た。

まただ。あまりにも妖艶な流し目。その瞳で見つめられると何も考えられなくなってしまう。

「み、水着を着た方がいいですか？」

その問いかけにハッと我に返った。

「あ、いや、小笠原さんがそれでいいのなら、裸の方がいい。生地が邪魔にならないし、水着を洗う手間も省けるからな」

思い浮かんだことをそのまま口にすると、その俺の言葉を聞いた小笠原真琴は、両手を後ろに回した。そして、プチッと音を立ててブラジャーのホックを外した。

上目遣いで俺を見つめる小笠原真琴。フッとブラジャーが緩み、スルッと落ちた。

露わとなった大きな乳房がたゆんと揺れる。その大きく形のいい乳房は数かな振動でプルンと震え、だがすぐに元の形に戻ろうとする。そんな二つの乳房の頂点に見える桃色の乳輪と乳首。清純で可憐な雰囲気を放つ乳輪は卑猥にプックリと膨らみ、そして乳首は淫らにツンと勃っていた。いや、ただ勃っているだけじゃない。破裂しそうなほどにビンビンに硬くなっているのが見て取れた。

一瞬にして全身を紅潮させた小笠原真琴は、外したブラジャーを制服の上に乗せた。そして乳房を隠そうともせず、そのまま両手をショーツにかけた。

やや前屈みになった小笠原真琴は、ゆっくりとショーツを降ろしてゆく。だがそこでビクッと震え、大きな乳房がブルンと跳ねた。

糸を引いていたのだ。露わになった秘裂と降ろされたショーツを繋ぐように、卑猥な水糸が伸びていたのだ。

ねっとりとした淫らな粘液が、秘裂から大量に漏れ出してしまっている証拠だった。

「ご、ごめんなさい……」

中途半端にショーツを降ろした状態で謝る小笠原真琴。カクカクと震えている膝の振動が乳房に伝わり、プルプルと揺れている。

「こ、これって……エッチなおつゆですよね？　私……知ってます」

前屈みになったまま、震えるか細い声で呟いた小笠原真琴は、潤んだ上目遣いで俺を見つめた。

「た、ただの……ただの生理現象だ。気にする必要はない」

パニックに陥りそうになったが、とっさにそう答えた。

「せ、生理現象……ですか」

なぜか悲しそうに呟く小笠原真琴。

「ああ」

頷いて答えると、潤んだ上目遣いで俺を見つめたまま、小笠原真琴は薄く笑みを浮かべた。

下着を脱ぎ終わり、全裸になった小笠原真琴は、俺が指示を出すまでもなく、自らマットの上に横になった。しかも仰向けに。

仰向け、つまり乳房が丸見えの状態だ。

「小笠原さん……」

目を閉じている小笠原真琴は、俺の問いかけにピクンと震えた。

「ま、マッサージして欲しい場所があるんです」

燃えるように真っ赤になりながら、震える声でそう言った小笠原真琴は、両膝を立てると股を開いた。

「ふ、太ももの付け根をマッサージしてもらえませんか？　なんだか苦しいんです」

太ももの付け根。それはつまり、秘裂の両脇だ。仰向けで、しかも膝を立てて股を開いた状態で、そんな場所をマッサージしろと言うのか。

「田中さんみたいに人気があって強い人が、どうして私のお友達になってくれたんでしょうか？」

目を閉じたまま誰にとはなく呟く小笠原真琴。

噂を流して田中を誘導したのは俺だが、俺はあくまでも噂を流しただけだ。田中が喰いついたのは、あくまでも田中の意志。そして友人になったと言うのなら、それは小笠原真琴にそれだけの魅力があったと言うだけの話だ。不思議でもなんでもない。

「私、イジメられていたんです。でも私をイジメていた人たちが、急に学校に来なくなりました。しかも田中さんのような人気があって強い人が私を守ってくれるようになりました。なんだかあまりにも私に都合がいいと思いませんか？」

ドキッとした。まさか小笠原真琴は……。

「田中さんは私がイジメを受けていることに薄々気づいていていて、助けたいと思ってくれていたみたいです。でも動けなかったんです。悪いのは私です。だって私は、誰に聞かれてもイジメを受けていることを否定していたから」

田中は気付いていたのか。でも動けなかった。イジメを受けている本人がイジメを否定していたから。

「私がイジメを否定しているのに、もし下手に手を出して、証拠がなくて引き下がることにでもなったら、もっと私がイジメられるんじゃないかって不安があったみたいです」

まあ、そうだろうな。本人が否定している以上、証拠がなければどうしようもない。

「その田中さんが言っていたんです。私には守護霊がついているって」

目を閉じていた小笠原真琴は、そう言って薄く目を開けるとチラリと俺を見た。

「素直じゃなくて、意地っ張りで、不器用で、でも誰よりも強くて優しい守護霊らしいです。その守護霊を絶対に逃がしちゃダメだよ、って言っていました」

守護霊ねえ。ああそうかよ。

「ありがとうございます」

横目で俺を見ていた小笠原真琴は、目を閉じるとお礼を言った。

「守護霊さんにお礼を言ったんです」

目を閉じたままそう呟いた小笠原真琴は、楽しそうにクスッと笑った。

なに笑ってんだよお前は。クソ、バレていたのか。

「私、頑張ります。強くて優しい守護霊さんに見放されないように、うんと頑張ります」

その小笠原真琴の呟きを聞き、ようやく納得した。そういうことだったのか。

本が好きで読書同好会に入ったのに、すんなりとマッサージの訓練を受け入れ、度がすぎるほどに俺の役に立とうとしていた小笠原真琴。俺が露村たちを排除し、田中の意識を小笠原真琴に向けさせたことを知っていたんだ。

小笠原真琴が異常なまでに献身的だったのは、恩返しのつもりだったんだな。

「じゃあ、マッサージ、お願いします」

「ああ」

小笠原真琴の言葉に頷くと、噴き出したいのを必死にこらえながら両手にローションを垂らした。

自分が罠に嵌められたことも知らず、罠に嵌めた俺に恩を返そうだなんて。

どこまでもおめでたいヤツだ。

なら、その純粋すぎる想いを利用させてもらうだけだ。

仰向けになって膝を立て、股を開いている小笠原真琴。その股の間に割って入り、ゴクリと唾を飲みこんだ。本当にすべてが丸見えだ。

乳房も、乳輪も、乳首も、淫液をあふれ出させている清純な秘裂も。かろうじて見えないのは肛門くらいだ。

そんなことを思いつつ、左右の太ももの付け根、つまり秘裂の両脇にそっと手を添えた。

「んっ♡」

ピクンと震えて甘い声を漏らす小笠原真琴。そんな小笠原真琴の清純な秘裂からゴポッと淫液があふれ出した。

俺に恩を感じていることと、マッサージで快感を覚えていることは別の話だ。

小笠原真琴の肉体《からだ》は感度が高く、乱れやすいということだ。言うなれば、淫乱の素養だ。

秘裂の両脇に親指を押し当て、上下に擦る。

「んっ♡　あっ♡　んくっ♡」

秘裂にはギリギリ当たっていないが、その両脇を親指で愛撫され、甘い声を上げながらその身を捩る小笠原真琴。かなり大きな快感を覚えているようだ。

「も、もっと内側を……グリグリして欲しいです……♡」

熱く荒い吐息を漏らし、そう訴えかけてくる小笠原真琴。もっと内側。それはもはや秘裂の中だ。どこを弄ればより強い快感を得られるか知っているのだ。

左右の親指を内側に滑らすと、その親指が秘裂の左右にある肉ヒダに触れた。

「あっ♡　あっ♡　あっ♡」

ピクンピクンと震えながら、その身を捩って身悶える小笠原真琴が、甘い喘ぎを上げる。そしてあまりにも卑猥な光景が俺の視界に映し出された。

プルプルとプリンのように震えている大きな乳房。その頂点にあるプックリと膨らんだ乳輪がムムッとさらに膨らみ、ただでさえ勃起していた乳首がググッとさらに硬度を増した。そして皮をかぶっているクリトリスがググッと皮を押し上げ、ズルッと皮が剝けた。それにより、真っ赤に充血した姿をさらけ出してしまった。

「あっ♡　んくっ♡　あああああっ♡」

熱く荒い吐息を漏らす小笠原真琴は、甘い喘ぎを上げながら、紅潮した肌にジットリと汗を滲ませた。そしてゴポリと淫液があふれ出し、甘くも饐《す》えた牝の臭いが漂う。

常に皮をかぶっているクリトリスが外気に触れ、それだけで快感を覚えてしまったのだろう。

気が狂いそうになってしまうほどに湧き上がる欲望。

まだだ。小笠原真琴はまだ堕ちていない。ようやく快感の悦びに気付いただけだ。

このまま、マッサージの訓練と思いこませたまま、堕ちるところまで堕としてやる。

淫らな牝と成り果てるまで。

※

週が明けた月曜日、校内が異常に騒がしかった。

廊下で立ち話をしている大勢の生徒たち。その生徒たちの話題は、すべて転入生についてだった。

ああ、そう言えば、噂の美少女転入生は週明けから登校するんだったな。

「あの子だよね？」

「うわあ、本当に美少女だよ」

「あの超名門の誠陵《せいりよう》学園の生徒だったらしいよ」

「誠陵!?　名門校って聞いてたけど、誠陵だったの!?」

「しかも成績は学年首位で生徒会の副会長だったんだって」

「さらにお兄ちゃんが超美形なんでしょ？」

「きっとお金持ちのお嬢様なんだろうね」

「世の中不公平だわ……」

大騒ぎをしている女子生徒たち。男子生徒たちは頬を染めて呆然としながら皆一様に一点を見つめている。

どうやら転入生が登校しているようだが、俺には関係のない話だ。

それはそうと、誠陵だと？　しかも学年首位？　そんな馬鹿な。それほど優秀な生徒がうちの学校に転入してくるなどあり得ない。噂に尾ひれがついているだけか？

「あれ？　城島さん、髪伸ばしてるの？」

廊下を歩いていたら、すぐそばから声が聞こえた。次いでドンッと何かにぶつかった。俺としたことがうっかりしていた。

「す、すまない」

ぶつかった相手に謝り、その相手を躱して歩き出そうとした。ところで立ち止まった。

全身からブワッと噴き出る汗。

一瞬チラッと見えたが、気のせいだ、気のせいに決まっている。アイツがここにいるはずがない。

そう自分に言い聞かせながら恐る恐る振り返り、そして視界に映ったのは――。

淡い栗色の髪を後ろで結っている少女が、温かみを感じる鳶《とび》色の瞳で俺を見つめていた。

「ば、馬鹿な……」

視界に映るその少女は、恥辱の限りを尽くして徹底的に調教した俺専用の肉玩具、里中聖《さとなかあきら》だった。

里中は背が低かった。だが少しだけ伸びたようだ。それに幼すぎるほどの童顔だったが、少し大人びている。それと、里中は年齢や身長の割に胸が大きかったが、さらに大きくなったようだ。

「久しぶりだね、城島さん」

そう言って、里中はにっこりと笑った。それは初めて見た里中の笑顔だった。

笑うどころか感情を表に出せなくなっていた里中が、まさか笑うとは。たった一年会わなかっただけで、随分と変わったんだな。

足を踏み出し、触れるほど身を寄せる里中。

「今さらだけど、追いかけてきちゃった♡」

その里中の言葉に、脳ミソの血管がブチ切れそうになった。

「今すぐ地元に帰れ」

そう吐き捨てると里中を躱して歩き出した。

馬鹿が。誠陵を辞めて俺を追いかけてきたのか。里中はもう少し利口なヤツだと思っていたが、愚かにもほどがある。

「もう迷わないから！」

背後から聞こえた叫びに舌打ちをした。

※

教室中から聞こえる囁き声。自分の席に座っている俺は、頭を抱えずにはいられなかった。

最悪だ。最悪の状況に陥ってしまった。俺としたことが、なんてヘマをやらかしてしまったんだ。

「転入生の里中さんって城島くんの元カノらしいよ」

「え!?　うそ！　マジで!?」

「地元が同じなんだって」

「え!?　それって、城島くんを追いかけるために誠陵を辞めたってこと!?　学年首席だったんでしょ!?」

「みたいだね」

「うわあ！　青春だねえ！」

俺の方をチラ見しながら会話に花を咲かせる女子生徒たち。俺に聞こえないように話をしているつもりのようだが、丸聞こえだ。

ああ、俺はなんて馬鹿なことをしてしまったんだ。

里中がいきなり現れて、あまりにも驚きすぎて気が動転し、そこが廊下だということをすっかり忘れていた。おかげで俺と里中の関係を言い触らす形になってしまった。

この地に越してきて一年少々。特にこれといって特徴がない普通の優等生を演じてきたというのに、それが一瞬で台無しになってしまった。

それにしても――。

ギリッと歯を食い縛った。

馬鹿が。誠陵を辞めてどうする気だ。誠陵に入れた時点で将来を約束されたようなものなんだぞ。しかも首席だ。それを捨てるなんて……。

どうにかしてあの馬鹿を地元に帰さないとな。

それと――。

里中のことが小笠原真琴の耳に入ったら、すべて終わりだな。

小笠原真琴は天然だが真面目だ。異性との交際経験なんて皆無だろうし、そういったことに対する免疫もまったくないだろう。そんな小笠原真琴の耳に里中の話が入ったら、俺を軽蔑し、避けるようになるだろう。

とはいえ、里中を責めるのはお門違いだ。俺が馬鹿だったんだ。動揺しすぎて廊下で騒いでしまうなんて。

過ぎてしまったことを悔やんでも意味はない。が、できうることなら時間を巻き戻したい。

※

放課後になり、急いで教室から出ると、足早に廊下を歩いて会室に向かった。

疲れた。ここ最近で一番疲れた。

かなり注目されることになってしまったが、その割に絡んでくるヤツは皆無だった。それがせめてもの救いだ。

だが小笠原真琴はもう会室に来ないかもしれない。

何度もため息を漏らしながら会室に到着し、扉を開けると室内に入った。

『こんにちは！』

いつも座っているソファから立ち上がり、挨拶をして礼儀正しくお辞儀をする小笠原真琴。そして顔を上げてにっこりと笑う。そんな姿が見えた気がした。だが――。

静まり返った室内に人影はない。

「やっぱり来ていないか……」

ため息交じりにそう呟くと、小笠原真琴がいつも座っていたソファに近づいた。そしてそのソファに触れると、踵を返して会室を後にした。

※

とにかく今は自分の部屋に帰って熱い風呂に入り、さっさと寝てしまいたい。そんなことを思いながら通学路を歩いていたら、あるモノが視界に映り、とっさに隠れた。

並んで歩く三人の少女。小笠原真琴と田中と、そして里中だ。

里中のヤツ、もう小笠原真琴の存在を嗅ぎつけたのか。

里中はすべてを打ち明けるつもりなのか。俺の玩具であったことや、俺から好き放題に弄ばれたことを。もしそうなら好きにすればいい。事実なのだから止める理由はない。

それで小笠原真琴が俺を軽蔑し、避けると言うのなら、そのうえで小笠原真琴を籠絡する策を考えるだけだ。

とはいえ、これはさすがに詰んだかもしれん。

ため息を漏らしつつ、隠れながら三人の後を追いかけた。

※

三人が向かったのは河川敷だった。河川敷は見通しがいいため、身を隠して探るのが困難だ。厄介な場所を選ばれたなと思ったが、ちょうどよくそばに大きな木があり、身を隠して様子を探ることにした。

オレンジ色に染まる夕暮れの河川敷。その土手に腰を下ろした三人は、田中、小笠原真琴、そして里中の順に並んで座っている。

「里中さん、だよね？　城島の元カノらしいけど、登校初日にマコちゃんを呼び出すなんてどういうつもり？」

最初に口を開いたのは田中だった。里中を睨みつけながら低い声音で問いかけた。

「田中さんだったよね？　真琴ちゃんを呼び出したのは、話をしてみたかったから。それだけだよ」

睨む田中の鋭い視線を笑顔で返し、田中の問いに答える里中。

「ああ、それと、元カノって言うのは間違いだよ。あたしは結局、城島さんに想いを伝えられなかったの。すべての責任を城島さんに押しつけていただけ。一生かけても返しきれない恩を受けたのに、それを仇で返した最低な女なんだよ」

膝を抱えて座っている里中は、笑みを浮かべたまま呟いた。

「だから本当は、あたしに城島さんを追いかける資格なんてないんだよ……」

そう言って、酷く自虐的な笑みを浮かべた里中は抱えた膝に顔を埋めた。そんな里中を見ていた田中の顔が歪んだ。

何を言っているんだ里中は。たかが肉玩具のクセに、まるで俺を見捨てたような物言いだな。どうやら完全に勘違いをしているようだ。

お前は俺を見捨ててなどいない。俺がお前を捨てたんだ。つけ上がるのも大概にしろ。

「それって里中さんが悪いわけじゃないんじゃないの？　城島って頭はいいけどバカだからね。あんなに不器用な男も滅多にいないよ」

ため息を漏らして呟く田中。おい田中この野郎。お前にだけは馬鹿って言われたくねえよ。

「里中さんって下の名前はなんて言うの？」

「神聖の聖って書いてアキラ」

「んじゃあアキラって呼ぶわ」

「田中さんは？」

「涼子。夏の夕暮れに縁側で涼む美しい女の子と書いて涼子って読むんだよ」

「あはは、涼子ちゃんって面白い人だね」

「いやいや、ウケを狙ったわけじゃないから。真面目に言ってるんだけど」

お互いに笑い合いながら会話を交わす里中と田中。

「想いを伝えなかった……ですか」

それまで黙っていた小笠原真琴が、夕日を見つめながら呟いた。

「じゃあ、悪いのは里中さんですね」

里中を見た小笠原真琴が、そうはっきりと言いきった。

驚いた。小笠原真琴があんなにはっきりと人を批難するとは。

「うん」

コクンと素直に頷く里中。

「私は小笠原真琴です」

里中をまっすぐに見つめ、自分の名前を口にする小笠原真琴。

「あたしは里中聖」

小笠原真琴をまっすぐに見つめ返し、自分の名を口にする里中。

まっすぐに見つめ合っている二人は、ふっと笑みを浮かべ、同時に右手を差し出した。

「よろしくお願いします」

「こちらこそよろしく」

そして声を掛け合い、差し出した手を握り合った。

な、なんなんだいったい。

手を握り合って見つめ合う二人に田中が声をかけた。

「あ、あのさ……」

「も、もしかして私って……邪魔？」

そう言って自分を指さした田中は引き攣った笑みを浮かべた。小笠原真琴のことが心配でついてきたんだろうけど、自分の場違い感に居た堪れなくなったようだ。

「邪魔なわけがありませんよ」

「真琴ちゃんには素敵な親友がいるんだなって思ってたところだよ」

そう田中に声をかける二人。その二人の言葉を聞いた田中は嬉しそうにへらっと笑った。

なんて単純なヤツだ。ていうか、どう考えてもお前は邪魔者だ。

その後、しばらく談笑した三人は、日が暮れる前に帰路に着いた。

※

里中は何がしたかったのか。登校初日に小笠原真琴に接触し、何をするのかと思ったら——。

「自己紹介をしただけだったな」

てっきり小笠原真琴にすべてを打ち明けるのかと思っていたんだが。

それはそうと、小笠原真琴はもう会室には来ないと思っていたが、あの様子だとあまり気にしていないようだ。

そんなことを考えながらマンションに向かって歩いていたが、途中で夕食がないことを思い出し、引き返してスーパーに立ち寄った。

いつもなら弁当を買うところだが、たまには自炊でもしてみようと思い、色々と悩みながら食材を買った。

スーパーを出ると、すでに日が沈んでいた。ちょっと悩みすぎたな。まあ、悩むも何も、俺が作れる料理なんてカレーくらいだが。

買い物袋を持ちながら暗い夜道を歩き、マンションへと到着した。

「ん？」

マンションに入ってゆく少女の姿。よく見えなかったが、うちの学校の制服を着ていた。ここに越してきて一年以上になるが、うちの学校の生徒を見たのは初めてだ。

最近越してきたのだろうか。まあ、俺には関係のない話だが。

マンション内に入り、エントランスを抜けるとエレベーターに乗った。そして俺の部屋がある階に到着し、エレベーターから降りた。

「どういうこと⁉　話が違うんだけど！」

聞こえた声に思わずビクッと震えてしまった。里中の声だ。間違いない。ということは、さっき見たうちの学校の制服を着た少女は里中だったのか。でもなんでアイツがここに……。

ああ、そうか。学校の住所録を見てここを見つけ出したのか。ストーカーみたいなヤツだな。

誰かと話しているようだが、もしかして小笠原真琴と田中も一緒にいるのか？

「付き添うだけって言ったでしょ！　週明けには地元に帰るって！」

聞こえる里中の怒声。なんだか様子が変だ。ケンカでもしているのか？

そんなことを思いながら通路を歩き、そしてあるモノが視界に入って硬直した。

背筋を悪寒が駆け上がり、全身から噴き出す脂汗。

「一人暮らしをすることは母からきちんと了承を得ています！　だから安心して帰ってください！」

「だがこのマンションの部屋を借りたのは俺だ」

里中の怒声に続いて聞こえた声に、目の前が真っ暗になった。

視界に映る人物。見紛うはずもない。

「あたしを送り届けたら帰るって言ってたじゃない！　言っておくけど、総一郎さんと同棲する気なんてないから！」

「そのことなら心配する必要はない」

「なんでよ！」

「里中さんは蒼維《あおい》の部屋に住めばいい」

「……え」

「里中さんの部屋の住所はきちんと学校側に提出してある。だから問題になることはない。それに蒼維の部屋は隣だ。学校側から連絡が来たとしてもすぐに対応できる。どうかな？　悪い話ではないと思うが」

「そ、それは……確かに悪い話ではないけど」

向かい合って会話を交わす二人。

逃げなければ。そう自分に言い聞かせたが、体が言うことを聞いてくれない。悪寒と脂汗が止まらず、すくんだ足が勝手に震える。

苦しい。息が苦しい。心臓が破裂してしまいそうだ。

ガサッと音が響き、体が勝手にビクッと震えた。

音を立てたのは買い物袋だった。手に力が入らず、持っていた買い物袋が床に落ちてしまったのだ。

床を転がるジャガイモや玉ねぎ。拾わなければ。そう思って屈もうとしたら、カクンと膝が折れ、そのまま崩れ落ちた。

どうして？　どうしてあの人が、兄貴がここにいるんだ。

そこで思い出した。転入生の話題で持ちきりだった時、その転入生に付き添って学校に来た人物。転入生の兄だという話が広まっていたが、里中には兄なんていない。

あれは俺の兄貴だったのか。

もうやめてくれ。俺を放って置いてくれ。兄貴に悪気がないことはわかっている。兄貴が誰よりも俺を気にかけ、大切に想ってくれていることは知っている。だけど、兄貴のその優しさが俺を追い詰めたんだ。お願いだから、もうこれ以上俺を追い詰めないでくれ。

「蒼維……」

聞こえた声に体が勝手にビクッと震えた。

「こ、転んだのか⁉　怪我はないか⁉」

響き渡る懐かしくも恨めしい声。俺に向かって駆け寄ってくる足音。そして――。

「ごめんな蒼維。お兄ちゃんはもう蒼維に会うつもりはなかったんだ。だけど、ダメだった。ごめんな……」

床に膝をついている俺を抱きしめた兄貴は、俺の耳元でそう囁いた。

どうしてだ？　どうして兄貴はそんなにも俺を大切にする？　出来が悪い愚かな弟だからか？　俺では絶対にあなたに敵わないから、だから優しくできるのか？　そうやって俺を見くだし、嘲笑っているのか？

そうだったらどんなに楽だったことか。兄貴を恨むことで救われただろう。だけど違う。この人は、兄貴は見返りすら求めずに、ただひたすら俺を想ってくれている。その無償の想いが俺を追い詰める。

「兄さん。僕はあなたが……嫌いです」

そう呟くと、俺を抱きしめている兄貴は、さらに強く俺を抱きしめた。

恵まれた体躯と天性の素質を持ちながら、努力によって徹底的に鍛え上げられた逞しい肉体。そんな兄貴に抱きしめられただけで、俺はどうすることもできない。俺はこの人に何一つ勝つことができない。

「わかっている。わかっているんだ蒼維。お前を追い詰めたのはお兄ちゃんだ。わかっているんだ。わかっているんだよ……」

囁かれる声に、心が悲鳴を上げる。

この人に追いつきたかった。隣に並ぼうとか、追い越そうなんて思っていなかった。ただ兄貴の大きな背中が好きだった。その背中が俺の目標だった。だけどどんどん離れてゆく。追いつくどころか遠ざかってゆく。

「随分と髪が伸びたな。ますます母さんに似てきたんじゃないか？　蒼維は元々食が細かったが、食事はきちんと摂っているのか？　一年前より少し身長が伸びたようだが、一年前より少し身長が伸びたようだが、一年前より細くなったんじゃ――」

兄貴の言葉が唐突に切れ、次いでゴウッと風を斬る音が響く。

空を斬ったのはバットだった。そのバットの攻撃を寸でのところで躱した兄貴は、俺を抱きかかえると立ち上がった。その兄貴の正面には、肩にバットを担いだ里中の姿。

「里中さん。バットなんてどこに隠し持っていたんだい？　それと、バットは人の頭を殴るための道具じゃない。ボールを打つための道具だ」

俺を抱きかかえている兄貴は、攻撃を受けたというのに、飄々とした態度で里中に話しかける。

「城島さんから離れて。城島さん泣いちゃってるじゃない」

ジト目で兄貴を睨みながら声を上げる里中。

「わかっている」

「わかってるなら城島さんをお姫さま抱っこしてないで解放しなさい」

「里中さんは厳しいな」

「総一郎さんはキモいよね」

兄貴を相手にまったく怯まず、堂々と貶《けな》す里中。貶されてもまったく気にしていない様子の兄貴は、里中の命令に従って俺を降ろした。だが足が床についたと同時にカクンと膝が折れてしまった。

「蒼維――おっと」

とっさに俺を支えようとした兄貴は、全力で振り抜かれたバットをサッと躱した。次いで俺の懐に滑りこんだ里中が鮮やかな動きで俺の腰に手を回し、俺を支えた。

兄貴に攻撃を仕掛けつつ俺を支えるとは。相変わらず凄まじい運動神経だ。

「城島さんのお世話はあたしがしますから、総一郎さんは安心して消えてください。それと、城島さんの半径二メートル以内に近づかないように。もし近付いたら、次は本気で攻撃するからね？」

俺を支えたまま兄貴を睨み、右手で握っているバットの先端を兄貴に向けながら威嚇する里中。

「ははは、怖いな。里中さんが本気になったらお兄ちゃんは負けちゃいそうだ」

降参を伝えるように両手を上げた兄貴は、そう言ってにっこりと笑うと後退した。

負ける訳がない。里中の運動神経は確かに凄いが、兄貴は格が違う。里中にどうにかできる相手じゃない。

「里中さんがその気になってくれて、お兄ちゃんは本当に嬉しい。蒼維と里中さんはお似合いだ。それに、里中さんが一緒にいてくれるのなら、お兄ちゃんは安心できる」

「なら安心して実家に帰ってもらえませんか？」

「はっはっは。里中さんは頭がいいし運動も得意だし、何より性格が最高な美少女だが、そのうえ冗談も言えるとは。お兄ちゃん一本取られちゃったな」

「冗談じゃなくて本気で言ってるんだけど」

里中の言葉を笑って受け流す兄貴。そんな兄貴をジト目で睨む里中。

今さらだが、兄貴と里中は俺が知る限り面識がなかったはずだ。俺が実家を出てから連絡を取り合うようになったのかもしれないが、随分と距離が近いように思える。

「じゃあお兄ちゃんは部屋に戻るよ。里中さん、蒼維をよろしく頼む。ああ、それと、愛し合っている二人の関係に口を出すつもりはないが、将来のことを考えるのなら、しっかりと避妊はしたほうがいいとお兄ちゃんは思う」

「爽やかにセクハラするな変態ブラコン！」

微笑みながら話す兄貴をキッと睨んだ里中は、真っ赤になりながら兄貴に向かってバットを投げつけた。ビュンッと風を斬って迫ったバットを軽やかに躱した兄貴は、チラリと俺を見ると、俺の部屋の隣の部屋へと入っていった。

「ご、ごめんね城島さん。城島さんに総一郎さんを会わせるつもりはなかったんだけど……」

　しゅんとした里中は、捨てられた仔犬のように上目遣いで俺を見ると、心底申し訳なさそうに謝ってきた。

　なるほどな。里中が突然現れて色々と納得できなかったが、兄貴が一枚噛んでいたのか。

「あ、あの、それでね？　あたし、総一郎さんが入っていった部屋に住む予定だったんだけど、総一郎さんが帰らないって言い出して……」

　自分が住む予定だった部屋に兄貴が居座ってしまったせいで、住む場所がないと言いたいのだろう。話は聞いていたから理解している。

　今から部屋を探しても、決まるまで時間がかかるだろう。それに学校側に住所を提出してしまったのだから、それを変えるとなると色々と面倒なことになりかねない。となると、里中は兄貴と一緒に住むか、俺と一緒に住む以外選択肢がないってことか。

　里中を嵌めたのは俺の兄貴だからな。なら弟である俺にも責任がある。

「里中、悪かったな。うちの兄貴が迷惑をかけた」

「そ、そんなっ。城島さんが謝ることじゃないよっ」

　俺の言葉に顔を真っ赤にした里中は、ブンブンと首を横に振った。

「別の部屋を探すにしても色々と大変だろうからな。身の振り方が決まるまで俺の部屋に住んでくれてかまわない」

「い、いいのっ？」

俺の言葉を聞き、耳まで真っ赤にさせた里中が首を傾げて問いかけてきた。

里中に力を貸すフリをして、急遽ここに残ると言い始めた兄貴。兄貴は里中を困らせるのが目的ではなく、たぶんその逆。狙いは俺と里中を同棲させることだろう。里中がその気になったから、その想いを全力で支援することにしたんだろうな。

あの人はそういう人だ。俺の意志など関係なく、一方的に愛情を押しつけてくる。

「里中、一応言っておくが、お前には一切手を出さないからな」

そう里中に問いかけると、耳まで真っ赤にさせている里中は、首を傾げてえへっと笑った。

「おい、返事はどうした」

ジト目で里中を睨みながら再度問いかけたが、またもや首を傾げてえへっと笑う里中。

コイツ、何か仕掛けてくる気だな。まあ、俺が相手にしなければいいだけの話だ。

※

鼻歌を口ずさみながらキッチンに立つ里中。俺が買ってきた食材を使ってカレーを作っているようだ。料理は里中に任せた方がいい。俺はお世辞にも料理が上手いとは言えないからな。

やることがないため、テーブルの前に座っているが、どうにも落ち着かない。里中が一緒に住むことになったのも原因の一つだが、それ以上に隣に兄貴がいると思うと気が気ではなくなってしまう。

気がつくと室内にカレーの匂いが漂っていた。

「カレーは誰が作ってもたいして変わらないと思うけど」

トレイにカレーを乗せた里中が、そんなことを言いながら俺の隣に座った。そして俺の目の前にカレーが盛られた器を置いた。

「はい、どうぞ、めしあがれ」

そう言って俺にスプーンを差し出す里中。その里中をジト目で見た。

「ん？　どうかした？」

そう言って不思議そうに首を傾げる里中。

「なあ里中」

「ん？」

「どうしてお前は裸にエプロンをつけているんだ」

「え？」

俺の指摘を受けた里中がキョトンとした。

「え？　じゃなくて」

裸エプロンを指摘されて、なぜキョトンとする。

「おかしいかな？」

「おかしいだろ」

「え？　だってだって、料理をする時は裸にエプロンが基本だ、って城島さんがあたしに教えこんだんだよ？」

「うっ」

里中の言葉に思わず呻きを上げてしまった。

確かに教えこんだのは俺だが……。

クスッと笑った里中は、前屈みになると両肘をテーブルにつき、両腕を寄せて谷間を強調させた。そして上目遣いで俺を見る。それは明らかな挑発だった。俺の命令に絶対服従だった以前の里中からは考えられない行動だ。

「お、おかわり」

きた。

「まだ食べてないじゃん」

カレーが盛られた器を里中に差し出すと、ジト目になった里中が突っこみを入れてきた。

「う、うるさい」

俺は動揺しているのか？　里中相手に？

里中からスプーンを奪い、ガツガツとカレーを食べた。

「食ったぞ。おかわり」

口内に詰めこんだカレーをもぐもぐと咀嚼しながら、空になった器を里中に差し出した。

「ふふ♡　はーい♡」

クスッと笑って器を受け取った里中は、立ち上がると俺に背を向けた。エプロンで隠れている前面とは違い、白い肌を余すところなくさらけ出している背面。

「あ♡」

俺に背を向けたまま、かすかに甘い声を上げた里中が前屈みになった。そして俺に向かって尻を突き出した。

丸見えとなった薄桃色の肛門がモコッと盛り上がり、ムリムリと開き始める。そして異常なまでに広がった肛門から、ヌルンッと大きな球体が排出された。

腸液によってヌラヌラと輝いているその球体は、肛門から伸びる糸に吊られてブラブラと揺れている。

「で、出ちゃった♡」

前屈みになって尻を突き出したまま、息を荒らげている里中は、チラリと横目で俺を見るとペロッと舌を出した。そのあまりにも見え透いた挑発に、思わず頭を抱えた。

里中を地元に帰す方法を考えなければ。

※

湯船に身を沈めると、盛大にため息を漏らした。

お湯が熱い。その熱さが体に染み渡る。さすがは里中、俺の好みの湯加減を熟知している。

両手でお湯を掬い、顔を洗ってそのまま髪を掻き上げると、浴槽の縁に背を預け、再度盛大にため息を漏らした。

ここ最近、食欲がなかったし、面倒だからシャワーで済ませていた。そして碌に眠れなかった。だが今日はカレーをおかわりしたし、熱い湯船に浸かって最高の気分だ。

これで爆睡できたら言うこと無しだな。

ただし、里中がおとなしくしていてくれれば、の話だが。

「アイツ、俺を挑発して手を出させる気だな……」

裸エプロンに特大アナルパールの排出。思い出しただけでもムラムラする。アイツの肛門は俺が徹底的に開発した。だからこそ、その穴の具合がどれだけいいかを知っている。そして里中は俺の性癖を熟知している。

「城島さん、お湯加減はどう？」

「ん？　あ、ああ、悪くな――」

聞こえた声に返事をして、そこで固まった。

開いている浴室の扉と、そこに立つ里中。

俺は男だから、入浴を覗かれても特にどうとも思わない。見たければ勝手に見ろって感じだ。だが――。

「な、何やってんだお前……」

浴室の入り口に立っている里中は、生まれたままの姿だった。要するに全裸だ。

「城島さんから裸を見られるのは慣れてるはずなんだけど、一年ぶりだと恥ずかしいね」

身長の割に大きな乳房をたゆんと揺らし、耳まで真っ赤にさせながら照れたように頭を掻く里中。

多少大人びたとはいえ、年齢よりも幼く見える童顔と、やや低めの身長。全体的に華奢だからこそ、大きな乳房が余計に目立つ。そしてビンビンに勃起している桃色の乳首。それと股の間に見える赤みが強い桃色の秘裂から、乳首と同様にビンビンに勃起したクリトリスが顔を覗かせていた。さらに太ももの内側を伝う淫らな粘液。

思わずゴクリと唾を飲みこんでしまった。

こと肉体の妖艶さや卑猥さで言えば小笠原真琴の方が上だが、開発されていると言う意味では里中が圧倒的に上だ。

「兄貴のせいで住む場所がなくなったのは悪いと思っている。だからこそお前を部屋に入れた。だがお前には絶対に手を出さないと言ったはずだ。それなのにそういった行動に出ると言うのなら、出ていってもらうぞ」

愛らしい容姿と徹底的に開発されて熟れきった肉体を目にして、ムラッとこない訳がない。しかもその肉体の味がどれだけ絶品かを十分すぎるほどに知り尽くしている。だからこそ里中の軽率な行動に腹が立った。

「わかってるよ。誘ったりしないから」

誘ったりしないと言いながら、両手を後ろで組んだ里中は、ワザとらしく乳房を突き出し、上目遣いで俺を見る。

「俺は真面目に言っているんだぞ」

そう言って里中をギロリと睨んだ。

「一緒に入った方がなにかと安上がりだよ。城島さんもあたしも養ってもらっている身分なんだから、切り詰められることは切り詰めないと」

俺の睨みをものともせず、ああ言えばこう言う里中は、しかも正論で攻めてきた。養ってもらっている身分。それを言われると何も言い返せない。

「なら体にタオルでも巻いておけ」

「あたしも自分の体を洗うから」

昔は従順で素直だったのに、俺の言葉にいちいち反発する里中。

「じゃあ先に体を洗うね？」

そう言って里中は俺に右手を見せた。その右手には歯ブラシが握られていた。左手で右の乳房を持ち上げた里中は、んべっと唾を垂らした。その唾が、持ち上げられている乳房の頂点、ビンビンに勃起している桃色の乳首にヌトッと落ちた。そして——。

唾が絡んだ乳首に歯ブラシを押し当てた里中は、その歯ブラシで乳首をコシコシと擦り始めた。

「んっ♡　あっ♡　こ、こうすると、乳首が綺麗になるからっ♡」

一瞬にして真っ赤になった里中は、歯ブラシで乳首を擦りながら甘い喘ぎを上げる。

そしてただでさえ勃起していた乳首が、さらにビンッと淫らに勃起した。

「は、反対もっ♡」

そう言って反対の乳首も歯ブラシで擦る里中。

「体を洗うんじゃなかったのかよ」

そんな体の洗い方をするヤツはいない。

「こ、これがあたしのいつものやり方だからっ♡」

乳首を歯ブラシで擦りながらビクビクしている里中が、そう言い返してきた。

「んっ♡　んあっ♡　歯ブラシで乳首をコシコシするの気持ちイイッ♡　淫乱ドマゾでド変態の聖は、こうやってオナニーしてイキまくりながら体を洗うのが大好きなのっ♡　それは全部城島さんから教えこまれたのっ♡」

そう声を張り上げた里中は、アヘ顔を晒しながらビクビクビクッと激しく痙攣し、尿道からビュビュッと小便を噴き出した。

「つ、次は、お楽しみのクリトリスですっ♡　だらしなくダラダラと垂れている聖のエッチなおま×こ汁を歯ブラシにつけて、クリトリスをコシコシするのっ♡　すっごく気持ちよくて大好きっ♡」

わざわざ説明した里中は、両足を肩幅に広げるとがに股になった。そして自分が言った通り秘裂からあふれ出している淫らな粘液を歯ブラシに絡め、それをビンビンに勃起して充血しているクリトリスに宛がった。

「んあぁぁぁああああああああああっ♡」

がに股の状態でクリトリスをコシコシと擦り、激しく痙攣しながら甘い絶叫を上げる里中。痙攣することで大きな乳房がブルンブルンと跳ねる。

「イクイクイクイクゥッ♡　これすぐにイッちゃうのおっ♡　痛いけど気持ちいいのおっ♡　聖はドマゾだから痛い方が気持ちいいのおっ♡」

浴室に響く甘い絶叫。我を忘れたように一心不乱にクリトリスを歯ブラシで擦り、ビュビュビュッと勢いよく小便を噴き出す里中は、白目を剝いて舌を突き出した。

「でもダメえっ♡　こんなんじゃ全然満足できないっ♡　ド変態な聖は乳首やクリトリスで満足できないのっ♡　ド変態な聖が一番好きなのはお尻の穴なのおっ♡」

クリトリスで散々イキまくった里中は、そう叫ぶと俺に背を向けた。そして前屈みになり、俺に向かって尻を突き出した。

「お尻の穴を城島さんのおち×ぽでズボズボしてもらうのが一番好きだけど、でも聖はいい子だからっ♡　城島さんに迷惑はかけないからっ♡」

そう叫んだ里中は、グググッと力んだ。そして――。

ヌノッと異常なまでに広がる肛門。普通では考えられないほどに。それこそ穴の奥まで見えてしまいそうなほどに。

「ズボズボされるのも大好きだけど、見られるのも大好きなのっ♡　聖がどれだけド変態かを城島さんに見てもらいながら、歯ブラシでクリトリスをコシコシするのっ♡」

そう言って、肛門を異常に開いたまま、里中はクリトリスを歯ブラシで擦り始めた。

「は、恥ずかしいっ♡　聖の一番汚いところを奥の奥まで見られてるっ♡　ああっ♡　恥ずかしくて気持ちいいっ♡　恥ずかしいから気持ちいいっ♡　恥ずかしすぎて気持ちよすぎるよぉぉぉぉおおぉぉおおおおおっ♡」

狂ったように叫びながらクリトリスを歯ブラシで擦り、小便を撒き散らして痙攣し続ける里中。不浄の穴を奥まで晒すという屈辱と恥辱。それが里中を興奮させ、連続で絶頂に達しているようだ。

俺は里中に絶対に手を出さない。そうしなければ、里中を余計に苦しめることになる。なら耐えるしかない。どれだけ手を出したくなっても、耐えるしかないんだ。

湯船から上がり、椅子に座る。

散々イキまくって気が済んだらしい里中は、俺と入れ違いで湯船に浸かった。

あからさまな挑発と反抗的な態度。以前はあれほど素直で従順だったのに、たった一年で人はこれほど変わるものなのか。

たとえ表面を変えたとしても、根幹はそう簡単には変わらないはずだ。

「お前、かなり無理してるだろ」

ため息を漏らしながら問いかけると、ピクンと震えた里中が薄く笑みを浮かべた。

「うん」

そして素直に頷いた。

「今日ね、真琴ちゃんに会ったの。ビックリするほどいい子だね。それにあたしと違って……」

そう呟いた里中は、ザブンと音を立てて湯船の中に潜った。そしてぷはあっと息を吐いて湯船から顔を出すと、濡れた髪を掻き上げた。

「ほんとごめん。もやもやしちゃって我慢できなくて。オナニーでもしないと城島さんを襲っちゃいそうだったから」

そう言ってへらりと笑う里中。

「真琴ちゃんを見た瞬間、ああ、これはもうダメかもしれない、って思った。話してみたらさらに絶望した。真琴ちゃんはあたしと違って強い子だね。潔く身を引いた方がいいって思った。だけど、気が済むまで悪あがきをしてみるのもいいのかな、とも思った」

気が済むまで悪あがき、か。以前の里中なら絶対にそんなことは言わなかっただろう。

自分を抑え、ただただ服従していた里中は、多少自分勝手になった方がいい。

ザバッと音を立てて立ち上がった里中は、湯船から出た。そして俺の前に立つと中腰になった。

「えいっ」

身を捩る里中。その動きによって大きな乳房がブルンと揺れ、その乳房が俺の頬をペチンと叩いた。

「おっぱいビンタ」

ボソッと呟いた里中は、ふんふんと身を捩る。その動きに合わせて激しく揺れた乳房が、左右からペチンペチンと俺の頬を叩く。

「ぬう、おっぱいビンタが効かないとは」

悔しそうに呟いた里中は、両手で乳房を持ち上げた。そして——。

「乳首ミサイルっ！」

そんなことを言って、乳房を俺の顔にムニュッと押しつけてきた。

「これでも効かぬかっ⁉」

「アホか」

乳房をムニュムニュと押しつけてくる里中に、呆れながら呟いた。

「でもおちん×んはおっきくなってるね？」

「気にするな。ただの生理現象だ」

里中の問いかけに淡々と答える。馬鹿か、そりゃあこんな凶器を押しつけられたらデカくもなるだろう。

「これがお前なりの悪あがきか？」

「ごめん。まだ考えてないから、とりあえずやってみた」

俺の問いかけにえへっと笑って答える里中。その悪びれない笑顔を見てげんなりした。

※

風呂から上がり、寝る準備を始めた。

俺の部屋には必要な物以外何もない。当然ながら布団も一組しかない。

押し入れから布団を出し、その布団を床に敷きながらチラリと里中を見た。

風呂上がりのせいで上気した頰と濡れた髪が、幼い印象が強い里中に艶のある色気を醸し出させていた。そんな里中は、パジャマの上着だけを着てペタンと床に女の子座りをしている。

パジャマの上着だけ。それ以外、里中は何も身に着けていない。

「お前、布団は持ってこなかったのか」

「持ってきたよ」

床にペタンと女の子座りをしている里中が、にっこりと笑いながら答えた。だが里中の布団なんて影も形もない。

「どこにあるんだ」

「隣の部屋」

俺の問いに即答する里中。その答えに納得した。なるほど、住む予定だった隣の部屋にあるのか。でも隣の部屋には——。

「明日自分でこっちに運ぶよ」

そう言って里中はにっこりと笑った。自分で運ぶ、か。俺が兄貴と顔を合わせないように気を遣っているんだろうな。だが俺も男だ。女に大荷物を運ばせられるか。と言いたいが、兄貴と顔を合わせると思うと気が引けてしまう。そんな自分が情けない。

「あたしの布団はないし、なら今日は一緒の布団で寝るしかないね？」

そう言って首を傾げた里中は、パジャマの上着のボタンをプチッと外す。

露わになる深い谷間。

まるでいたずらっ子のようにクスッと笑った里中は、前屈みになると上目遣いで俺を見つめ、ワザとらしく両腕を寄せた。露わになっていた深い谷間がムニュッと寄せられ、さらに谷間を深くさせた。

そうやって挑発を繰り返しているようなヤツと一緒に寝る訳がないだろうが。

「布団はお前が使え。俺はタオルケットでいい」

そう吐き捨てると、クローゼットからタオルケットを取り出した。

「じゃあ、寝る前に日課のオナニーでもしようっと」

「……またかよ」

里中の呟きにジト目になり、ボソッと突っこみを入れた。風呂場であんだけイキまくったのに、まだ足りないのか。

「城島さんはあたしから襲われたいの？」

「あ？」

「離れて寝たって寝こみは襲えるんですけど？」

「ぬ」

首を傾げて問いかけてきた里中に、思わず呻きを上げてしまった。

ま、まあ、それは確かにそうだ。

「襲われたくないのなら、あたしのオナニーを許容した方がいいんじゃない？　性欲を発散すれば、あたしが城島さんを襲う確率が下がるんだから」

その里中の言葉に、確かにと思った。それに里中の性欲が発散されれば俺を挑発する回数も減るかもしれない。

「じゃあちょっと準備してくる」

そう言って立ち上がった里中は、ペタペタと歩いて風呂場の方へと向かった。

ほどなくして帰ってきた里中。その姿を見てジト目になった。パジャマの上着だけを着ていたはずの里中は、白いナース服を着ていたのだ。しかもただのナース服じゃない。生地が極薄なのか、うっすらと裸体が透けて見えていた。そのせいで、乳首やクリトリスにローターを取りつけているのが見えてしまっていた。

布団は隣の部屋に置きっぱなしなのに、そういう物はちゃんと持ってきたんだな。

「ねえねえ城島さん、お願いがあるんだけど」

俺の目の前まで寄ってきた里中は、四つん這いになると下から俺の顔を覗きこみ、甘えるような声で問いかけてきた。

「このスイッチを押して？　押すだけでいいから。ほら、ポチッと」

ナース服の中から伸びている電気コード。その先端についているスイッチを床に置いた里中は、そのスイッチをちょいちょいと指で差す。

無視していると、むう、と声を上げた里中は、その場で回って俺に尻を向けた。

「じゃあじゃあ、お尻の穴から出てる糸を引っ張って？　入れたのはいいけど出せなくなっちゃって」

そう言ってナース服のスカートを捲り上げた里中は、俺に肛門を晒し、フリフリと尻を振った。尻を振ることで、肛門から出ている糸と、その糸についているリングが揺れている。誠陵の学年首席だったとは思えないマヌケな姿。

またもや俺から無視され、むう、と声を上げた里中は、俺の方に向き直ると床の上に女の子座りをした。そして――。

俺に押してくれと言っていたスイッチを、自分でポチッと押した。

「んくっ♡」

ブブブブブブッとくぐもった複数の振動音が響き始め、ビクッと震えた里中が頬を染めながら甘い声を漏らす。

ローターの振動によって責められる乳首とクリトリス。快感によって肌を紅潮させた里中は、せっかく風呂に入ったのにジットリと汗を滲ませた。それによりナース服が肌に張りつき、ただでさえ透けていたのに余計に透け、裸体を浮き彫りにさせた。

「き、城島さんっ♡　ドマゾな聖はローター程度じゃイケないよっ♡　これじゃあ余計に欲求不満になっちゃうよっ♡」

熱く荒い吐息を漏らし、ビクビクと震える里中が、甘くも切ない声で問いかけてくる。

知らねえよ。自分でどうにかしろよ。

しかし、クソッたれめ。肌に張りついて裸体を浮き彫りにさせたナース服がエロすぎる。しかもイキたいのにイケずに身悶える里中もエロい。それはすべて里中の策略だろう。コイツは俺の性癖を熟知しているからな。俺に手を出させるため、俺の加虐心を煽っているのだ。

「むう、手強い」

俺から無視され、唇を尖らせてボヤいた里中は、立ち上がるとペタペタと歩いて風呂場の方に向かった。

ほどなくして戻ってきた里中は――。

「城島さんがかまってくれないし、ストレッチでもしようっと」

そんなことを呟き、わざわざ俺の目の前に座った里中は、股を限界まで開くと前屈を始めた。

透け透けの黒いレオタード姿で。

透け透けなものだから、乳房や乳輪や乳首、それに股の間の秘裂も丸見えだ。それが透けた黒い生地越しに見えるため、異常なまでに艶めかしい。しかも首筋や両腕や両足といったレオタードの生地に覆われていない場所は雪のように白く、その黒と白のコントラストが卑猥さをよりいっそう増長させていた。

床に乳房を押しつけるほどペタンと前屈した里中は、チラリと俺を見た。そして起き上がると、今度は仰向けに寝転がり、その状態からブリッジをした。透け透けの黒いレオタードを着た状態でのブリッジ。その尋常ならざる卑猥さに、思わずゴクリと唾を飲みこんでしまったが、どうにか欲望をこらえることができた。

ブリッジをやめて起き上がった里中は、俺の前に立つと右足を上げた。ただ上げた訳じゃない。垂直に上げられた足が顔についてしまっている。そのせいで股が伸び、股間を覆う黒いレオタード越しに、秘裂がパックリと開いている様が丸見えとなっていた。

その後も、里中は様々な姿勢を取って俺を挑発し続けたが、そんな里中を無視し続けた。

※

遠くから聞こえる音。甘さを含んだその音が、次第に大きくなってゆく。

沈んでいた意識が浮き上がり、体に妙な重さを感じた。そして自分が寝ていたことに気付いた。

「はぁっ♡　はぁっ♡　はぁっ♡」

すぐそばで聞こえる荒い息づかい。

嫌な予感を覚え、警戒しながら薄目を開けた。

壁にもたれかかり、タオルケットを体にかけて寝ている俺に、覆いかぶさるように抱きついている里中。

「き、城島さんっ♡　そんなに乳首ばっかり弄らないでっ♡」

左手で俺に抱きついている里中は、右手の指で左の乳首をグリグリと弄っている。

焦点の合わない虚ろな瞳と、薄桃色の唇から垂れる涎。そして荒く激しく甘い吐息。

暗がりの中に見えたのは、快楽に呑まれた一匹の牝だった。

「そ、そんなっ♡　クリトリスをギチギチッて引っ張るのっ？　だ、だめだよっ♡　そんなにイジワルしないでっ♡」

俺から罰を受けていることを想像しているのか、抵抗する素振りを見せながら、右手を股間に伸ばす里中。

「ひぎいっ♡」

ビンビンに勃起し、破裂してしまいそうなほどに充血しているクリトリスを指で摘まんだ里中は、ギチッと抓り上げ、甘い悲鳴を上げて背を仰け反らせるとビクビクと痙攣した。

「ご、ごめんなさいっ♡　嫌がっているのは嘘ですっ♡　本当はイジメられると嬉しくてたまらないドマゾですっ♡　イジメられると気持ちよくてたまらないド変態ですっ♡」

クリトリスをギリギリと引っ張りながら、ダラダラと涎を垂らしてビクビクと痙攣し、ビュビュッと尿道から小便を噴き出す里中。

一度相手をしてやれば、里中も気が済むだろうか。そんな想いが脳裏を過ったが、すぐに打ち消した。

優しさは時に何よりも非情であることを俺は知っている。俺はもう、以前の俺じゃない。里中を受け入れることはできない。ならば突き放すべきだ。絶対に手を出さず、突き放すべきだ。そうしなければ、里中を余計に苦しめることになる。

「き、城島さんっ♡　あたしのお尻の穴が大好きだったよねっ♡　よく締まる具合のいい穴だって言ってくれたよねっ♡　あたし、頑張って開発したよっ♡　前よりずっと具合のいい穴になったよっ♡　だから城島さんっ♡　あたしのお尻の穴を使ってよっ♡　ズボズボズボズボズボ激しく突きまくられたいのっ♡」

涙を流し、涎を垂らし、引き攣った笑みを浮かべながら必死に俺に問いかけてくる里中。その顔を悲痛に歪めると、両手で俺の胸元を掴み、俯いてブルブルと震えた。

「あはは……処女を捧げるどころか、キスすらしてもらえなかったもんね。ならせめて、お尻の穴を使ってよ。前みたいにあたしを可愛がってよ。でもそれを放棄したのは……あたしだ」

俺の胸元に顔を埋め、消え入りそうなか細い声で囁いた里中は、華奢な肩を震わせながら嗚咽を漏らす。

薄暗く静寂な室内に響く里中のすすり泣く声。

しばらくして、里中の体が圧し掛かってきた。

頬に涙を伝わせたまま、目を閉じてくぅくぅと寝息を立てている里中。どうやら泣き疲れて眠ってしまったらしい。

眠ってしまった里中だが、俺の胸元を摑んでいる両手だけは、しっかりと握られていた。

ため息を漏らし、床に落ちていたタオルケットを拾うと、里中の肩にかけた。そしてそっと里中を抱きしめると、頭を撫でた。すると、目を閉じて寝息を立てている里中が、嬉しそうに、安心したように笑みを浮かべた。

馬鹿が。お前は俺を捨ててなんかいない。俺がお前を捨てたんだ。だからもう、自分を責めるのはやめろ。

※

目を覚ますと布団に寝ていた。まさかと思ってガバッと起き上がる。だが予想に反して布団の中に里中はいなかった。

焦った。寝てしまった俺を布団に移動させた里中が寝こみを襲ってきたのかと思った。

ホッと胸を撫で下ろし、そこでかぐわしい匂いが漂っていることに気付いた。

味噌汁の匂いか。それに焼き魚の匂いも混じっている。なんとも食欲をそそる匂いだ。

思えば朝に味噌汁の香りを嗅ぐなんて久しぶりだな。親父は和食派で朝は必ず味噌汁と焼き魚が必須だった。お袋は一日も欠かすことなく朝に必ず魚を焼いて味噌汁を作っていた。

目を閉じて焼き魚と味噌汁の香りに浸っていたら、トントントン、と小気味よい音が聞こえてきた。お袋が奏でるリズムに似ている。

チラリとキッチンの方を見ると、こちらに背を向けて料理をしている里中の姿が見えた。

きちんと制服を着ている里中。昨日と同様に朝から挑発してくると思っていたんだが、まさか普通の格好とは。ある意味予想を裏切られた。

「あ、おはよう城島さん。ちょっと待ってね。もうすぐ朝食ができるから」

振り返らずに横目で俺を見た里中は、そう言ってにっこりと笑った。その爽やかな笑顔に思わず面食らってしまった。

どうしてだろうか。卑猥な姿で挑発してくる里中よりも、きちんと制服を着て爽やかに笑う里中の方が、俺の心を波立たせた。

※

校内は相変わらず俺と里中の話題で持ちきりだったが、特に誰かが絡んでくることもなく、無事放課後を迎えた。

会室に行き、室内に入ろうとして、そこで思い留まった。なんとなくだが嫌な予感がしたのだ。

わずかに扉を開けて室内の様子を窺い、視界に映った光景に頭を抱えたくなった。

「真琴ちゃんは城島さんとマッサージの訓練をしているようだけど、ならあたしは真琴ちゃんの先輩だね。あたしは城島さんの助手として、四年以上もマッサージの訓練を受けていたから」

ソファに座り、偉そうに胸を張っている里中は、そう言って得意気にふふんと鼻を鳴らした。そんな里中とテーブルを挟んで対面のソファに座っている小笠原真琴は、里中をジーッと見つめている。

クソ、マッサージの訓練のことまで嗅ぎつけていたのか。どうやって調べたんだ。

これはマズいぞ。小笠原真琴は俺の言葉を信じきっている。自分が卑猥な調教を受けているなど微塵も思っておらず、すべてはマッサージの訓練に必要なことだと思いこんでいる。一方里中はすべてを知っている。つまり里中から弱みを握られてしまったということだ。

「マッサージの訓練は、真琴ちゃんのためにやっていることじゃないよね？　城島さんの技量を上げるためにやっているんだよね？」

そう言って首を傾げる里中。

「なにが言いたいんです？」

里中をまっすぐに見つめている小笠原真琴が、里中に問い返した。

小笠原真琴に問い返された里中は、待っていたとばかりにニヤリと笑うと右手を制服のポケットに入れた。そしてポケットから右手を引き抜くと、その手でバンッとテーブルを叩いた。

「これがなんだかわかる？」

小笠原真琴を見つめながらそう問いかけた里中は、右手をテーブルから離した。テーブルには小箱が乗っていた。それは俺が里中に散々使ってきた物だった。

「浣腸。使ったことはなくても、どういう物かくらいは知ってるよね？　マッサージの訓練を行うために、これは絶対に必要な物なの」

笑みを消し、真顔で語る里中。なんて強引な物言いだ。マッサージに浣腸が必須なんて聞いたことがない。だが真顔で堂々と語るその姿には、妙な説得力があった。

「便秘は女の子の大敵。その便秘を解消するマッサージこそが、城島さんの追い求めるもの。そのために、まずはお腹の中を綺麗にしないといけないの。そのための浣腸だよ。ううん、浣腸するだけじゃない。すべてを出しきったら、お尻の穴を城島さんに晒すの。穴を刺激して排便を促す訓練をするために。わかる？　お尻の穴を広げられ、弄くり回されるんだよ。そんなこと、真琴ちゃんにできるかな？」

淡々と語る里中は、言いきるとニヤリと笑った。

どうやら里中は真実を暴露する気がないようだ。あくまでもマッサージの訓練として、小笠原真琴に勝負を挑む気なのか。

「それに、便秘解消のマッサージは、お尻の穴の入り口を弄るだけじゃない。むしろ奥を刺激しなければならないの。そうするためにはお尻の穴を柔軟にしなければならない。お尻の穴って、構造上、出すのは得意だけど入れるのは難しいの。だから時間をかけて穴を広げる必要があるんだよ」

そう言ってその場に立ち上がった里中は、両手をスカートの中に入れた。そして躊躇なく下着を降ろすと、頬を染めて歯を食い縛った。

ブルブルと震える里中の体。次いでボトッと音が響いた。

床に落ちて弾んだ物体がゴロンと転がる。それは粘液にまみれた卵だった。

床に落ちても割れなかったことから、卵を模して作られたアナル開発器具の一種だろう。

「あたしのアナルは卵だって産める！」

頬を染め、息を荒らげている里中は、カッと目を見開いて声を張り上げた。

特に動揺を見せず、床に転がっている卵をチラリと見た小笠原真琴は、里中を見上げた。

「あたしは朝のホームルームが始まる前に、お尻の穴に浣腸を十個も注入した。そして排泄せずにお昼休みまで我慢して、すべてを綺麗サッパリ出しきったあと、その卵型のアナル開発用器具を六つ、お尻の穴の中に挿入したの。それがどれほどのことか、真琴ちゃんには理解できないだろうね。だってお尻の穴に指すら入れたことがないでしょ？」

その里中の言葉に、ピクンと反応する小笠原真琴。

「結論を言うよ。真琴ちゃんのような未開発の体を使って練習するよりも、徹底的に開発されたあたしの体を使ったほうが、確実に城島さんの技量が上がる。それを理解して欲しいの」

そう言って小笠原真琴を見おろした里中は、腕を組んでふふんと鼻を鳴らした。

里中め、開発されまくった自分の体を武器にして、小笠原真琴を同好会から追い出すつもりなのか。

「できます」

静かに響く声。その声を聞いた里中がピクンと反応した。

「今……なんて言ったの？」

引き攣った笑みを浮かべた里中が、小笠原真琴に聞き返す。

「できると言ったんです」

そう言って右手を伸ばした小笠原真琴は、テーブルの上に置かれていた小箱を手に取り、その場に立ち上がった。

「卵ですか？　そうですか、その程度ですか。じゃあ私はお尻の穴からソフトボールを産んでみせますよ」

「なっ!?」

小笠原真琴の挑発染みた言葉に驚愕の声を上げる里中。ソフトボールだと？　ソフトボールを肛門からひり出すと言うのか？　さすがにそれは無理だろう。無理だろうが、もし可能なら是非とも見てみたい。

「へ、へぇ、ソフトボール？　ま、まあ、言うだけなら簡単だよね」

引き攣った笑みを浮かべたまま震える声を上げる里中。その瞳はせわしなく揺れている。

まさか小笠原真琴が、ソフトボールを産んでみせる、なんて言い出すとは思ってもおらず、意表を突かれて動揺してしまったようだ。

「ふふ、どうして動揺しているんですか？　お尻の穴からソフトボールを出産することがそんなに驚きなんですか？　ですが、私はそこでは終わりません。いずれメロンを出産します」

「んなあっ⁉」

驚愕の声を上げてたじろぐ里中。

め、メロンだと？　肛門からメロンをひり出すと言うのか？　無理だ、それはさすがに無理だ。もし可能でも肛門がガバガバになってしまう。だが、だがしかし、肛門がガバガバになった小笠原真琴を想像しただけで、思わず射精してしまいそうだ。

「お、大口を叩く前に、まずは普通の浣腸をやって見せてよ」

「わかりました」

動揺している里中の問いかけに微塵の迷いもなく頷いた小笠原真琴は、両手をスカートの中に入れると躊躇なく下着を降ろした。そして——。

震える手で小箱を開けると、中から浣腸を取り出した。

驚きすぎて気付いていなかったが、小笠原真琴は震えているのか。里中に対抗意識を燃やしているようだが、やはり初心者なのだ。

「じゃ、じゃあ……か、浣腸します」

右手に浣腸を持った小笠原真琴は、顔を燃えるように真っ赤に染め上げ、里中に声をかけた。里中も気付いているだろう。小笠原真琴が相当無理をしていることを。不安や恐怖に駆られ、本当は今にも泣き出しそうなほどに怖がっていることを。だが里中は挑発した手前、小笠原真琴を止めることができないのだろう。まさに意地の張り合いだ。

前屈みになった小笠原真琴は、右手を背後に回した。

「あっ」

だが手が震えているせいか、右手に持っていた浣腸を落としてしまった。

焦った様子でその場にしゃがんだ小笠原真琴は、震える手で浣腸を拾い、立ち上がろうとした。だが——。

「あうっ」

膝がカクンと折れ、崩れ落ちてしまった。

床の上に四つん這いになった小笠原真琴は、再度立ち上がろうとする。だが膝が折れたことで、張り詰めていたモノが切れてしまったのか、立ち上がることができないでいた。

もういい、もう十分だ。お前の本気は確かに見せてもらった。

「話は聞かせてもらった」

ガラリと扉を開け放つと、そう言って室内に入った。

ビクッと震えた小笠原真琴と里中が、同時に俺を見る。

「あ、あの、あの……わ、私も便秘解消のマッサージの訓練をしたくて……」

先に声を上げたのは小笠原真琴だった。床に四つん這いになったまま、涙目で俺を見つめ、震える声を上げた。

「そ、それで、里中さんから色々と教えてもらっていたんです」

その小笠原真琴の言葉を聞いた里中は、俯いて下唇を噛んだ。小笠原真琴に無理難題を吹っかけて困らせようとしていたのに、その小笠原真琴から肩を持たれたのだ。敵から塩を送られて悔しいのだろう。

「そうか」

小笠原真琴に頷いて答えると、四つん這いになって震えている小笠原真琴の横に膝をついた。

「俺がやろう」

そう小笠原真琴に問いかけて右手を差し出す。俺がやる。つまり俺が小笠原真琴に浣腸をするということだ。

耳まで真っ赤にさせた小笠原真琴は、瞳を揺らして恥ずかしそうに俯いた。だが――。

「よ、よろしくお願いします」

消え入りそうな声で囁いた小笠原真琴は、震える手を伸ばし、俺の手のひらの上にチョンと浣腸を乗せた。

こんなにも早く小笠原真琴に浣腸できるとは。しかも俺の手で。

ここは手早くやらなければ。あまり間を置くと、羞恥に駆られた小笠原真琴が逃げ出してしまうかもしれない。

そう思って立ち上がると、小笠原真琴の背後に移動し、尻の前にしゃがんだ。

ゴクリと唾を飲みこみ、左手をそっと伸ばして小笠原真琴のスカートを摑む。そしてゆっくりと捲り上げた。

視界に映った光景に息を呑む。

穢れを知らない清純な秘裂からあふれ出る淫らな粘液が、卑猥な糸を引いてポタポタと滴っていたのだ。

これまでも小笠原真琴は愛液をあふれ出させていた。だが今はこれまでとは違う。あふれ出している愛液の量が尋常ではない。しかもしっかりと皮をかぶっていたはずのクリトリスが、真っ赤に充血してピンッと勃ち、皮から顔を覗かせてしまっていた。

まだ触れてすらいないのにこの反応。小笠原真琴は現状に興奮しているという証拠だ。つまり露出に快感を覚えているということだ。

気がついたら小笠原真琴の大きく形のいい尻を撫でてしまっていた。

「ひうっ♡」

ビクッと震えた小笠原真琴が甘い声を漏らす。そして確かに見た。ヒクヒクッと小刻みに震えた小さな尿道から、ピュッとかすかに小便が漏れたのを。

凄い、凄いぞ。たいした調教もしていないというのにこの感じよう。小笠原真琴は確かに変態の素養を持っている。もしかしたら里中と同等か、それ以上だ。しっかりと調教すれば、里中を超える牝になる才能を秘めている。

断言しよう。コイツは、小笠原真琴は、天性の牝だ。

「緊張するなって言う方が無理だな。緊張して当たり前だ」

雪のように白く滑らかな尻を撫でながら、そう小笠原真琴に問いかけた。

尻を撫でられるたびにヒクッヒクッと震える小笠原真琴は、コクンと喉を鳴らした。そして――。

「き、緊張はしています。それと、凄く恥ずかしいです。でも、城島くんにならなにをされてもいいです」

尻を震わせながら囁く小笠原真琴。その言葉と姿を見て、ズボンの中でいきり勃つ一物が、勝手に欲望を吐き出そうとした。

俺から尻を撫でられ、その尻が震えるたびに、ヒクヒクと蠢く薄桃色の肛門。そして時を追うほどにあふれ出る量を増やし、淫らに滴る愛液。卑猥に糸を引いて滴るその愛液は、床の上に小さな水溜まりを作ってしまっていた。

もはや一瞬たりとも小笠原真琴から目を離せない。今すぐにでも穢し尽くしたい衝動がこみ上げるが、それをこらえる楽しみを感じている。はやる気持ちを必死に抑え、丁寧に丁寧に堕としてゆきたいという矛盾した欲望がこみ上げている。

全身の血が沸騰するような感覚に思わずペロリと舌舐めずりをすると、右手の人差し指の指先で薄桃色の肛門をツンと軽くつついた。

「あっ♡」

甘く小さな悲鳴。同時にビクンッと尻が跳ね、肛門がキュッと締まった。そして尻が跳ねたせいで、滴る愛液が飛び散った。

うら若き清純な乙女が不浄の穴を指でつつかれたのだ。当然の反応と言える。だが俺は見た。穢れ無き秘裂の小さな穴から淫らな粘液がゴポッとあふれるのを。そしてただでさえ勃起していたクリトリスが、さらにビンッと硬く尖るのを。

間違いない。小笠原真琴は肛門の感度が高い。そして露出しながら弄られることで快感を覚える変態だ。この女、どこまで俺を喜ばせれば気が済むのか。

ニヤリと笑い、再度舌舐めずりをすると、額に浮き出た汗を手の甲で拭う。そして際限なく湧き上がる衝動的な欲望を抑えこむために呼吸を整えた。

ああ、このまま小笠原真琴を羞恥責めにしたい。俺に肛門を晒し、羞恥に身悶えながら、いつ浣腸されるかと言う不安にさいなまれている小笠原真琴をずっと眺めていたい。だがさすがにそろそろやらないと、小笠原真琴に不信感を募らせることになってしまう。この至福の瞬間《とき》を失うのは惜しいが、これからもっと楽しむことができるのだ。ならばやろう。挿そう。肛門に浣腸を。

そう自分に言い聞かせ、小笠原真琴の尻たぶを左手で摑むと、親指を肛門の横に添えた。そしてムニッと横に引っ張った。

「んくっ♡」

肛門に触れられ、横に広げられた小笠原真琴は、ビクッと震えて甘い声を漏らす。そして恥ずかしそうに身を捩る。

刺激されたことでキュッと締まる肛門。だが――。

視界に映った光景に我が目を疑った。

条件反射的に締まった肛門がピクピクと痙攣し、ふっと緩んだ。次いでパクパクと小さく開閉を繰り返し、そして――。

肛門がパクッと開いたのだ。

「ふぅっ、ふぅっ、ふぅっ」

小笠原真琴の荒い息づかいが聞こえてくる。

体から力を抜いただけでは肛門は開かない。開くためには、排泄する時と同様に力まなければならない。小笠原真琴は開いた肛門を維持するために、必死に力んでいるのだ。浣腸をしやすくするために。できるだけ俺の足を引っ張らないために。そのために必死に肛門を開き、穴の内部を俺にさらけ出している。だが開いていると言っても、奥の奥まで見えてしまうほどではない。なにせ未開発の穴だからな。とはいえ晒している本人は、奥の奥まで見られていると思ってしまうだろう。その羞恥たるやどれほどのものか。

なんと言う健気さ。なんと言う一途さ。なんと言う純粋さ。そして、愚かしいまでのひたむきさ。

初心者の小笠原真琴が自力で肛門を開いていられる時間には限りがある。限界を超えて閉じてしまう前に浣腸の注入口を挿しこんでやらなければ。小笠原真琴の努力を無駄にしてはいけない。

そう思い、ゴクリと唾を飲みこむと、震える右手を小笠原真琴の肛門に伸ばした。

そしてパックリと開いている肛門に浣腸の注入口を挿しこもうとした。とそこで――。

上着をクイクイと引っ張られ、思わずビクッと震えてしまった。

視線を向けると、いつの間に移動したのか、俺の上着を指で摘まんでいる里中が、潤んだ上目遣いで俺を見つめていた。そんな里中の姿を見てハッとした。小笠原真琴に気を取られすぎて、周りがまったく見えなくなっていたようだ。

「く、訓練なら、あたしも一緒に浣腸してよ……」

切なそうに顔を歪め、泣きそうになりながら震える声で懇願する里中。

お前に手を出すつもりはないと言ったはずだ。そう里中に告げようとしたが、視線を感じて思い留まった。四つん這いになって肛門を開いている小笠原真琴が、横目で俺を見ていたのだ。

「け、経験豊富な里中さんと一緒に訓練できたら、私も安心です」

頬に汗を伝わせながら、薄く笑みを浮かべて震える声を上げる小笠原真琴。

名目上、これはマッサージの訓練なのだ。そして里中は以前、助手を務めていたことになっている。それなのに里中を拒絶するのは不自然だ。小笠原真琴が嫌がってくれれば問題なかったんだが、どうやら小笠原真琴は里中と一緒に訓練することを望んでいるようだ。

これは厄介な展開になったな。

「も、もう我慢できない。浣腸してくれないと、真琴ちゃんに全部言っちゃうから」

スッと俺に身を寄せた里中は、小笠原真琴には聞こえないように、小声で囁いてきた。

「俺を脅すつもりか」

「うん」

小声で問い返すと、逃げるように俺から視線をそらした里中がコクンと頷いた。

里中はその言動や態度を見る限り、俺を脅す気はないと踏んでいたが、脅してきやがった。

羞恥に身悶えながら健気に奮闘する小笠原真琴の姿を目の当たりにし、里中のドマゾな被虐心に火が点いてしまったのかもしれない。

これは困ったことになった。

「悪いが、浣腸は一つしか――」

「はいこれ」

悪あがきを試みたが、ダメだった。里中が制服のポケットから次々と小箱を取り出し、俺の前に置いたのだ。

これはもう諦めるしかないか。マッサージの訓練ということにして、割りきるしかない。

思い悩む俺をよそに、いそいそと移動した里中は小笠原真琴の横に並んだ。そして小笠原真琴と同様に四つん這いになった。

「お、お礼は言わないから」

耳まで真っ赤にさせている里中が、隣で四つん這いになっている小笠原真琴に声をかける。

「な、なんのことかわかりません」

里中を見ずに答える小笠原真琴。

お互いに視線をそらし合っている二人だが、険悪な雰囲気はまったくない。

これはもうダメだな。小笠原真琴が受け入れてしまった以上、やるしかない。

仲良く並んで四つん這いになっている二人を見て、やれやれとため息を漏らした。

第五章 真琴は出しちゃう

室内には段ボールがいくつかと、畳まれた布団が置いてある。里中の私物だ。

里中が運んだのかと思ったが、里中は俺より先に学校に登校し、俺と一緒に帰宅した。

「まさか……」

そのまさかしかない。里中以外が荷物を運んだと言うのなら、思い当たる人物は一人しかいない。でもどうやって……。

部屋を出る時にしっかりと鍵をかけたし、俺は兄貴に合鍵を渡していない。

親族だと説明して管理人から鍵を開けてもらったのだろうか。たぶんそうだな。そうとしか考えられない。

ため息を漏らして部屋の隅をチラリと見た。そこには壁に向かってしゃがんでいる里中の姿。膝を抱えてしゃがんでいる里中は、落ちこんでいるのが丸わかりだ。帰宅してすぐにあの状態になってしまった。

里中の気持ちもわかる。思い出すだけで寒気を覚えるほどに興奮してしまう。

俺は今日、途轍もないものを目の当たりにした。いや、俺と里中がと言うべきか。

目を閉じれば瞼に浮かぶ光景に、興奮が冷めやらない。

小笠原真琴。ヤツは途轍もない逸材だ。

※

四つん這いになっている小笠原真琴と里中が、仲良く並んで尻を突き出している。

学校の会室で小笠原真琴と里中に浣腸を施すことにした訳だが、そこで事件が起きた。

圧倒的な経験値を持つ里中にとって、浣腸など遊びもいいところだ。専用の注入器を使って数リットルのお湯を注入でもしない限り、表情一つ変えない。もっとも、久しぶりに俺から浣腸を施され、かなり興奮していたようだが。一方小笠原真琴は、浣腸の経験など皆無に等しかったはずだ。それなのに——。

四つん這いの状態で、肛門に浣腸の注入口を突き挿され、薬液を注入された小笠原真琴は、途端に苦悶の表情を浮かべて肌を朱色に染め上げた。ほどなくして大量の汗を吹き出した。

初心者の場合、個人差もあるだろうが、浣腸を施されて排泄をこらえるのは至難の業だ。五分と耐えられないだろう。その予想通り、小笠原真琴はすぐに限界を迎えた。異常なまでに大量の汗を吹き出しながら、ギリギリと歯を食い縛り、ブルブルと震える小笠原真琴。そんな小笠原真琴に、無理せずトイレに行ってくれてかまわない、と告げた。

浣腸を施しただけでも大きな進歩だからな。無理をさせて追い詰める気などなかった。ところが、小笠原真琴は動かない。すでに限界を超えているはずなのに、四つん這いの体勢を維持し続けた。そして、同じように四つん這いになって隣に並んでいる里中を、時折チラリと見ていた。里中に対抗意識を燃やしているのが見て取れた。

勝てる訳がない。相手は数年にわたって俺から徹底的に調教された里中だ。しかも里中の発言を聞く限り、俺と別れてからも独自の訓練を続けていたようだからな。

焦った。里中も焦っていたようだった。

そのまま我慢し続ければ、その場で漏らしてしまうのは明白。そんなことになれば心に深い傷を負わせてしまう。浣腸がトラウマになり、怯えるようになってしまう。

里中も俺と同じことを考えていたのだろう。小笠原真琴にトイレに行くように説得を試みた。だが小笠原真琴は、苦悶の表情を浮かべ、ギリギリと歯を食い縛りながら、首を横に振った。

動揺しながらチラリと俺を見る里中。その里中の視線を受けて頷いた。里中の瞳を見て、何を考えているのか理解できた。

起き上がった里中は、小笠原真琴を無理やり起こそうとしながら、一緒にトイレに行こうと問いかけた。里中に対抗意識を燃やしているのなら、里中がトイレに行けば小笠原真琴も意地を張るのをやめるだろう。そう思った。だがしかし――。

ニヤリと笑った小笠原真琴は、滴るほどに大量の汗を吹き出しながら、里中にこう告げたのだ。

「里中さんは思ったよりたいしたことがないんですね」と。

愕然とする里中。煽られた里中だが、その表情には怒りなど微塵も感じなかった。里中の瞳に見えたのは、明らかな恐怖。勝てる勝てないの話じゃない。小笠原真琴は、たとえその場で漏らしてしまっても、一歩も退く気がないのだ。

そんな小笠原真琴を目の当たりにし、里中は何も言えなくなってしまった。そして俺は、肌が粟立つほどのゾクゾクとした快感を覚えていた。

ブルブルと震えている小笠原真琴。その薄桃色の愛らしい肛門がムクムクと盛り上がってゆく。

室内に響く荒い呼吸。

四つん這いになり、激しく震えながらボタボタと汗を滴らせている小笠原真琴は、激しく息を荒らげながら、ギュッと尻たぶを締めた。

限界を超える限界。嵐の如く襲いくる排泄欲求。

俺も里中も悟っていた。小笠原真琴はもう手遅れだと。今からトイレに向かっても間に合わないと。それどころか、わずかに動いただけで漏らしてしまうと。

ビクッビクッと痙攣する小笠原真琴の尻。その痙攣に合わせて聞こえる呻き。清楚さも可憐さもかなぐり捨てて、まるで獣のような呻きを上げ、ただひたすらに排泄欲求をこらえる小笠原真琴。その最後の時は唐突に訪れた。

盛り上がっていた肛門から、ブビュッと音を立てて噴き出す薬液。だがギュッと肛門を締める小笠原真琴。強制的に締められた肛門はヒクヒクと痙攣し、ブビュッ、ブビュビュッと薬液を噴き出す。

一度出始めてしまうと、耐えることなど不可能だ。限界を超えるほどにこらえていたのだからなおさらだ。里中ですら、一度排出が始まってしまったら、こらえることなどできはしない。だが小笠原真琴はこらえようとした。ヒクヒクと痙攣する肛門を無理やり締め、必死に耐えようとした。

気がつくと動いていた。脇目も振らず駆け出した俺は、バケツを手に取ると小笠原真琴を抱き起こした。そして股の間にバケツを押しこんだ。

　まさに間一髪だった。

　股の間にバケツを押しこまれた小笠原真琴は、がに股の中腰の体勢で、両手でしっかりと俺に抱きつき、俺の上着をギリギリと掴み、そして他人には決して聞かせてはいけない穢れた排泄音を響かせた。

　歯を食い縛り、呻きを上げ、ビクンビクンと痙攣しながら勢いよく排泄する小笠原真琴。

　バケツの上にまたがり、そのバケツに排泄しているため、排泄音がバケツの中で反響し、必要以上に音が響く。

　俺の頬に押しつけられた小笠原真琴の頬。その汗にまみれた滑らかな頬が吸いついてくる。そして耳元で聞こえる荒く甘い呻きと吐息。

　我慢などできなかった。小笠原真琴を強く抱きしめながら、ズボンの中で一物が果てるのを感じた。

　凄まじい快感だった。ただ抱きしめているだけなのに、恐ろしいほどの快感が全身を駆け巡った。

　歯を食い縛っていた小笠原真琴は、大半を排泄し、瞳をとろんと蕩けさせ、涎を垂らしながらほぅとため息を漏らした。

ブビュッ、ブビュビュッ、と時折響く排泄音。そのたびにビクッと震える小笠原真琴。その排泄音が途切れると、今度はシュルシュルと水音が響き始めた。

限界を超えた先にある限界すらも超え、そして排泄してしまった小笠原真琴は、体に力が入らなくなってしまったのだろう。そのせいで小便まで漏らしてしまったのだ。

小笠原真琴は、初めての浣腸で、俺の目の前で排泄したうえに小便まで漏らしてしまったのだ。およそ恥ずかしさの頂点に君臨する行為をすべて俺に見せてしまったに等しい。

小便をすべて放出した小笠原真琴は、俺に抱きつきながらブルルと震えた。そして——。

耳元で囁かれた甘い声に愕然とした。

「す、すぐに二回目を始めますか？」

そう問いかけてきたのだ。

トラウマになるどころか、小笠原真琴は立ち止まろうともせず、前に足を踏み出したのだ。

その時確かに感じた。

俺の心の中に存在する境界線に、小笠原真琴は平然と踏み入ってきた。それを確かに感じ、ただ小笠原真琴を抱きしめることしかできなかった。

小笠原真琴は天賦の才を持っている。役に立つ才能ではない。生きてゆくうえで必要な才能ではない。アイツは、小笠原真琴は、俺を魅了する天才だ。

※

部屋の隅に縮こまっていた里中は、恐らく泣いていたのだろう。どうにか夕食を作っていたが、心ここにあらずだった。

地元を離れる際、俺は里中についてこいとは言わなかった。飽きて捨てたのだから当然だ。それなのにアイツは俺についていかなかったことを勝手に後悔し、自分を責めている。

そんな里中の目の前で、小笠原真琴は平然と足を踏み出した。一切の迷いも見せず、耐えがたい恥辱や屈辱に真っ向から対峙し、立ち止まるどころか足を踏み出した。

里中が落ちこんでしまうのも無理はない。

脱衣所から出ると、里中はすでに布団の中に潜りこんでいた。

里中に声をかけるべきじゃない。これでいいんだ。もう受け入れることができないのなら、手を差し伸べるべきじゃない。

里中の布団の隣に俺の布団が敷かれていたが、無言で部屋の灯りを消した。そして床に座ると壁にもたれかかり、タオルケットを羽織ると目を閉じた。

里中、悪あがきはもういいだろう。俺のことは忘れて前を見ろ。お前ほどの女なら、俺なんかよりずっといい男といくらでも出会えるはずだ。俺はダメだ。お前を受け入れてやれない。出会ってしまったんだ。

俺の心を魅了してやまない特別な女と。

※

時計の秒針の音がやけに大きく聞こえる。神経が昂ぶっているようだ。目を閉じてからどれだけの時間が経過したのか。小笠原真琴のことと、そして里中のことが頭の中でグルグルと回り続けている。

ため息を漏らし、どうせ眠れないのなら散歩でもするかと思い、目を開けて立ち上がろうとした。とそこで、里中が潜りこんでいる布団がモゾモゾと動いたのを目にし、思わず目を閉じてしまった。

何を焦っているんだ俺は。

耳を澄ませば聞こえてくるクチュクチュという卑猥な水音。そしてかすかに聞こえる甘く切ない吐息。

ドクンドクンと鼓動が激しく脈打つ中、薄目を開けて里中を見た。モゾモゾと動いていた布団がピタリと止まり、次いで布団の中から里中が這い出してきた。

パジャマを着ていたはずの里中は、生まれたままの姿となっていた。四つん這いになり、大きな乳房を揺らしながら、床を這って近寄ってくる里中。その瞳は光を失い、闇が渦巻いていた。薄ら笑いを浮かべ、涎を垂らしていた。

明らかに異常だ。

小笠原真琴に奪われるくらいなら、俺を殺してしまおうとでも思ったのか。そう思えるほどに、里中の瞳と表情には狂気が宿っていた。

かすかにため息を漏らして目を閉じた。俺は今ホッとしている。里中にならば、まあ、殺されてもいいかな、と思っている。

俺はもうお前を受け入れてやることができない。だけど、この命をくれてやることはできる。そう思えるほどに、俺はお前に本気〝だった〟。

すぐそばで荒い息づかいが聞こえる。

「どうして……」

震えるか細い声が耳元で聞こえた。

ゆっくりと目を開くと、顔をくしゃくしゃにして泣いている里中が俺を見つめていた。

「どうして笑ってるの?」

泣きながら俺に問いかけてくる里中。笑っている? 俺が? ああ、そうか。俺は笑っていたのか。

ボロボロと涙をあふれさせた里中は、無理やり笑みを浮かべた。そんな里中の頰にそっと触れた。

お前はいい女だ。前からいい女だったが、もっといい女になった。久しぶりに会って驚いたよ。お前の笑顔を見て心底驚いた。

もう少し早く、俺が小笠原真琴に出会う前にお前が追いかけてきてくれたなら、なんてことは絶対に言わないぞ。その言葉は何よりもお前を傷つけてしまうとわかっているから。

「あたしが城島さんを殺すとでも思ったのかな?」

そう言って、泣きながら首を傾げた里中がえへへっと笑った。

「城島さんのばーか。今よりずっといい女になって、絶対に後悔させてやるから」

俺に抱きついてきた里中は、俺の耳元でそう囁くと、クスッと笑った。

「ああそうかよ。せいぜい頑張るんだな」

里中の背に両手を回し、ギュウッと強く抱きしめると、そう里中に答えた。

「今日はこのまま寝てもいい？」

「ああ。でも特別だぞ」

「優しい城島さんとか、城島さんっぽくなーい」

「だったら一人で寝ろ」

「やぁん♡」

俺をからかう里中は、クスクスと笑いながら、強く強く俺を抱きしめる。

俺の背に回された両手の感触と、俺の胸元に落ちつけられた乳房の感触。そして里中を抱きしめることで感じる確かなぬくもり。

「あーあ。城島さんのお父さんとお母さんと、それに超絶ブラコンの総一郎さんにまで認めてもらったのに、当の本人からフラれちゃったらどうしようもないよね。あたしってほんとバカだなあ」

その里中の囁きは、とても安らいでいた。

しばらくして、耳元に愛らしい寝息が聞こえ始めた。

俺を強く抱きしめたまま、まるで憑き物が落ちたような柔らかな笑みを浮かべている里中。

俺を後悔させるほどのいい女になる、か。

確かに後悔するかもな。楽しみにしているよ。

※

まどろむ意識の中で、不意に心地よさを覚えて混乱した。それが強烈な快感へと変わり、さらに混乱した。

快感は下から襲ってくる。まるでヌメるナメクジが這っているような感覚。それが強烈な快感を生み出している。

快感の発生場所は……亀頭だ。

驚いて目を開けると、四つん這いになって俺の股の間に顔を埋めている里中が、夢中で俺の一物を舐めていた。ただ舐めている訳じゃない。右手で優しく竿を扱き、左手でこれまた優しく袋を揉んでいる。

呆気に取られていたが、あまりの快感にブルリと震えて我に返った。

上目遣いでチラリと俺を見た里中は、クスッと笑うと亀頭の先端にチュッと口付けをした。そして薄桃色に潤う唇を開き、ズルリと亀頭を呑みこんだ。

「くっ」

呑みこまれた亀頭がジュルッと吸い上げられ、生み出される快感にパニックを起こしかけた。

忘れかけていた快感。

「んぶっ♡」

混乱し、動揺している俺をよそに、ズルズルと喉奥にまで亀頭を呑みこんだ里中は、ギュウッと喉肉を締め上げた。

唾液によってヌメる肉が亀頭を押し包む。

ダメだ、ダメだダメだダメだ。今動かれたらすぐにでも果ててしまう。

「里中やめ――――」

「んじゅじゅじゅじゅじゅじゅっ♡」

里中を止めようとしたが、間に合わなかった。

喉肉を締め上げたまま、強烈に吸引しながら喉から一物を引き抜く里中。

「くうううううっ」

全身に電流が駆け巡り、脳髄を焼き切るような絶大な快感が迸る。それと同時に尿道から欲望の塊が噴き出すのを感じた。

「んふうっ♡」

噴き出した精液を口内で受け止めた里中は、頬を染めて嬉しそうに笑うと、ゴキュッと喉を鳴らした。そして――。

「じゅぽっ♡　ぐぽっ♡　じゅぷっ♡　ぐぷっ♡　じゅぞぞぞっ♡」

「ぐうっ」

果てたばかりだというのに、亀頭を強烈に吸い上げた里中が、そのまま勢いよく頭を振り出した。

唾液によってヌメる肉が亀頭を締め上げ、その肉が激しく亀頭を扱き上げる。それと同時にあふれた唾液によって濡れた竿を手で扱き、袋を揉みしだく。

「や、やめろって言って——くうううううっ」

どうにか里中を止めようとしたが、嵐のように襲いくる快感により、体が言うことを聞かない。

歯を一切当てることなく、頭の振りをさらに速く激しくさせる里中。

すぐさま強烈な射精欲がこみ上げ、抵抗すらできずに欲望を吐き出した。

ビュルルルッと勢いよく放たれた精液を口内で受け止めた里中は、頭を振る速度を緩めると、耳まで真っ赤にさせてうっとりと瞳を潤ませた。そして頬をすぼめてジュルジュルと卑猥な水音を上げながら亀頭を吸い上げる。

余韻すらも強烈な快感に身が震えた。息を荒らげながらギロリと里中を睨み、その髪を掴み上げる。そして無理やり持ち上げげた。顔を持ち上げられた里中は、それでもなお頬をすぼめて亀頭を吸引する。さらに無理やり里中の頭を持ち上げると、ジュポンと音を立てて亀頭を吐き出した。そしてゴキュッと喉を鳴らすと、ぷはあと息を吐き出した里中は、満足したように満面の笑みを浮かべた。

「凄く濃いよぉ♡　あまりに濃すぎて、飲んだだけでイッちゃったよぉ♡　溜まってたんだねぇ♡」

　はぁはぁと息を荒らげながら心底嬉しそうに呟いた里中は、ペロリと舌舐めずりをした。

「て、テメェ、諦めたんだろうが。それなのに寝こみを襲うとはどういった了見だ」

　里中を睨みつけながら問いかける。あまりの怒りに声が震えてしまった。

「うん、諦めたよ♡　完全に諦めた♡　それで、開き直ってオナホになることに決めました♡」

「はあ？」

「大丈夫♡　相手がオナホなら浮気じゃないよ♡」

「お、おま、お前――」

「真琴ちゃんには絶対に言わないから安心して♡」

　どこまでも悪びれなく話す里中に、頭が痛くなった。

　昨日の里中を見て、さすがに完全に諦めたと思ったのに、諦めすぎて一周回り、開き直ってしまったようだ。

　厄介だ、これは厄介だぞ。開き直った里中は限りなく厄介だ。これは早急に別の部屋を確保して里中を移さなければ。

※

自分の席に着き、頬杖をつきながら、本日何度目になるのかため息を漏らした。

完全に開き直ってしまった里中。自分をオナホだと称し、オナホなら浮気じゃないもん、という超理論を展開して寝こみを襲ってきやがった。しかも不覚にも二回も射精してしまった。

正直信じられない。あの里中があんな暴挙に出るとは。

俺は誰よりも里中のことを知っている。いや、知り尽くしている。だからこそ信じられない。

アイツが俺を襲うなんて。

気がついたら放課後になっていた。

どうにも腑に落ちないまま席を立ち、会室へと向かう。

会室に到着し、扉を開いて室内へと入った。そこで目にした光景に思わず固まってしまった。

「こ、こんなに大きな物を挿れるんですか?」

「大きい?　いやいや、これは初心者用だよ。大きいって言ったらこれぐらいだね」

「ふわあ!　こ、こんなに大きな玉が、その、本当に挿入《はい》るんですか?　しかもこんなにたくさん」

「メロンを産むんじゃなかったの？」

「うっ」

ソファに座っている小笠原真琴と、テーブルを挟んで対面のソファに座っている里中。テーブルの上にはアナル開発用の器具がズラリと並んでいる。

里中、お前はいったい何を考えているんだ。

「この訓練の目的は、腸の運動を活発にさせることなの。そして腸の活動を活発にするために最も効果的なのは、圧力による刺激。つまり浣腸をした状態でアナルバイブをズボズボすると、注入された浣腸液が腸を圧迫し、活動を活発にさせることができるんだよ」

もっともらしいことをペラペラと語る里中。

「それと、忘れていけないのは美容。便秘を解消できるだけでかなりの美容効果があるけど、どうせならもっと可愛くなりたいでしょ？　ならどうすればいいか。内側から魅力を上げる方法。それは女性ホルモンだよ」

右手の人差し指をピンと立て、左手を腰に当てて得意気に語った里中は、ソファに座っている小笠原真琴を見おろし、ふふんと笑った。そして――。

「女性ホルモンの分泌を促す訓練！　それがこれだよ！」

勢いよく立ち上がり、声を張り上げた里中は、ババッと一瞬で制服を脱ぎ捨てた。

そして露わになったのは――。

たゆんと揺れる大きな乳房の先端に貼られたガムテープ。そのガムテープから伸びる電気コード。股間にも同様にガムテープが貼られ、電気コードが伸びている。乳房に貼られたガムテープも、股間に貼られたガムテープも、楕円形に膨らんでいた。乳首とクリトリスにローターを宛がい、それをガムテープで押さえているようだ。その証拠に、ブブブブッとかすかな振動音が響いている。そして、まるで妊婦のようにポッコリと膨らんだ下腹部と、肛門から突き出した極太のバイブ。大量の浣腸を施して、極太バイブを栓代わりに肛門に突き刺しているようだ。

「女性ホルモンの分泌を促すのに最も効果的なのは性感帯への刺激！　性感帯を刺激することと自体が女性ホルモンの分泌を促すんだけど、快感によって脳が刺激され、さらに分泌を促進させるの！　それにより内側から滲み出る魅力を手にできるんだよ！」

太ももの内側に大量の愛液を伝わせながら、拳を握りしめて力説する里中。そんな里中を見上げている小笠原真琴は、耳まで真っ赤にさせながら瞳をキラキラと輝かせ、うんうんと何度も頷いている。

「ちなみに、あたしは朝からこの状態を維持してる！　まあ、上級者のあたしだから可能な訓練だね！　真琴ちゃんにはまだまだ早いだろうね！」

「す、凄い！　凄いです里中さん！　さすがです！」

どこまでも得意気な里中と、そんな里中を称賛する小笠原真琴。里中が小笠原真琴に言ったことは、ほぼ俺が里中に教えたことだ。当時は気にならなかったが、こうして客観的に見ると、言っている方も聞いている方もアホっぽい。

「里中さんが綺麗で可愛いのは訓練の賜物なんですね！　訓練に励み続けたからこそ、そんなに綺麗で可愛いんですね！」

「え？　そ、そんなに可愛いかな？」

小笠原真琴に褒められて照れる里中。

「それで、真琴ちゃんはちゃんと浣腸してきた？」

「は、はい！　朝に一回とお昼に一回しました！」

「うむ！」

うむ、じゃねえよ。おい里中、なんでお前が小笠原真琴を調教しているんだ。

「まあ、初心者にしては上出来だね。しっかりと浣腸さえできれば、あとは城島さんが上手くやってくれるから心配ないよ。あたしたちが気をつけなければならないのは、いつだってお尻の穴を綺麗にしておくこと。その一点だよ」

「はい！」

右手の人差し指をビシッと立てて語る里中と、立ち上がってビシッと敬礼しながら元気よく返事をする小笠原真琴。まるで兄弟子と弟弟子だ。

「里中」

それまで二人をジト目で見ていた俺は、里中に声をかけた。

「なに？」

「あっ、城島くんっ！　こんにちはっ！」

名を呼ばれて俺を見る里中と、驚いたように声を張り上げて俺に敬礼する小笠原真琴。里中は俺が室内に入ってきたことに気付いていたようだが、小笠原真琴は今気付いたようだ。

「ちょっと話がある」

里中にそう声をかけると会室から出た。廊下で待っていると、里中が出てきた。

「おい」

ジト目で里中を睨みながら声を上げた。会室から出てきた里中は、全裸のままだったのだ。いや、ただの全裸ならまだマシだ。乳首やクリトリスにローターを貼りつけ、妊婦のように下腹部をポッコリと膨らませ、肛門に極太バイブを突き挿したまま廊下に出てきたのだ。

「服を着てこい。せめて何か羽織ってこい。誰かに見られたらどうする気だ」

「大丈夫だよ。ここには滅多に人が来ないみたいだし」

俺の言葉を受け、しれっと答える里中。確かにここは滅多に人が来ないが、絶対じゃない。

「心配ならさっさと話を済ませて部屋に戻ればいいじゃない」

平然とそんなことを言う里中を見て、ため息を漏らした。これ以上何を言っても言うことを聞きそうにないし、里中の言う通りさっさと話を済ませるか。

「お前、どういうつもりだ」

里中を睨みつけながら小声で問いかけると、ニヤリと笑った里中は、スッと俺に身を寄せてきた。そして背伸びをすると、俺の耳元に唇を寄せた。

「手伝ってあげる」

「あ?」

「素直で純粋でとっても可愛い真琴ちゃんを、淫らで乱れたエッチな女の子に変えたいんでしょ? あくまでも真琴ちゃんのまま。なら協力してあげる。あたしが協力すれば、真琴ちゃんは何も疑うことなくどんどんエッチになっていくよ?」

背伸びをしながらヒソヒソと囁きかけてくる里中。

「見返りは一切求めない。その代わり、断るなら全部バラしちゃうぞ? あたしを性欲処理用のオナホとして使っていることを」

オナホってあれはお前が寝こみを襲ってきたんだろうが。だがあの時、本気で抵抗すればどうにかできた。俺は快楽に負けて里中の暴挙を許してしまった。それに――。

里中は誰よりも俺を知っている。誰よりも俺と時間を共有した女だからな。その里中が俺の寝こみを襲ってまで弱みを握り、本気で脅してきた。それだけの覚悟を決めたってことだ。

「里中――」

声を上げようとしたら、里中が俺の唇に人差し指を押し当てた。

「城島さんと真琴ちゃんを応援することにしたの。二人が確かに結ばれれば、あたしはきっと本当の意味で諦められる。そして前に進める。だからそれまで、あたしがそばにいることを許して……」

潤んだ瞳で俺を見つめ、語りかけてきた里中。その言葉に何も言い返せなかった。

確かに里中の言う通りかもしれない。今の里中は宙ぶらりんだ。このままではずっと俺のことを引きずってしまうかもしれない。

「お前がそれでいいと言うのなら、いいだろう」

そう里中に答えると、目尻に涙を滲ませた里中が、にっこりと笑ってピースをした。

どうしてだろうか。里中は自分で自分を追い詰め、苦しんでいるはずなのに、その瞳や笑顔が日に日に深みを増し、俺の心を揺さぶる。

里中と一緒に会室に戻り、本日の訓練を始めることにした。

「あ！　真琴ちゃん水着に着替えてる！」

　小笠原真琴を見て声を張り上げる里中。先ほどまで制服だった小笠原真琴は、俺と里中が部屋から出ている間に、水着に着替えたようだ。サイズが小さいせいで食いこんでしまう、ムチムチのスクール水着だ。

「私のでよければこれを着ますか？　私には小さいですけど、里中さんならちょうどいいかもしれません」

　そう言って里中にスクール水着を差し出す小笠原真琴。小笠原真琴が着ている水着よりも、さらに以前に使っていたものだろうか。

「ほほう、あたしをチビだって言いたいのかな？」

　ジト目でニヤニヤしながら問いかける里中。その言葉を聞いた小笠原真琴は、あわあわと焦っている。

「ち、違います違います！　そんなつもりで言ったんじゃないです！　でもそう聞こえたのならとても失礼なことです！　ごめんなさい！」

　涙目になった小笠原真琴は、必死に謝りながら何度も頭を下げた。それを見た里中が焦り出す。軽い冗談のつもりで言ったのに、真に受けられて困ってしまったようだ。

「こ、こっちこそごめん！　真琴ちゃんが真面目な子だってわかってたのに！　軽い冗談のつもりだったんだよ！」

「そ、そうだったんですか！　軽い冗談だってことも理解できなくてごめんなさい！」

「あうう！　違うの！　そうじゃなくて！　責めてるわけじゃないんだよお！」

「責めているわけじゃないのに、責めているようになってしまってごめんなさい！」

お互いに謝り合う二人。何をやっているんだお前らは。

散々謝り合って気が済んだのか、どうにか落ち着いた二人だが、恥ずかしそうにもじもじしながらお互いにチラ見をしている。

「み、水着、どうぞです」

「あ、ありがと」

小笠原真琴が差し出したスクール水着を受け取り、お礼を言う里中。そしてお互いにクスッと笑う。

小笠原真琴から借りたスクール水着を着る里中。どうにか着ることができたものの、サイズがかなり小さいせいで、小笠原真琴と同様に色々と食いこんでしまっている。特に胸の部分がやたらと窮屈そうだ。

「じゃあ真琴ちゃん。訓練の目標として、最終的に目指すべき肉体《からだ》はどんなものか、あたしの肉体《からだ》で説明するよ」

俺の横に立ち、両手を腰に当てて胸を張っている里中が、正面に立っている小笠原真琴に語りかけた。そしてチラリと俺を見た。

「それじゃあ城島さん。あたしの肉体《からだ》で説明してあげてください」

得意気に胸を張る里中。

「よ、よろしくお願いします！」

正面に立っている小笠原真琴が、キリッと表情を引き締めて声を張り上げると、深々と頭を下げた。

ビニールシートで包んだマットの上に、四つん這いになっている里中。その里中の尻の前にしゃがんでいる俺と、俺の隣に正座をしている小笠原真琴。

「便秘解消マッサージをするに当たり、何よりもまず必要なのは柔軟さだ。時間をかけて拡張した肛門とはどんなものか、小笠原さんに見てもらう」

その俺の言葉にうんうんと頷いた小笠原真琴は、里中の尻をジーッと見つめた。

小笠原真琴が見守る中、里中の尻に手を伸ばし、水着を掴むとグイッとズラした。

すでに挿入されている極太のバイブが、肛門を異常なまでに広げていた。

「まったく拡張もせずにこんなものを挿れれば、確実に肛門が裂ける。裂けるだけならまだいい。問題なのは括約筋が切れてしまうことだ。括約筋が切れると肛門が締まらなくなる。しかも回復の望みは薄い。つまり排泄物を垂れ流すことになってしまう。だから肛門の拡張には細心の注意が必要だ」

里中の肛門を見せながら小笠原真琴に説明する。俺の説明を聞いた小笠原真琴は、耳まで真っ赤にさせながら里中の肛門を見つめ、そして横目でチラリと俺を見た。

自分の肛門を教材にされている里中は、必死に平静を装っているが、恥ずかしいのだろう。うっすらと汗を滲ませた肌を紅潮させている。だが同時に興奮しているのだろう。徹底的に開発され尽くした肉体《からだ》の中で、唯一清純を保っている秘裂から大量の粘液をあふれ出させていた。その様は、まるで卑猥な唇からだらしなく涎を垂らしているようだった。

「見ただけではよくわからないだろ」

そう小笠原真琴に問いかけると、横目でチラリと俺を見た小笠原真琴は、里中の肛門をジーッと見つめる。そして再度横目で俺を見て、しゅんとした。

「落ちこむ必要はない。見ただけで理解できるヤツなんて滅多にいないからな」

そう小笠原真琴に問いかけると、小笠原真琴の肩をポンと叩いた。

「理解するにはどうしたらいいか。実際に体験してもらうのが一番だ」

その俺の言葉に顔を上げた小笠原真琴が首を傾げる。そして極太バイブを突っこんだ肛門を晒している里中がピクンと震えた。

小笠原真琴は俺の言葉の意味を理解していないようだが、里中は理解したようだな。

ローションが入った容器を手に取り、右手の人差し指にローションを塗りこむ。

「指一本挿れるだけでどれほど違和感があるか。それがわかれば、里中の肛門がどれほど凄いかが理解できるはずだ」

　そう小笠原真琴に問いかけると、正座をしている小笠原真琴の尻に右手を伸ばした。

　今から何をされるのか、さすがに悟った様子の小笠原真琴は、一瞬で顔を燃えるように真っ赤にさせた。そして俯きながらグッと体を強張らせ――。

「お、お願いします」

　震える声を上げた小笠原真琴は、顔を上げると表情を引き締めた。そして腰を浮かせて水着を降ろし、その場に四つん這いになると俺に尻を向けた。

　恥じらいつつも迷わず行動する小笠原真琴。肛門を晒すという行為は凄まじい羞恥を覚えるはずだ。だが小笠原真琴は自ら浣腸を施し、俺の目の前でバケツに排泄するという超ハイレベルな行為をやってのけた。それに比べれば、ただ肛門を晒すなど楽勝だろう。とはいえ、羞恥心が消える訳ではない。

　雪のように白い肌を紅潮させ、かすかに震えながら何度も深呼吸を繰り返し、そのたびにピクピクと震える肛門。

「ふっ……ふぅぅうっ」

　息を吐き出した小笠原真琴が、全身を強張らせて踏ん張った。すると小刻みに震えていた肛門がパクッと開いた。俺が指を挿入しやすいように、必死に肛門を広げているのだ。

ゴクリと唾を飲みこみ、左手で小笠原真琴の尻たぶを掴む。

ビクッと震えた小笠原真琴は、キュッと肛門を締めてしまった。

焦ったのか、必死に踏ん張って肛門を広げようとする小笠原真琴。だが精神が乱れてしまったせいか、パクパクと開閉はするものの、開き続けることができないようだ。

大丈夫だ。焦る必要はない。

「指にオイルを塗ってあるから、無理に肛門を開かなくても指を挿入することが可能だ」

左手で小笠原真琴の尻たぶを掴んだまま、そう語りかけた。その問いかけがよかったのか、強張っていた小笠原真琴の体からフッと力が抜けた。

今だと思い、ローションを塗りこんだ指先を小笠原真琴の肛門に宛がうと、そのままヌルッと押しこんだ。

「ひあっ♡」

甘い悲鳴を上げ、ギュギュウッと肛門を締める小笠原真琴。一度挿入《はい》ってしまえばこっちのものだ。ギチギチと締まっている肛門だが、軽く手を押すと、ローションにまみれた指がヌヌヌッと挿入《はい》ってゆく。

「あっ♡　ああっ♡」

ビクビクと尻を跳ねさせ、背を仰け反らせる小笠原真琴。

「どうだ？　これが指が挿入《はい》った感覚だ」

指を根元まで突き挿した状態で小笠原真琴に問いかける。

「き、気持ち悪いですっ♡　異物感が凄いですっ♡」

気持ち悪いと言った小笠原真琴だが、その肉体《からだ》は悦んでいるように見えた。異物感による不快さが小笠原真琴を興奮させているのかもしれない。だとしたら、やはりコイツにはアナル調教の資質があるってことだ。

「抜くぞ」

そう言って、ヌルルッと指を引き抜いた。

「あああああっ♡　き、気持ちいいっ♡　ゾクゾクするうっ♡」

指を引き抜かれ、ビクビクッと痙攣した小笠原真琴が悦びの声を上げた。挿入時とは違い、単純に気持ちがいいようだ。

「せっかく挿入《い》れたんだ。少し慣らした方がいいだろう」

そう言って、再度ヌヌヌッと指を突き挿した。

「んんんんんっ♡　き、気持ち悪いですうっ♡」

ギチッと肛門を締め、不快感を訴えてくる小笠原真琴。だがそのまま指を根元まで突き挿し、そしてすぐさまヌルルッと引き抜いた。

「あああああっ♡　うんちしてるみたいで恥ずかしいっ♡　でも気持ちいいよお

おおおおっ♡」

挿入時の不快感とは対照的に、快感を訴える小笠原真琴。だが俺の目の前で排泄しているような錯覚に襲われているらしく、身を捩って羞恥に身悶えている。

「じゃあ次は里中の下腹部に注目してくれ」

肛門に指を根元まで突き挿した状態で、そう小笠原真琴に問いかけた。

肌を紅潮させ、汗を吹き出し、激しく息を荒らげている小笠原真琴は、顔を上げると里中の下腹部を見つめた。

「まるで妊婦のようにポッコリと膨らんでいるだろう？　お湯を注入しているせいだが、あの域に達するまでには長い訓練が必要だ。お湯を数百ミリ注入するのも至難の業だ。下腹部が膨らむほどの量となるとなおさらだ」

俺の説明を聞きながら、里中の下腹部を見つめる小笠原真琴。注目された里中は、清純なままの秘裂からゴボッと愛液をあふれさせた。

スクール水着を着た状態で四つん這いになり、ローターで乳首とクリトリスを刺激し、肛門から極太バイブを突き出し、妊婦のようにポッコリと下腹部を膨らませた姿を晒している里中。それはまさしく見世物だ。それで興奮してマン汁を垂らすとは、さすがとしか言いようがない。

その日から、三人での訓練が始まった。

第六章　真琴は堕ちてゆく

三人での訓練を始めてから半月が経過した。

細めのアナルバイブなら根元まで受け入れることができるようになった小笠原真琴は、浣腸も五百ミリリットルほどまで注入が可能になった。里中に比べればまだ赤子同然だが、凄まじい進歩だ。それを可能とした要因の一つは里中だ。

「真琴ちゃん、安心して力を抜いて」

マットの上に座っている里中は、手前に座っている小笠原真琴を抱き寄せて、自分に寄りかからせている。

「は、はい」

里中を信頼しきっている小笠原真琴は、頬を染めて頷くと、背後の里中に体を預け、全身から力を抜いた。

ムチムチのスクール水着を着ている二人。うちの学校でも美少女として評判の二人が、水着姿で体を密着させている様は、それだけで興奮してしまう。しかも二人は日に日に妖艶さを増している。

「真琴ちゃん。もうちょっとだから頑張ろうね」

もたれかかっている小笠原真琴を背後から支えている里中は、そう問いかけると小笠原真琴の水着の中に手を挿し入れた。

「んっ」

ビクッと震えて甘い声を漏らす小笠原真琴。小笠原真琴が現在行っているのは絶頂訓練だ。性感帯を刺激することで女性ホルモンの分泌を促す訓練だと小笠原真琴に伝えてある。そして効果を倍増させるために、絶頂する必要があることも。

俺と里中からそう説明され、微塵も疑うことなく受け入れた小笠原真琴は、ここ数日絶頂するために頑張っている。だがなかなか絶頂することができない。原因は未知の感覚に対する恐怖だろう。津波のように襲いくる快感。その先にあるモノを恐怖し、拒んでしまうようなのだ。一度でも絶頂し、その快感を覚えてしまえば、あとはなし崩しに溺れてゆくと思うんだが、これがなかなかイッてくれない。

「あっ、んっ、んくっ」

ビクッビクッと震えながら甘い声を漏らす小笠原真琴。背後にいる里中から左右の乳房を揉みしだかれ、乳首を刺激されることで身悶えている。

俺から徹底的に調教された里中は、基本的に責められる側だ。だからこそ責め方を熟知している。しかも里中の洞察力は凄まじい。小笠原真琴の表情や反応を見て、どこをどう責めれば最も効果的か。それを観察し、分析して責める。責められる方はたまったものじゃないだろう。それに加えて俺から責められるのだ。一度でもイッてしまえば、小笠原真琴は坂道を転がり落ちるように快楽に溺れてゆくはずだ。

「じゃあ、始めるぞ」

その俺の言葉に、里中にもたれかかっている小笠原真琴が股を開いた。その開かれた股の間に膝をつき、両手にしっかりとローションを塗りこむ。

「あっ、んくっ、ひっ、あひっ」

里中から左右の乳房と乳首を責められ、耳まで真っ赤にさせて喘ぐ小笠原真琴。その開かれた股の中心に手を伸ばすと、水着をズラして秘裂を露出させた。

以前は皮をかぶっていたクリトリスは充血して勃起し、皮から顔を覗かせている。そして穢れを知らない清純な秘裂からは、淫らな粘液が大量にあふれ出していた。

──。

かすかに盛り上がり、ヒクンヒクンと痙攣を繰り返している薄桃色の肛門。毎日毎日欠かすことなく弄り続けたせいで、かすかに盛り上がってしまったのだ。その肛門に右手の人差し指と中指を宛がい、ゆっくりと挿入してゆく。

　ヌプリと音を立てて呑みこまれてゆく二本の指。

「あっ♡　ああっ♡　あああっ♡」

　二本の指を肛門に挿《い》れられ、くぐもった甘い声を上げる小笠原真琴。その紅潮した肌にブワッと汗を浮き上がらせた。

　指二本程度なら、ローションの助けを借りれば簡単に挿入《はい》るようになった。多少無理をすれば、一物を受け入れることも可能だろう。拡張は順調に進んでいる。

　二本の指を根元までグッポリと突き挿し、そのままの状態で小笠原真琴の股間に左手を添えた。そして皮から頭を突き出してしまっているクリトリスに、親指の腹を当てた。

「くひっ♡」

　ビクビクッと激しく痙攣する小笠原真琴。性感帯を刺激することで女性ホルモンの分泌を促す、と小笠原真琴に言い聞かせ、最も丁寧に開発してきたのがクリトリスだ。

　女の体の中において、桁違いの感度を有しているクリトリスは、絶頂を覚えさせるのに最も適している。だからこそ重点的に開発してきたのだ。だがクリトリスで絶頂を覚えさせる訳じゃない。絶頂はあくまでも肛門で覚えさせる。小笠原真琴がイクとしたら、それはクリトリスによるものだろうが、それを言葉によって勘違いさせるのだ。言い方を変えれば洗脳だ。

親指の腹で優しくクリトリスを擦り、それと同時に肛門に突き挿した二本の指をゆっくりと抜き挿しする。

「あっ♡　ああっ♡　き、気持ちいいっ♡　気持ちいいよおっ♡」

身悶えながら悦びの声を上げる小笠原真琴。

「小笠原さん。お尻の穴を弄られて気持ちいいか？」

快感は里中が愛撫している乳首と、俺が弄っているクリトリスから得られるモノが大きいだろう。だがあえてお尻の穴と限定して問いかけた。

「き、気持ちいいですっ♡　凄く気持ちいいですっ♡」

雪のように白い肌を朱色に染め上げ、大量の汗を吹き出し、激しく息を荒らげながら甘い声で答える小笠原真琴。

「マッサージは気持ちよくなくてはならない。それは便秘解消マッサージも同じだ。小笠原さんがお尻の穴で気持ちよくなってくれたら、訓練が上手くいっている証拠だ」

もっともらしいことを小笠原真琴に言い聞かせた。

「き、気持ちいいっ♡　気持ちよくて頭がおかしくなりそうっ♡」

身を捩り、汗を吹き出し、息を荒らげ、熱にうかされたように悦びを口にする小笠原真琴。

「どこが気持ちいいんだ？」

「お、お尻っ♡　お尻の穴がっ♡　お尻の穴が一番気持ちいいですっ♡」

ビクビクと震える小笠原真琴が、迷わずそう口にした。

「ほら、真琴ちゃん、見て？　真琴ちゃんの乳首がこんなにビンビンに勃起してる。気持ちいいって思ってる証拠だね。お尻の穴を弄られるのが気持ちよくて、乳首をこんなに勃起させちゃってるんだよ」

乳首が勃起しているのは、里中が愛撫しているからだ。でも里中は、お尻の穴が気持ちいいから乳首が勃起していると言い聞かせる。

「小笠原さん、見てくれ。クリトリスがこんなに勃起している。お尻の穴を弄られて気持ちよくなっている証拠だ」

クリトリスを指で摘まみ、勃起しているのはあくまでも肛門を弄られているせいだと説明する。

俺と里中、二人から誘導される小笠原真琴。小笠原真琴は元々肛門の感度が高い。そこに繰り返し言い聞かせ、擦りこんだことで、肛門を弄られるのが一番気持ちいいと思いこみ始めている。

「き、気持ちいいっ♡　お尻気持ちいいっ♡　お尻の穴をもっともっと弄ってくださいっ♡」

里中から左右の乳首を、俺からクリトリスを同時に責められ、そして肛門を二本の指で掻き回されている小笠原真琴は、清純な秘裂からゴポッと愛液をあふれさせ、燃えるように真っ赤に染まった全身から大量の汗を吹き出し、ビクビクと痙攣しながらもっと肛門を弄って欲しいと訴えてきた。しかもただでさえ勃起していた乳首とクリトリスがさらに尖って硬度を増してゆく。

絶頂が近い。

「くうっ♡　くうううっ♡」

だがギリギリと歯を食い縛った小笠原真琴が、恐らく無意識に絶頂を拒んだ。

さらに愛撫を続けたが、やはり寸でのところで絶頂を拒んでしまう。それを繰り返したせいで、小笠原真琴は疲弊しきってしまった。

あまり無理をさせると愛撫に嫌悪感を覚えてしまうかもしれない。そのため、訓練を終えることにした。

ここ数日、ずっとこの調子だ。

小笠原真琴は案外頑固だからな。しかも凄惨なイジメを耐え抜いた精神力の持ち主だ。その小笠原真琴が無意識であれ絶頂を拒んでいる限り、先には進めない。

どうにかして枷を外さなくては。

まともに歩けない小笠原真琴を家まで送った俺と里中は、マンションに帰るために夜道を歩く。

「うーん」

俺の隣を歩いている里中が、腕を組んで眉間にシワを寄せ、唸っている。

「やっぱり大量浣腸かな」

唸っていた里中が、そうポツリと呟いた。

「大量浣腸で余裕を失わせて、限界まで耐えてもらって一気に排出させる。それまで愛撫で絶頂寸前まで登り詰めさせて、排出と同時に激しく責める。限界までこらえた状態での排出だから、そっちに意識が持っていかれちゃって、イクのを拒むことができなくなるかもしれない」

「なるほどな」

里中の言葉に相槌を打った。悪くない案だ。

「成功する確率を上げる方法もあるよ」

「本当か?」

「うん。たぶん上手くいくと思う」

問い返した俺を横目で見た里中がコクンと頷いた。

「方法は簡単。城島さんが真琴ちゃんを抱きしめてあげること。向かい合って抱きしめてあげるのが重要。それだけで全然違うと思う」

真顔で話す里中。向かい合って抱きしめるだけ？　それだけで上手くいくって言うのか？　にわかには信じがたい話だ。でも里中の洞察力は確かだ。試してみる価値はあるか。

「わかった。さっそく明日試してみよう」

里中の提案を取り入れ、試してみることにした。

※

あくる日、会室で小笠原真琴を四つん這いにさせると、浣腸の準備を始めた。里中も準備を手伝っている。

準備が整い、指にローションを馴染ませると、四つん這いになっている小笠原真琴の尻の前に膝をつき、クリトリスを刺激しながら肛門をほぐす。一方里中は、俺と同様に両手にローションを馴染ませ、小笠原真琴の左右の乳房を揉みしだきながら乳首を刺激した。

「ああっ♡　あああっ♡　気持ちいいっ♡　気持ちいいっ♡　気持ちよすぎて変になるぅううううっ♡」

俺と里中から愛撫を受け、快感に身悶える小笠原真琴。だがどれだけ愛撫を繰り返しても、やはりギリギリのところで絶頂を拒んでしまう。

「小笠原さん。今日は少し多めに浣腸をしてみようと思う」

愛撫を中断し、そう小笠原真琴に問いかけた。

「はぁっ♡　はぁっ♡　はぁっ♡　……は、はい♡」

ビクンビクンと尻を震わせ、息を荒らげている小笠原真琴がコクンと頷いた。それを見て大型の注射器を持つと、その先端から伸びているゴムチューブを小笠原真琴の肛門に挿し入れた。

「んうっ♡」

肛門にチューブを挿しこまれ、ビクッと震えて甘い声を漏らす小笠原真琴。

「じゃあ、注入するぞ」

その俺の問いかけに、小笠原真琴はコクンと頷いた。それを確認し、巨大な注射器の押子をゆっくりと押し始めた。

ゴムチューブを通り、小笠原真琴の腸内へと注入されてゆくお湯。

今まで小笠原真琴の腸内に注入したお湯の量は最大で五百ミリリットル少々。下腹部が膨らまない程度の量だ。そして巨大な注射器に入っているお湯の量は一・五リットル。

ゆっくりとお湯を注入すると、紅潮した小笠原真琴の肌にうっすらと汗が滲む。そうして五百ミリリットルのお湯が注入された。

歯を食い縛り、顔を歪めて苦痛に耐える小笠原真琴。多少多めに注入しようと思ったが、無理は禁物だな。ここでやめておこう。

「も、もっとお注射してください。まだ大丈夫です」

肛門に挿しこまれたゴムチューブを引き抜こうとしたら、ゼェゼェと息を荒らげている小笠原真琴が震える声を上げた。

「む、無理はしなくてもいいんだよ？」

心配そうな顔で小笠原真琴に問いかける里中。里中が心配するのも当然だ。小笠原真琴の姿を見れば、五百ミリリットルで限界ギリギリなのが見て取れる。だが——。

「も、もっとお注射してください。本当に……まだ大丈夫です」

ボタボタと汗を落とし、ブルブルと震えている小笠原真琴が再度声を上げた。

チラリと里中を見ると、里中もチラリと俺を見た。

小笠原真琴は一度言い出すと自分の意志を曲げない頑固なところがあるからな。

「わかった。じゃあもう少しだけ注入する」

そう言って、再び巨大な注射器の押子を押し始めた。

「ふぅっ、ふぅっ、ふぅっ」

聞こえる小笠原真琴の荒い息づかい。里中が不安そうに見守る中で、お湯が注入されてゆく。そうして七百五十ミリリットルのお湯が注入され、そこで押子を押すのをやめた。

「はあっ、はあっ、はあっ、はあっ」

異常な量の汗を吹き出し、激しく息を荒らげている小笠原真琴。限界ギリギリじゃない。限界を超えている。

「ま、まだっ、まだ大丈夫ですっ。真琴にもっとお注射してくださいっ」

ゴムチューブを引き抜こうとしたら、またもや注入を促す小笠原真琴。そのやり取りを何度か繰り返しているうちに、結局注射器の中のすべてのお湯が注入されてしまった。

お湯の量は一・五リットル。これまでの最大量の優に三倍だ。

「ふううっ、ふううっ、ふううっ、ふううっ」

異常な量の汗を吹き出し、その汗をボタボタと滴らせ、ブルブルと激しく震えている小笠原真琴。その荒い息づかいが室内に響く。そんな小笠原真琴の下腹部はかすかに膨らんでいた。

凄まじい精神力だ。限界などとうの昔に超えてしまっているだろうに。そう思いながら、肛門に挿しこまれたゴムチューブを慎重にゆっくりと引き抜いた。

「ひぐうっ」

ゴムチューブが抜け落ちた瞬間、肛門からお湯がブビュッと噴き出し、ビクッと震えた小笠原真琴が悲鳴を上げた。一度排出が始まってしまうと止めるのは不可能だ。

そう思ったが――。

「んくうううううううううっ」

響く呻き声。尻たぶにグググッと力が入り、肛門がギュウッと締まる。すると噴き出るお湯がピタリと止まった。

愕然とする里中。限界を超える量のお湯を注入し、そのお湯が噴き出てしまったのを強制的に止めるのは至難の業。それは里中が誰よりも知っている。だからこそ絶句してしまったのだろう。

「ああっ、あああっ、んぐうっ、んぐうううううっ」

まるで獣のように呻く小笠原真琴。

このままだと小笠原真琴が壊れてしまう。

「もういい！　出せ！」

気がつくと小笠原真琴を抱き起こして叫んでいた。

「だ、出す前に……イカせてください」

玉のような汗を浮かべ、今にも破裂してしまいそうなほどに息を荒らげている小笠原真琴は、それでも薄く笑みを浮かべて囁いた。

「わかった！　わかったから！」

なんて馬鹿な女だ。俺から言われたことを真に受けて、壊れてしまうほどに必死に耐えて。

「イケ！　真琴！　イッてしまえ！」

小笠原真琴を抱きしめながら叫び、右手の指で小笠原真琴のクリトリスを摘まんだ。

「きひぃぃぃいいいいいいいいいいいっ♡」

甘い悲鳴と共にビクビクビクッと激しい痙攣を起こした小笠原真琴は、ギュウッと俺に抱きついた。そんな小笠原真琴を抱きしめ返すと、肛門からブビュッとお湯を噴き出した。そして――。

「あぉおぉおぉおおおおおおおおおっ♡」

俺に抱きついたままグルンと白目を剝いた小笠原真琴は、涎を垂らして舌を突き出し、獣染みた咆哮を上げ、まるでジェット噴射のように勢いよくお湯を噴き出した。

ガクガクと震える肉体《からだ》。ビュルルッと尿道から噴き出る小便。それは紛れもなく壮絶な絶頂だった。

「んぉぉぉぉぉぉおおおおおおおおおおおおおおおおっ♡」

きっかけは俺からクリトリスを抓られたことだろうが、一度絶頂に到達した小笠原

真琴は、お湯が噴き出る肛門のみで絶頂し続けている。

噴き出るお湯の勢いが徐々に弱くなり、残ったお湯がブビュッ、ブビュビュッと音を立てて断続的に噴き出す。

「……お♡　……おお♡　……お♡　……んおお♡」

噴き出るお湯に合わせてビクッと痙攣する小笠原真琴は、すでに気を失っているようだった。

俺から抱きしめられ、ぐったりしつつも時折痙攣している小笠原真琴。そんな小笠原真琴を潤んだ瞳で見つめる里中は、右手の指で左の乳首を弄り、左手の指でクリトリスを擦りながらオナニーを始めてしまっていた。小笠原真琴の壮絶な絶頂を目の当たりにし、我慢できなくなってしまったようだ。

今日の夜は気をつけた方がいいな。寝こみを襲われそうだ。

※

一度絶頂を覚えた小笠原真琴は、まるでダムが決壊したかのように、面白いほど簡単にイクようになった。肛門にアナルバイブを突き挿し、それを抜き差ししながら乳首とクリトリスを軽く弄ってやると、すぐにイッてしまう。奈落の底は間近に迫っていた。

「もういいんじゃないの？」

透け透けの黒いレオタード姿で自室の床に股を開いて座り、ストレッチをしている里中が声を上げた。

「何がだよ」

椅子に座って机に向かっている俺は、ジト目で問い返した。

「城島さんだって、真琴ちゃんの気持ちに気付いてるんでしょ？　真琴ちゃんは、あれがマッサージの訓練なんかじゃないってわかってるよ」

大きな乳房をたゆんたゆんと揺らしながら前屈をしている里中が、そんなことを言った。

「うるせえよ」

里中から視線をそらし、そう吐き捨てた。

俺だってわかっている。随分と前から薄々は気付いていた。小笠原真琴は俺の話を真に受けている訳でも、天然な訳でもないことを。

俺の話を真に受けたフリをして、必死に話を合わせようとする小笠原真琴に、俺は気付いていないフリをし続けていた。

「城島さんが好きだから、好きで好きでたまらないから、城島さんの話に合わせてるだけだよ。城島さんだって真琴ちゃんのことが好きで好きでたまらないんだから、そろそろ真琴ちゃんを楽にしてあげなよ」

その里中の言葉に舌打ちをした。

「どんな手を使ってでも城島さんの心を射止めたかったんだよ。どんなにバカな女だと思われても、どんなに都合のいい女だと思われても、城島さんのそばを離れたくなかったんだよ」

里中の言葉が心に突き刺さる。

小笠原真琴は佐々木に言い寄られても、頑なに拒んでいた。アイツは軽い女なんかじゃない。馬鹿でもない。それどころか、自分の意志を決して曲げない強い女だ。そんな女が俺に裸体を晒した。何をされても俺の話を信じたフリをして、すべてを俺に捧げようとしている。俺の心を摑むために。

それと同じことをやったヤツを知っている。

本当に、笑えるくらい似ているんだよな。小笠原真琴と里中は。

「あれ？　もしかしてあたしに未練があるの？　だから真琴ちゃんに想いを告げられないの？」

「は、はあ!?　んなわけねえだろ！　馬鹿かお前は！」

馬鹿なことを言い出した里中に突っこみを入れた。お前に未練なんてある訳がないだろ。だって飽きて捨てたんだから。

「ひょっとして、財布の中にあたしの写真を入れてたりして」

「は？　や、やめろ！」

叫んだが遅かった。ニヤニヤと笑っている里中は、すでに俺の財布を持っていた。そして財布から一枚の写真を取り出してしまった。その写真を見た里中は——。

クソ、処分しておくべきだった。最悪だ。

「ご、ごめんなさい……」

顔を青ざめ、震える声で謝った里中は、みるみる瞳に涙を溜め、震える手で写真を財布に戻し、あふれた涙を手の甲で拭った。

「あたし……やっぱりバカだ」

そう呟いた里中は、逃げるようにトイレへと駆けこんだ。

両手で頭を抱え、ため息を漏らすと立ち上がり、財布を手に取った。

これは俺が悪い。里中と再会した時点で処分しておくべきだった。

財布の中に入れておいたのは、里中と夏祭りに行った時に撮った写真だ。浴衣を着ている里中が、左手の薬指にオモチャの指輪を嵌め、真っ赤な顔で俯いている写真。

笑えなかった里中が、泣いている写真だ。

玩具には首輪が必要だけど、首輪をつけて学校に行く訳にもいかないから。そう言って里中にオモチャの指輪を買い与えたんだ。そして左手の薬指に嵌めてやった。

「クソ、未練タラタラだったのがバレちゃったじゃねえか」

最悪だ。考え得る限り最悪の仕打ちだ。里中にとって、どんなに凄惨な拷問よりもつらい仕打ちだ。

あと少し、ほんの少し早く俺を追いかけていれば。そう思わせてしまう最悪の仕打ちだ。

どうなることかと思ったが、里中はケロッとしてトイレから出てきた。

「いやあ、あははは。泣いた泣いた」

相当泣いたのだろう。顔が赤い里中は、そう言って照れたように笑った。

「あたし、一番大切な人から、誰よりも想われていたんだねぇ。自分のバカさ加減に呆れすぎて、一周回ってスッキリしたよ」

里中の言葉通り、その笑顔に無理はなく、どこかスッキリしていた。

「悪あがきはここまで。地元に帰るよ。明日総一郎さんに話す」

「そうか」

何も言えず、ただ里中の言葉に頷いて答えた。

「ああ、それとごめんね？　城島さんからもらったオモチャの指輪、だいぶ前に失くしちゃって」

そう言って、頭を掻いて笑う里中。

俺は今でもお前が好きだ。お前と過ごした記憶は今なお色褪せず、鮮明に残っている。だからこそ、俺は言わなければならない。今ここで、里中に伝えなければならない。

その想いを伝えることが、俺にできる唯一のこと。

「俺は小笠原真琴が好きだ」

「うん。ありがとう」

せっかく泣きやんだのに、頬に涙を伝わせた里中は、それでもにっこりと笑った。

その笑顔は、きっと一生忘れないだろう。そう思えるほどに綺麗だった。

真夜中、ふと目を覚ますと、窓辺に座った里中が、握りしめた両手を胸に押し当て、声を殺して泣いていた。

何を握っているのかすぐにわかった。

そうか、まだ持っていたんだな。失くしたなんて嘘を吐きやがって。

※

あくる日、何事もなかったように鼻歌を口ずさむ里中がキッチンに立っていた。

「ああ、城島さん。昨日は勢いで地元に帰るって言っちゃったけど、あれナシで」

「は？」

トントントンとリズミカルな音を奏でている里中は、アッサリと前言を撤回した。

「地元には帰るよ？　でも城島さんと真琴ちゃんがお互いの想いを伝え合うまでは帰れませんよ」

俺に背を向けたまま偉そうなことを言う里中。ああそうかよ。勝手にしろ。ったく、朝までお前の寝顔を見ていた俺が馬鹿みたいじゃねえか。

「それと、一応言っておくけど、あたしはもう城島さんのモノじゃないから。手を出さないでね？　お風呂も一緒に入らないし、トイレも覗いちゃダメ。もし破ったら真琴ちゃんに言っちゃうから」

振り返った里中は、そう言ってにっこり笑うと包丁をフリフリと振った。

その言葉、そっくりそのままお前に返すよ。

朝食を摂っていたら、インターホンが鳴った。こんな朝っぱらから誰だと思ったが、すぐに顔から血の気が引いた。

小笠原真琴が俺のマンションを知らない以上、俺の部屋に訪ねてくるヤツなんていない。一人を除いては。

「城島さん、お客さんみたいだけど」

俺と同様に朝食を摂っていた里中が、箸を休めて問いかけてきた。思わずビクッと震えてしまい、里中が首を傾げる。

「た、たぶん……兄貴だ」

そうボソッと答えた。

「そっか。ならあたしが出るよ。総一郎さんに話したいこともあったし」

そう言って立ち上がった里中は、玄関へと向かった。

はぁ、我ながら情けない。

里中はなかなか戻ってこなかった。つまり俺の予想通り、来客は兄貴だったということだ。

ソワソワしながら待つこと三十分。里中が戻ってきた。

無言で座った里中は、途中だった食事に手をつけようとせず、真顔で俺を見つめた。

そしてテーブルの上にパサリと紙を落とした。四つに折られた紙だった。

「兄貴からか」

「うん」

俺の問いにコクンと頷く里中。

「中身は」

「自分で確かめて」

再度問いかけると、俺をまっすぐに見つめる里中が真顔で答えた。雰囲気からしていい話じゃなさそうだな。

ゴクリと唾を飲みこむと、テーブルの上に置かれた紙を取った。そして四つに折られたその紙を広げた。

――真琴へ。日曜、あの場所で待ってる。ずっと待ってる。達也。

紙にはそう書かれていた。

達也とは佐々木の名前だ。これは佐々木から小笠原真琴に宛てられた手紙か？

「それは手紙の写しだって。昨日、佐々木くんが真琴ちゃんの靴箱に入れた手紙を、総一郎さんがちょっと拝借して写したみたい。本物の手紙はちゃんと真琴ちゃんの手に渡ったと思う」

「……拝借？」

佐々木から小笠原真琴に宛てられた手紙を、兄貴が写した？　それって――。

「質問してもいいか？」

「気持ちはわかるけど、あたしに聞かれても困るよ」

俺の問いに肩をすくめて答える里中。自分は何も知らないと言いたいのだろう。

なぜ兄貴はこの手紙に気付くことができたのか。小笠原真琴の靴箱に入れられた手紙に。

これを写せたってことは、兄貴は学校にいたってことだよな？

それってつまり――。

「お、小笠原真琴を調教している様子も兄貴に見られていた可能性が……」

額に手を当て、そう呟いた。

「城島さん。気持ちはわかるけど、深く考えたら負けだよ」

光を失ったジト目でボソッと呟く里中。深く考えるなって、考えちゃうだろ。小笠原真琴を調教している様子を見られていたとしたら最悪だろ。

「とにかく、ついに佐々木くんが動き出したみたいだね」

その里中の言葉にザワリと心がザワついた。

小笠原真琴は俺のモノだ。今さらしゃしゃり出てきたヤツに渡すつもりはない。だが小笠原真琴から身を引いた佐々木が、なぜ今になって。

その日、小笠原真琴は学校を休んだ。佐々木からの手紙を受け取り、悩んでいるのかもしれない。

悩む必要があることなのか。小笠原真琴に恋人がいないのであれば、佐々木が諦めきれないのも頷ける。だが今のお前には――。

小笠原真琴は翌日も学校を休んだ。そうして約束の日曜日がやって来た。

第七章　真琴の真実

日曜の朝、結局一睡もできず、気分転換に散歩でもしようと思い、部屋を出ようとした。とそこで――。

玄関の扉を開けるとヒラリと何かが落ちた。

「なんだ？」

視線を下げるとそこには紙が落ちていた。

二つに折られた紙。その紙には――。

「これは……」

思わず目を見開いた。二つに折られた紙に、向日葵の花飾りがついたヘアピンが挟まっていたのだ。

――前髪が邪魔だろう。これを使うといい。

受験勉強に気を取られ、髪を伸ばしっ放しにしていた俺に、兄貴がくれた物だ。もらったヘアピンは机の引き出しの奥にしまいこんである。それなのにここにあるということは……。

兄貴からのメッセージだ。

身を屈めて紙を拾い、中を見た。

——遊園地。

紙にはそう書かれていた。

これは恐らく、佐々木が小笠原真琴を呼び出した場所。

紙を握りしめ、勢いよく扉を開いた。とそこでガサッと音が響き、扉が何かに当たった。見てみると、紙袋が置いてあった。兄貴が置いたのか。

袋の中を見ると、女物の服や靴、それとカツラが入っていた。

遊園地に行くなら、小笠原真琴や佐々木に見つからないように変装しろってことか。

「ふざけんな。誰が女装なんて……」

そう呟き、袋をその場に置くと、部屋を後にした。

佐々木は小笠原真琴を守れなかった。だが佐々木は何度拒まれても想いを告げている。そして俺は、想いを一度も告げていない。

もし小笠原真琴が佐々木の想いを受け入れたら、俺には何も言う資格はない。

自分の想いに素直になれず、現実から目をそらし、逃げ続けていた俺の責任だ。それはわかっている。だが——。

「小笠原真琴は俺のモノだ」

そう呟き、ギリッと拳を握りしめた。小笠原真琴は俺のモノだ。今さら佐々木にくれてやる気はない。だけど——。

もし遊園地で小笠原真琴に見つかったら、俺が小笠原真琴を信用していないと思われてしまう。実際そうだ。こうして遊園地に向かっている時点で、俺は小笠原真琴を疑っていることになる。

立ち止まり、踵を返すと全力で走ってマンションに戻った。そして部屋の前に置かれている紙袋を手に取り、マンションから駆け出した。

※

遊園地の近くで公園を見つけ、その公園の公衆トイレの個室に入り、着替えをした。女物の服を着て、頭にカツラをかぶる。

着替えを終え、恐る恐る個室から出た。そして手洗いの正面にある鏡を見た。

「こ、こうして見ると、本当にお袋と似てるんだな……」

鏡に映っているのは、長い髪をポニーテールに結っている女装した俺。もっと気持ち悪い感じになると思っていたが、以前写真で見た若い頃のお袋とよく似ている。

「これなら、もし見つかっても俺の双子の姉って言い張れるかもな」

下手にコソコソするよりも、大胆にいった方がいいかもしれない。だが正直恥ずかしい。

パンッと両手で頬を叩き、鏡を見て頷くと、トイレを出ようとした。とそこで思い留まり、トイレの中に戻ると、再度手洗いの鏡を見た。そして前髪を横に分け、向日葵の花飾りがついたヘアピンで留めた。

兄貴、今だけ力を貸してくれ。

※

遊園地の中に入り、周囲を気にしながら園路を歩く。日曜日ということで人が多い。そしてなんだかやたらと注目されている気がする。男も女も子供も老人も俺をチラ見している気がする。

やっぱり女装はダメだったか。若い頃のお袋と似ていたから大丈夫かもしれないと思っていたが、客観的に見ると気持ち悪いのだろうか。普通に考えたら気持ち悪いに決まっている。それなのに俺はどうしてこんなことを……。

ていうか、もしかして女装しているのがバレバレなのだろうか。余計に悪目立ちしているだけかもしれない。

落ち着け。見られているような気がするのは、きっと女装しているという負い目が神経を過敏にさせているだけだ。きっとそうだ。そう思いたい。

でもいたたまれなくなり、トイレの個室に逃げこんだ。どう考えても今の俺は冷静な判断力を失っている。

個室に入ってしばらくすると、扉をノックされた。ノックを返したが、すぐにまたノックされた。しかもノックされているのは俺の個室だけじゃない。どうやらトイレが混んでいるようだ。

ノックされるたびにノックを返していたが、さすがに限界だ。そう思い、個室から出ることにした。

扉を開け、そして――。

「……は？」

扉の先に立っていた男が、俺を見て間の抜けた声を上げた。

サッと逃げるつもりだったのに、扉の真正面に男が立っているせいで身動きが取れない。

「す、すみません！　間違えました！」

一瞬にして顔を真っ赤にした男が、焦りながら声を張り上げて俺に謝り、踵を返した。とそこで固まると周囲を見回した。

「あ、あれ？　ここ、男子トイレだよな？」

周囲にいる男たちを見て呟いた男は、チラリと横目で俺を見た。

これ、けっこうマズい状況なんじゃ……。

静まり返っていたトイレの中が次第にザワつき出した。

俺は男だと主張した方がいいのか。でもそれだと女装趣味の変態だと思われてしまう。なら女だと主張した方がいいのか。でもそれだとここにいる説明がつかない。

顔が燃えるように熱くなるのを覚えつつ、目の前の男に軽く頭を下げ、無言で足早にトイレから出た。

クソ、目頭が熱い。視界が霞む。いっそ誰か殺してくれ。

園内の林の中に逃げこみ、目頭が熱くなるのを感じながら膝を抱えてしゃがんだ。

何をやっているんだ俺は。こんなところに隠れていたら、ここに来た意味がないだろうが。小笠原真琴と佐々木を見つけなければ。

一時間ほど経過し、だいぶ落ち着きを取り戻した俺は、二人を捜しに出ることにした。ただし、なるべく林の中を移動することにした。

適当に林の中を歩いていると、視界にある人物の姿が映り、焦ってとっさに身を隠した。

信じられない。佐々木を見つけてしまった。林の中を移動していたため、捜す範囲が限られていたというのに、幸運にも佐々木を見つけてしまったのだ。

林を抜けた先にある広場。林に囲まれているため、人がほとんどいない。佐々木はそんな広場のベンチに座っていた。一人で座っているということは、小笠原真琴はまだ来ていないのか。それともトイレにでも行っているのか。とにもかくにも、いい位置だ。ここで佐々木を監視できる。

※

あれから十時間が経過した。日は落ち、広場の外灯が煌々と輝いている。あと一時間ほどで遊園地は閉園だ。そして小笠原真琴はいまだに姿を見せていない。

湧き上がる違和感。

普通そこまで待つか？　待たないだろ？　待ってもせいぜい三時間が限度だろ？　しかもこの十時間、佐々木は一度も携帯を確認していない。待ち人が来ないのに、そんなことがあり得るか？　まるで小笠原真琴が来ないことを最初から知っていたようだ。

何かがおかしい。

立ち上がり、林を出るとまっすぐ佐々木に向かった。もういい。四の五の悩むのはやめだ。佐々木と直接話してやる。

ベンチに座っている佐々木からやや距離を置き、ベンチに座った。

汗が頬を伝ってゆく。ベンチに座ったのはいいが、ここからどうすればいいかわからない。

「あ、あの」

「ッ!?」

悩んでいたら、突然隣から声が聞こえて思わずビクッとしてしまった。

隣を見ると、佐々木が俺を見ていた。

「もし違ったらすみません。もしかして、城島くんの身内の方ですか？」

そう問いかけられ、心臓が破裂しそうなほどにドキッとした。そして身内と言われたことで思い出した。

そうだった。俺は女装しているんだった。すっかり忘れていた。

「違いましたか？　うちの学校の生徒に、あなたとよく似た人がいるもので。もしかしてお姉さんか妹さんかと思ったんです」

佐々木はどうやら俺が俺であることに気付いていないようだ。俺を俺の身内だと思っているらしい。

女装していることがバレたら大変だ。身内と思ってくれたのは好都合。

「も、もしかして、城島蒼維のことですか?」

「ええ、そうです」

俺の言葉に頷く佐々木。よし、適当なことを言って誤魔化そう。

「私は城島蒼也《あおや》と言います。蒼維の双子の姉です。蒼維のお友達ですか?」

「ああ、お姉さんでしたか」

佐々木は納得したように声を上げた。俺の話を真に受けているようだ。

「城島くんは地元が遠いと聞いていたのですが、お姉さんもこっちの学校に通っているんですか?」

「え?」

学校? ヤバい、学校のことなんて考えていなかった。

「わ、私は地元の学校に通っています。弟に会いに来たんです」

内心焦りながら、にっこりと笑って答えた。ナイスだ俺。なかなかの応用力だ。

「こんな時期にですか? 連休でもないのに? かなり遠いと聞いていたんですが。明日は学校を休むんですか?」

俺の話を聞いて首を傾げた佐々木は、不思議そうに呟いた。うお⁉　ヤバいんじゃないかこれ⁉　どうにかしないと。どうにかして佐々木を丸めこまないと。

「じ、実は、家出です。上に兄がいるのですが、上手くいっていなくて。それで、離れて暮らしている蒼維のところに逃げてきたんです」

内心かなり焦りつつ、必死に平静を装いながらとっさに答えた。

「す、すみません。答えづらいことを聞いてしまって……」

眉尻を下げた佐々木は、申し訳なさそうに頭を下げた。

「い、いえ、気にしないでください。自分でも情けなくて笑ってしまいます」

その俺の答えに、佐々木はどこかホッとしたように笑った。なに笑ってんだテメェは。俺を舐めてんのか？　ああん？

「失礼かもしれませんが、なんだかホッとしました。あなたのように綺麗な人にも悩みがあるんですね」

薄く笑みを浮かべながらそんなことを言う佐々木。なに気持ち悪いことを言っているんだコイツは。俺が綺麗だと？　目が腐ってるんじゃねえの？

それはともかく、これはチャンスだ。この話の流れを利用して、佐々木から情報を聞き出す。

「な、なにか悩みでもあるのですか？　私でよかったら相談に乗りますよ」

「あ、いや、初めて会った方に話すようなことではないので」

俺の問いかけに、佐々木は愛想笑いを浮かべてやんわりと断った。なんだよ言えよ。ケチケチするんじゃねえよ。

「私の実家は遠いですし、もうお会いすることもないでしょうし。だからこそ、話せることもあるのではないですか？」

どうにかして佐々木から情報を得ようと思い、やや強引に切り返した。

「もう会うこともない……ですか。そう……ですね。そうかもしれませんね。それに、あなたは城島くんのお姉さんですからね。これは運命かもしれません」

正面を向いた佐々木は、遠くを見つめながら呟いた。おいおい、なんだか気持ち悪いことを言い出したぞ。運命ってなんだよ。感じるなよそんなもの。

「ここは、この場所は、とても大切な人との思い出の場所なんです」

遠くを見つめたまま話し始める佐々木。なんだか気持ち悪いが、悪くない展開だ。

「俺には好きな人がいました。子供の頃からずっと一緒で、悲しい時や寂しい時、それに苦しい時も、その人がいつも助けてくれました。いつも笑顔で、いつも優しくて、まるで実の姉のような存在でした」

子供の頃からずっと一緒だった相手となると、小笠原真琴だろう。幼なじみだったらしいからな。

「いつの頃からか、その人に恋愛感情を抱くようになりました。その想いを彼女に伝えました。そして彼女は受け止めてくれました。嬉しかった。本当に嬉しかった。この人を誰よりも大切にしようと思いました。この人を必ず幸せにしようと思いました」

その佐々木の言葉を聞き、体が勝手にピクンと震えた。

告白し、受け止めてもらった？　それって、小笠原真琴が告白を受け入れたってことか？　二人は交際していたのか？　交際後に別れたのか？

「本当に、心の底から好きだったんです。でもおかしいんです。彼女を抱きしめても心が高鳴らないんです。最初はずっと一緒にいるからだと思っていました。でも変なんです。何かが違うんです。彼女と一緒にいるととても心が安らぐのに、でも心が高鳴らないんです」

そう言って項垂れる佐々木。心が高鳴らないだと？　だからお前は小笠原真琴を捨てたのか？　散々弄んだ挙句、ゴミのように捨てたのか？　だが捨ててから惜しいと思い、また言い寄ったのか。

「一つ聞くが、その彼女と体の関係はあったのか」

ギリギリと歯を食い縛り、ギリギリと拳を握りしめ、今にも破裂しそうな怒りを無理やり抑えこみ、佐々木に問いかけた。すると勢いよく顔を上げた佐々木は顔を真っ赤にして首を横に振った。

「あ、ありません！　キスすらしたことがありません！　きっと彼女も感じていたんです！　何かがおかしいことを！」

必死に叫ぶ佐々木の言葉を聞き、少しホッとした。体の関係はなかったのか。だが小笠原真琴を捨てたことには変わりがないんだろ？

「それでも、俺は彼女しかいないと思っていました。だから彼女の家に行ったんです。ご両親に挨拶をするために。焦っていたのかもしれません。自分の心に偽りがないことを、行動で示そうとしたのかもしれません。その俺の行動は、俺と彼女にとってよかったのかもしれません。過ちを犯す前に気付くことができたから。だけど、そのせいで彼女は心を閉ざしてしまったんです」

両親に挨拶をしに行った？　それが原因で小笠原真琴は心を閉ざした？　佐々木が捨てた訳じゃないのか？　もしかして、小笠原真琴の両親が佐々木との交際に反対したのか？　もしそうなら話がまったく違ってくるぞ。

小笠原真琴は親の意志に逆らえず、だから佐々木の想いを拒んでいたということになる。

「彼女の名前は小笠原真琴。旧姓は佐々木です」

「……え？」

佐々木の呟きに思わず声を上げてしまった。小笠原真琴の旧姓が佐々木？　それはどういうことだ。佐々木と一度結婚したってことか？　あ、いや、それは旧姓とは言わないだろう。

旧姓ってことは、小笠原真琴の元の名字は佐々木だったたってことだ。それってつまり——意味がわからん。

「彼女は俺の双子の姉だったんです。あなたと城島くんのような、実の姉弟だったんです」

「は？」

双子？　実の姉弟？　ちょっと待て。おいちょっと待て。混乱しすぎて訳がわからない。

「佐々木家は以前、小笠原家から養子をもらったそうなんです。そして現在の小笠原家のご夫婦は子供ができなかった。それで佐々木家から養子を迎えることになったんです。それが真琴です。俺の双子の姉です」

佐々木の言葉を聞き、全身からブワッと汗が吹き出すのを感じた。

「佐々木家と小笠原家は親交が深く、その仲も良好でした。そして俺と真琴は実の姉弟。養子に出したとしても、その事実は変わりません。そしてその仲を引き裂くのは不憫だと思ったらしいです。だから、俺たちは幼い頃から一緒にいることが多かったんです」

なんてこった。幼なじみではなく、血の繋がった姉弟だっただなんて。

「真琴は俺の想いを受け入れてしまった。受け入れてから知らされた。俺たちが実の姉弟だということを。実の姉なのに弟の想いを受け入れてしまったんです」

受け入れてから知らされたって、それは親が悪いだろ。でもまあ、デリケートな問題だからな。

きっと、小笠原真琴と佐々木の心が真実を受け止められるようになるまで、秘密にしておこうとしたんだろう。ところが二人が恋愛感情を抱いてしまった。だから焦って真実を告げたってところか。

まあ、気持ちがわからないでもない。

「真実を知って、俺は納得しました。一緒にいるととても安らぐのに心が高鳴らなかったのは、実の姉だったからなんだって。でも真琴は俺とは違いました」

そう言って、佐々木は今にも泣き出しそうな顔で笑った。

「これからは真琴を姉として想う。そう真琴に告げたんですが、信じてもらえなかったようで、避けられるようになってしまったんです。きっと俺の迷惑になると思ったんです。自分がそばにいれば、俺の人生を狂わせてしまうと思ったのかもしれません。真琴は優しい人ですから。優しすぎる人ですから。その割に頑固ですから」

そりゃあ避けるだろ。男である佐々木はいい。だが女である小笠原真琴は、もし過ちが起きれば弟との子供を身籠ることになる。そして弟は自分に恋愛感情を抱いていた。一緒にいれば過ちが起きかねない。なら避けて当然だ。

「俺は馬鹿ですよ。俺を避ける真琴を追って同じ学校に入り、俺を避ける真琴に無理やり話を聞いてもらおうとしたんです。真琴の心を楽にしてあげたかったんです。でも、ただただ真琴を追い詰めただけだったようです」

その通りだ。小笠原真琴を追い詰めたのはお前だ。無理に話を聞いてもらおうとせず、そっとしておくべきだったんだ。

だけど、佐々木の気持ちもわかる。一度は女として愛した人が実の姉で、そんな人が殻に閉じこもって苦しんでいたら、どうにかして楽にしてやりたいと思うだろう。

だがそれが悪い方に向いてしまい、状況が悪化してゆくことになってしまった。

「真琴がイジメを受けていると聞き、助けようとしました。でも真琴は俺に何も話してくれず、そのうえ俺が関わるとイジメはさらに酷くなり、どうしたらいいのかわからなくなって、先生に相談しました。その結果、イジメなどないと言われ、俺は、俺は……」

震える声を上げながら両手で頭を掻き毟る佐々木。俺が小笠原真琴に目をつける前に、コイツはコイツなりに必死に動いて、そして袋小路に迷いこんでしまったのか。

これは参ったぞ。何も言えねえ。お前が悪いだなんて口が裂けても言えねえ。

「だけど現れたんです。救世主が」

「え？」

頭を掻き毟っていた佐々木が、顔を上げて俺を見た。救世主？

「あなたの弟さんです」

「へ？」

「ずっと見ていました。あなたの弟さんのことを。たった一人で次々と敵を打ち倒してゆく勇姿を。何もできなかった俺とは違い、彼はまさしく救世主でした」

……おい。見ていた？　ずっと見ていた？　俺を？　それってまさか……。ど、どこまで、どこまで見られていたんだ。

「俺は今日ここに真琴を呼び出しました。ここは俺たちが実の姉弟だと知る前に、恋人として訪れた思い出の場所なんです。ここですべてを打ち明け、真琴を楽にしてあげたかったんです。城島くんと真琴、二人の仲を祝福していることを知って欲しかったんです。まあ、来ないだろうなとは思っていましたけどね」

そう言って俺を見た佐々木はにっこりと笑った。その頬を涙が伝ってゆく。

似ている。やっぱりコイツは似ている。俺から避けられても避けられても、それでも俺のためだけを想ってくれる兄貴と。

「少し泣いた方がいい」

佐々木の肩に手を回し、グイッと引き寄せた。そして項垂れている佐々木の頭を撫でた。

お前はなんにも悪くねぇよ。よくやったよ。よく今まで一人で頑張ったよ。だから、泣け。じゃないとお前が壊れちまうぞ。

俺から抱き寄せられている佐々木は、肩を震わせた。そして俺にしがみつくとかすかに嗚咽を漏らし、それが次第に大きくなり――。

閉園間際の遊園地に泣き叫ぶ声がこだました。

※

遊園地での一件の後、佐々木から頻繁にメールが来るようになった。

散々泣いてスッキリした様子の佐々木が、別れ際に携帯のアドレスを教えてくれと言ってきたのだ。別にいいかと思って教えたんだが、まさかこれほど頻繁にメールが来るようになるとは。

用事は特にないらしく、内容は意味不明なものばかり。

今宵の月は蒼く美しい、とか、夜空に浮かぶ蒼い月に想いを馳せる、などなど。ポエムっぽいメールを大量に送ってくるのだ。中二病なのかもしれない。

なんだか気持ち悪いけど、放置するのもどうかと思い、一応適当に返信している。

小笠原真琴はと言うと、月曜になったら普通に学校に登校してきた。本人曰く、風邪を引いて寝こんでいた、とのことだった。

あのタイミングで学校を休んで風邪はないだろう。嘘っぽいが、でもちゃんと学校に来たのだから、何も言わないでおこうと思った。

第八章 城島くんの決意

小笠原真琴は明らかに変わった。佐々木との一件の後、まるで憑き物が落ちたような笑顔を見せるようになった。そして以前以上にマッサージの訓練に没頭するようになった。いや、没頭なんて甘いものじゃない。まさに、狂ったように、だ。

もしかしたら、小笠原真琴は佐々木に会ったのかもしれない。

「あ、蒼維くん」

早朝の男子トイレの個室の中、俺を蒼維くんと呼んだ小笠原真琴は、息を荒らげながら上目遣いに俺を見る。

「お尻を、お尻の穴のマッサージをしてください……♡」

そして甘い声で囁きながら下着を降ろす。

膝まで下着を降ろした小笠原真琴は、俺に背を向けると前屈みになり、スカートをまくり上げた。そして両手で尻たぶを掴み、自ら肛門を広げた。

　プックリと盛り上がった薄桃色の肛門は、早く何かを挿れて欲しいと言うかのように、パックリと開いて暗い穴の中をさらけ出している。そして清純な秘裂からあふれる大量の淫液が、太ももの裏側をダラダラとだらしなく伝い、卑猥な糸を引きながらボタボタと滴っていた。

「ちゃんと綺麗にしてきたのか？」

　ゴクリと唾を飲みこみ、そう小笠原真琴に問いかけながら、右手の人差し指を穴の中にヌプリと挿し入れた。

「ひあっ♡　んああっ♡」

　指を一本挿れられただけで蕩けるように甘い喘ぎを上げた小笠原真琴は、ビクビクと尻を痙攣させながらガクガクと膝を揺らす。

「き、綺麗にっ♡　ちゃんと綺麗にしてきましたっ♡　真琴の穢れたお尻の穴にお湯を三リットル注ぎこんで、乳首とクリトリスを弄りながら限界まで我慢して、お尻の穴からお湯を噴き出しながら何度もイキましたっ♡」

　ヌプヌプと指を出し入れされ、そのたびにビクビクと痙攣する小笠原真琴は、ただでさえ洪水だった淫液を垂れ流しながら、肛門を綺麗にした方法を俺に説明した。

　ヌヌッと指を根元まで突き挿すと、指先にコツンと硬い物が当たった。

「き、綺麗にした証拠を見せますっ♡」

その小笠原真琴の訴えに、ヌルンと指を引き抜いた。肛門の奥に何か仕込んできたようだが、何を見せてくれるのか。

「んっ♡　くっ♡　ふぅうっ♡」

息を荒らげながら全身にグッと力をこめる小笠原真琴。そして排便するかのようにブルブルと震えて呻きを上げる。

個室の中に響く荒い息づかいと呻き。

グググッと肛門が盛り上がり、穴の中からヌッと白い物体が顔を覗かせた。それが異常なまでにムリムリ肛門を押し広げ、徐々に押し出されてくる。

「で、出ますっ♡　んぁあああっ♡」

小笠原真琴の合図と共に肛門から出てきたのは、卓球で使うピンポン玉だった。腸液にまみれたピンポン玉がノルンと吐き出され、コンッと音を立てて床を跳ねる。

「はぁっ♡　はぁっ♡　はぁっ♡　ふぐぅうっ♡」

肌を紅潮させ汗を吹き出す小笠原真琴は、再度全身を力ませて呻きを上げた。

パックリと開いていた肛門がキュッと締まり、そして小笠原真琴の呻きと共に肛門が盛り上がり、白い球体がムリムリと押し出されてくる。

「う、産まれるうっ♡」

ノルン、ノルンと吐き出されてゆくピンポン玉。その光景は、まるでウミガメの産卵だった。

「また産まれるぅううっ♡　ふぐぅううっ♡」

七つ目のピンポン玉を産卵した瞬間、ビクビクビクッと痙攣を起こした小笠原真琴は、尿道からピュピュッと小便を噴き出し、背を仰け反らせて甘い喘ぎを上げた。どうやらピンポン玉を産卵しただけで軽くイッてしまったようだ。だが産卵はまだ終っていない。痙攣して喘ぎ、絶頂しながら、真琴は十個ものピンポン玉を産卵した。

ぜぇぜぇと息を荒らげ、異常なまでの汗を吹き出している小笠原真琴は、ポッカリと開いた肛門から腸液をあふれ出させている。

床に散乱したピンポン玉は、腸液にまみれてヌラヌラと艶めかしく光っているが、汚れ一つない。穴の中を綺麗にしてきた証拠だ。

「残念だが、お前の肛門をマッサージする器具がないんだ。いつもズボズボやっているアナルバイブは会室にあるんでね」

だらしなく腸液を垂れ流す肛門に指を宛がい、その指先で肛門をクリクリと弄りながら問いかけた。

「あっ♡　あひっ♡　い、挿れてくださいっ♡　お尻の穴に棒をズボッと突き挿して、ズボズボしてくださいっ♡」

焦らされて身悶える小笠原真琴は、ビクンビクンと尻を痙攣させながらビュビュッと小便を噴き出した。肛門を指で弄られただけでイッてしまったらしい。

「どうしてもと言うのなら、方法がなくもない」

「い、挿れてくださいっ♡　なんでもいいからお尻の穴をズボズボしてくださいっ♡　なんでもしますからっ♡　うんちをしてるような感覚に襲われながら気持ちよくなるのが大好きなんですっ♡」

俺の問いを聞き、悲鳴染みた甘い声で変態的なことを言う小笠原真琴。

コイツは本当に、どうしようもなく俺を魅了する。堕ちれば堕ちるほどに俺の心を鷲掴みにする。

「ならこれで突いてやる」

ゾクゾクとした快感が背筋を駆け上がってゆくのを感じつつ、急いでズボンのファスナーを降ろすと、今にも破裂しそうなほどにいきり勃った一物を取り出した。

「だがここにはオイルもない。唾液ならオイル代わりになるだろう」

そう小笠原真琴に問いかけると、ブルブルと震えながら身を起こした小笠原真琴は、俺の方に向き直った。そして蕩けた瞳で俺の一物を見ると、その場にひざまずいた。

「な、舐めてもいいんですか？」

膝立ちの状態で俺にしがみつき、蕩けた上目遣いで問いかけてきた小笠原真琴は、一物に頬をすり寄せる。

「ああ」

頷いて答えると、小笠原真琴は満面の笑みを浮かべた。

「あ、ありがとうございますっ♡」

俺にお礼を言った小笠原真琴は、薄桃色の唇の端からタラリと涎を垂らし、恍惚とした表情で俺の一物を見つめた。そして真っ赤な舌を突き出すと、その舌先で亀頭をチロチロと舐めた。

「おち×ぽ好きっ♡　蒼維くんのおち×ぽ大好きっ♡　真琴は蒼維くんのおち×ぽをペロペロするのが大好きですっ♡」

強制した訳でもないのに、淫らな言葉を口にした小笠原真琴は、はち切れそうなほどに息を荒らげ、夢中で一物を舐め始めた。

ヌメる舌が亀頭を舐め回し、竿を這う。だらしなく涎を垂らし、夢中で俺の一物をしゃぶる小笠原真琴。その姿が俺を興奮させる。まるで本能の赴くままに快楽を貪る獣の牝だ。

「あ、蒼維くんのおち×ぽを、真琴のお口の中に挿れていいですか？　真琴のお口おま×この中に挿れて、じゅぼじゅぼしていいですか？」

「お、おま……」

竿にチュッチュッと口付けをして、裏筋をチロチロと舌で愛撫しながら、上目遣いで懇願してくる小笠原真琴。その卑猥すぎる言葉を聞き、思わず突っこみを入れそうになった。

おま×こなんて言葉をどこから覚えてきたんだ。考えられるのは一つ。里中だ。恐らく里中が裏でせっせと教えているのだろう。

「好きにしろ」

今にも射精してしまいそうなほどに興奮しつつ、そう小笠原真琴に答えると、恍惚とした表情で妖艶に笑った小笠原真琴は、制服の上着をまくり上げた。それによって、たゆんと揺れる大きな乳房が露わになった。

「ま、真琴は、自分の乳首をマッサージしながら、蒼維くんのおち×ぽをお口に咥えてじゅぼじゅぼします♡」

そう勝手に宣言した小笠原真琴は、すでに硬く尖っている桃色の乳首を指でキュッと摘まみ、口をあんぐりと開けた。そして左右の乳首を指でクリクリと弄りながら、亀頭を口内へと呑みこんだ。途端に亀頭がヌメる肉に押し包まれ、思わずブルリと震えてしまった。

「んっ♡　んふっ♡　んぅうっ♡」

自分で乳首を刺激して甘い喘ぎを上げている小笠原真琴は、グググッと顔を沈めた。

ズルズルと際限なく呑みこまれてゆく亀頭。さすがに驚いた。フェラチオすら知らなかったであろう小笠原真琴が、いきなり亀頭を根元まで呑みこもうとしているのだ。無理だ。そう思ったが、その俺の予想は見事に外れた。小笠原真琴は一物を根元まで呑みこんでしまったのだ。

まさか里中の教えを受けて訓練していたのか。

根元まで呑みこまれた一物がズルリと引き抜かれる。それによって亀頭がヌメる喉肉に擦れ、快感が迸る。

グブッと音を響かせ、引き抜いた亀頭を再度呑みこむ小笠原真琴。

ゆっくりと引き抜き、呑みこみ、また引き抜き、呑みこむ。繰り返されるほどに大きくなってゆく快感。

「んふぅうううううっ♡」

突然ビクビクビクッと痙攣した小笠原真琴が、俺の一物を根元まで呑みこんだ状態で白目を剝き、ビュビュッと小便を噴き出した。見るとギリギリと乳首を抓り、乳房が前に伸びるほどに引っ張っていた。どうやら乳首だけでイッてしまったようだ。

痙攣し、白目を剝いて小便を噴き出し、それでも頭を振り出す小笠原真琴。

トイレの個室に響く卑猥な水音。

里中のフェラチオに比べれば赤子も同然の技術。だが俺は恐ろしいほどの快感に襲われていた。

「そ、そろそろいいぞ。尻をこっちに向けろ」

襲いくる快感に打ち震えながら、そう小笠原真琴に告げた。

ギリギリと乳首を引っ張りながら頭を振っていた小笠原真琴は、俺の命令を受けてズルリと一物を吐き出した。

「あ、蒼維くん♡　蒼維くん♡　蒼維くん♡　蒼維くん♡」

床に膝立ちになったまま、俺にしがみついている小笠原真琴は、まるで熱にうかされているかのように、何度も何度も俺の名を口にした。

「ど、どうした？」

急にどうしたのかと思い、その場にしゃがみ、小笠原真琴の頬に手を触れさせながら問いかけた。

無理をさせすぎてしまったのか。あまり負担をかけたくないし、今日はこの辺りで切り上げるか。

「ま、真琴は、真琴は……♡」

「どうした。焦らないでいいから。ゆっくりと呼吸をするんだ。ゆっくりだぞ」

必死に何かを伝えようとしている小笠原真琴。そんな小笠原真琴の肩を抱き、なるべく優しい声音で語りかけた。

「ま、真琴は、蒼維くんのおち×ぽを、真琴の穢れたお尻おま×こに挿れて欲しいですっ♡　そして激しくズボズボして欲しいですっ♡　それなのに……♡」

お尻おま×こって……。

里中、お前、さすがにやりすぎだろ。コイツはすぐに真に受けるんだから。

「こ、腰が抜けて立てないんですっ♡　立てないとダメですかっ？　立てないとお尻おま×こをズボズボしてもらえないですかっ？」

俺にしがみついている小笠原真琴は、そう言って泣きそうになりながらプルプルと震えている。

馬鹿かお前は。俺を誰だと思っている。どのような体勢だろうと、俺に犯せない肛門などない。

「わかった。挿れてやるから落ち着け」

俺の言葉を聞き、蕩けた上目遣いで俺を見た小笠原真琴は、グイッと伸び上がると俺の頬にチュッと口付けをした。

ゾクリとした快感が背筋を駆け上がる。

「便器の上にまたがれるか？」

「は、はいっ♡」

頷いた小笠原真琴は、まるでアヒルのようにヨチヨチと体の向きを変え、俺に尻を向けると和式便器の上にまたがった。

「倒れないように、排水パイプを両手で握っていろ。できるか？」

「頑張りますっ♡　蒼維くんからお尻ま×こをズボズボしてもらいたいからっ♡」

そう答えた小笠原真琴は、やや前屈みになると、便器の正面に露出している排水パイプを両手で握った。そんな小笠原真琴の背後にしゃがみ、パックリと開いてヒクヒクと痙攣している肛門に亀頭を宛がった。そして――。

「ふっ♡　んくっ♡　ひあぁあぁあぁあああっ♡」

ヌヌッと亀頭が穴の内部に侵入し、ビクビクビクッと激しく痙攣した小笠原真琴がくぐもった甘い呻きを上げた。

初めて俺の一物を受け入れた小笠原真琴の肛門は、とても初めてとは思えないほどにヌヌヌヌッと際限なく亀頭を呑みこんでゆく。

唾液と腸液による潤滑作用もあるが、それ以上に丁寧に丹念に開発し、拡張してきた賜物だろう。その肉穴はまさに絶品。ヌメる柔らかな肉が細動しながら締めつけてくる感覚は、挿入しただけで果ててしまいそうなほどの快感を生み出している。

「あはあっ♡　挿入《はい》ってるっ♡　蒼維くんのおち×ぽが真琴の穢れたお尻おま×こに奥まで挿入《はい》ってるぅうっ♡」

悲鳴染みた甘い声を上げた小笠原真琴は、両手でパイプを握りながら背を仰け反らせ、ビクンビクンと尻を跳ねさせている。そしてギュモッと強烈に肛門を締め上げた。

穴が強烈に締まったことで快感が倍増し、思わず背後から小笠原真琴を抱きしめた。とそこでちょうどよく露出していた大きな乳房を鷲摑みにした。

「あっくぅぅうっ♡」

乳房を乱暴に摑まれ、ビクビクビクッと痙攣した小笠原真琴は、ビュビュッと小便を噴き出した。

小笠原真琴は挿れられただけでイッてしまったようだが、俺もヤバい。腰を振ったらすぐにでも果ててしまいそうだ。そんなのは嫌だ。小笠原真琴を抱きしめながら、このままずっと深く繋がっていたい。だがもう我慢できない。吐き出したい。際限なく湧き上がる欲望をすべて吐き出してしまいたい。

両手でギリッと乳房を摑み、指でギチッと乳首を抓り上げ、小笠原真琴の尻に容赦なく腰を叩きつけた。

「んぉおおおおっ♡」

一物を根元まで突き挿された小笠原真琴は、獣染みた咆哮を上げてググッと背を弓なりにしならせた。そしてビュルビュルと勢いよく小便を噴き出した。

「あおっ♡　あおっ♡　あおっ♡　あおっ♡」

俺が勢いよく腰を振り始めたことで、まるでオットセイのような獣染みた喘ぎを上げる小笠原真琴は、舌を突き出して肛門をギチギチと締める。締まれば締まるほど肉壁が擦れ、絶大な快感をもたらす。

「あおぉおおぉおおおぉおおおっ♡」

ズドッと勢いよく腰を叩きつけると、白目を剝いて舌を突き出した小笠原真琴が獣染みた絶叫を上げながら壮絶に絶頂した。

「くうっ」

そんな小笠原真琴の中に容赦なく欲望を吐き出した。

「……おっ♡　……おっ♡　……んおっ♡」

欲望を内臓に吐き出され、まるで鮭の産卵のように口を開いて舌を突き出している小笠原真琴。そんな愛らしい姿を見せられて、俺の一物が黙っているはずもない。快感の余韻に浸る間もなく、すぐさま腰を振り出した。

後ろから容赦なく突きまくられる小笠原真琴。その獣染みた咆哮が響き続けた。

※

トイレの個室で小笠原真琴の肛門を犯してから、小笠原真琴は狂ってしまった。狂おしいほどに俺を求めてくるようになったのだ。

階段の踊り場で。校舎の裏で。体育館の陰で。放課後の無人の教室や廊下で。下校途中の通学路で。人気《ひとけ》がないと見るや、小笠原真琴はすぐに肛門をさらけ出し、犯して欲しいと懇願してくる。その求めに俺も応えた。

マッサージの訓練などもはやどうでもよくなり、俺たちは互いに互いを貪り合った。

「今日は体育があるんです。苦手です」

他の生徒が行き交う廊下で、ちょっと困ったように笑いながら話しかけてくる小笠原真琴。その身に纏うは清純で清楚な雰囲気。だが――。

「んおぉおおぉおおおっ♡　お尻おま×こおっ♡　じゅぼじゅぼ気持ちいいよおぉおおぉおおおっ♡」

ひとたび肛門を犯されれば、そこにいるのは快楽に溺れた牝の獣。

人前で見せる愛らしい姿と、俺の前だけで見せる牝の顔。その二つの顔が俺を狂わせてゆく。

どれだけ犯しても、いや、犯せば犯すほどに湧き上がる欲求。

小笠原真琴を俺だけのモノにしたい。そうするための方法はわかっている。たったひと言言えばいいだけ。お前が好きだと。

小笠原真琴も待っている。俺が想いを告げることを。言わなければ。そのためには――。

自分の席に着き、次の授業の準備をしていたら、教室に入ってきた田中がズカズカと俺に近寄ってきた。

「おい城島、いい加減にしろよ。誰が見ても丸わかりのラブラブバカップルのクセに、なんで告白しないんだよ」

机を挟んで正面に立った田中が、そう言ってバンッと机を叩いた。

「私はお前を認めてる。マコちゃんにはあんたしかいないってわかってる。だからこそマコちゃんを楽にしてあげなよ」

大勢の生徒がいる教室の中で、声を張り上げる田中。

別に焦りもしない。俺と小笠原真琴が交際していると言う噂は、すでに学校中に広まっている。

「わかっている」

田中を睨み返し、そう答えた。

「城島さん。ようやく決心がついたんだね」

田中の隣に並んだ里中が、薄く笑みを浮かべながら問いかけてきた。

「ああ」

頷いて答えると、にっこりと笑った里中は、でも寂しそうな目で俺を見た。

「兄貴と話をする」

その俺の言葉にキョトンとする田中。田中は知らないだろうからな。俺と兄貴の因縁を。

「あーあ、ついに終わりが来ちゃったねぇ」

両手を頭の後ろで組んだ里中は、ジト目になってそう呟くと、やれやれとため息を漏らした。

兄弟が面と向かって話をする。人に言わせればごく当たり前のことで、そんなくだらないことから逃げ続けていた俺は笑われて当然だ。だけど俺にとって、兄貴と腹を割って話すと言うのは、何よりも難しく、何よりも困難なことだった。だがもうそんなことは言っていられない。

小笠原真琴のためにも、里中のためにも、そして……。

佐々木は、アイツは弱いかもしれない。結局小笠原真琴を救うことができなかったからな。でもアイツは逃げなかった。たった一人で悩みを抱え、無力な自分を呪い、それでも歯を食い縛って踏ん張っていた。それなのに俺が逃げたままでは示しがつかない。お前の姉は俺のモノだと、そう胸を張って言うことができない。

佐々木はいずれ俺の義弟になるからな。弟に負けていられないだろう。だから俺は兄貴と向き合うことを決めた。

第九章　真琴と総一郎

下校途中、その光景を目の当たりにして石化した。

「な、なんで総一郎さんが真琴ちゃんと……」

一緒に下校していた里中が瞳を揺らして呟いた。

「なにあのイケメン。なんでマコちゃんと一緒にいるの？」

なぜかついてきた田中も呟いた。

遠目に見える二人の姿。並んで歩いているのは、間違いなく兄貴と小笠原真琴だった。

兄貴と話し合うため、今日は用があると小笠原真琴に伝え、早々に学校を出た。それなのに、話し合う相手が小笠原真琴と一緒にいる。どうして？

「ま、まさか……浮気？」

「それはない」

「それはない」

田中の呟きに、俺と里中が同時に突っこみを入れた。あの兄貴が俺の女に手を出すなど絶対にあり得ない。もしあり得るとすれば――。

「ま、まさか……小笠原真琴を始末する気なんじゃ……」

「はあ？　おい城島、あんたは何を言って――」

「総一郎さんならあり得るね」

俺の言葉を聞いて冗談だと思ったらしい田中だが、青ざめた里中の呟きを聞き、顔を引き攣らせた。

浮気なんかより、そっちの方がよっぽど真実味がある。あの兄貴ならマジでやりかねない。

「と、とにかく追うぞ！　いよいよとなったら俺が特攻する！　それで隙ができたら、あとは里中、どうにかしてくれ！」

「わ、わかったよ！」

俺の問いかけに顔を引き攣らせながら頷く里中。

「私は？」

駆け出そうとしたら、俺の上着をグイッと引っ張った田中が首を傾げて問いかけてきた。

ああ、もう、なんでコイツもついてきちゃったんだよ。

「田中、お前は頼むからジッとしててくれ！　お前のために言っているんだ！　死にたくなかったら余計なことは絶対にするな！」

「ほいほーい」

俺の必死の呼びかけに適当に返事をする田中。コイツは兄貴がどれだけヤバいかをまるでわかっていない。頼むから余計なことはしないでくれよ。

兄貴と小笠原真琴が公園に入ったのを確認し、公園の裏手へと回りこんだ。

兄貴に声をかけるか迷ったが、どうして兄貴が小笠原真琴に接触したのか、それが気になり、様子を見ることにした。

ベンチに座る二人。その背後から忍び寄ると、身を隠して聞き耳を立てる。

「お話ってなんですか？」

兄貴に問いかける小笠原真琴。

「そうだな」

呟いた兄貴は、スクッとその場に立つと、小笠原真琴を見おろした。

「総一郎さんのあの目つき……ほんとにヤバいかも」

俺の隣に身を隠している里中が、そう呟くと瞳を揺らし、俺の腕を摑んだ。その手

は震えていた
わかっている。兄貴はマジだ。あの日は本気だ。

「な、なにアイツ。かなり強い、って言うか……化け物なんじゃないの？」

里中の隣に身を隠している田中が、顔を青ざめさせて呟くと、頬に汗を伝わせた。

兄貴のヤバさを感じ取ったのか。伊達に剣道をやっている訳じゃないんだな。

「真琴ちゃん、君に一生のお願いがあるんだ。タダで聞いて欲しいとは言わない。俺の頼みを聞いてくれるのなら、真琴ちゃんが望むことをなるべく叶えるつもりだ」

感情の読めない暗い瞳で小笠原真琴を見おろしている兄貴が、小笠原真琴に語りかけた。

「蒼維くんのお兄さんのお願いなら、なるべく聞きたいです。ですが、お願いによっては聞くことができないかもしれません」

小笠原真琴はまるで臆する様子もなく堂々と答えた。

「俺は本気だ。素直に頼みを聞いてくれれば、それに見合った対価を払う。だが聞いてくれないと言うのなら、どんな手段でも使うつもりだ」

小笠原真琴を見おろしたまま淡々と語る兄貴。言葉は柔らかいが、それは明らかな脅しだった。

「聞いてみないことにはなんとも言えません」

兄貴の脅しに怯むことなく、堂々と返す小笠原真琴。

「蒼維と別れてくれないか」

「お断りします」

兄貴の言葉に、小笠原真琴は間髪入れずに答えた。その答えには微塵の迷いも感じなかった。

「俺はね、蒼維には里中さんが相応しいと思っている。真琴ちゃん、君も本当はわかっているんじゃないのか？　里中さんなら蒼維を支えることができる。頼む真琴ちゃん、蒼維の幸せのために身を退いてくれ。金ならいくらでも払う」

そう言って、地面にひざまずいた兄貴は、そのまま土下座をした。

「この通りだ。どうか蒼維と別れてくれ」

そして土下座をしたまま懇願した。兄貴はそれほどまでに里中を買っていたのか。

隣を見ると、俺の腕を握っている里中が瞳を揺らしていた。

「うっ、くっ、ひっく、ううっ、ひっく……」

聞こえる嗚咽。肩を震わせる小笠原真琴が、声を殺して泣いている。

「お、お兄さんの言う通りです。私は蒼維くんを不幸にするかもしれない。里中さんと一緒にいれば幸せになれるのに、私のせいで不幸にしてしまうかもしれない……」

その震えるか細い声を聞き、ギリッと歯を食い縛った。

何を馬鹿なことを言っているんだ。お前が俺の幸せを語るな。俺が幸せかどうかは俺が決めることだ。

そう小笠原真琴に告げるために立ち上がろうとしたら、里中が抱きついてきた。そして俺の耳元に顔を寄せた。

「真琴ちゃんはまだ諦めてない」

そしてそう囁いた。

「お、お兄さんの言う通りだと思います。ですが、ごめんなさい。私は蒼維くんが好きです。本当は誰よりも優しいのに、不器用な彼が大好きです。これは私のわがままです。誰になにを言われようと、私は蒼維くんのそばにいます。ごめんなさい……」

消え入りそうな震える声で、それでも小笠原真琴は兄貴の願いを拒んだ。里中の言う通り、小笠原真琴は泣きながら足を踏み出した。

「そうか。ここまでしても聞いてくれないか。なら……」

土下座をしていた兄貴は、そう呟くと顔を上げた。そしてゆらりと立ち上がると、底冷えするような冷たい瞳で小笠原真琴を見おろした。

「里中」

「うん」

俺の呼びかけに頷く里中。様子を見るのはここまでだ。

「あの化け物は私に任せて」

頬に汗を伝わせながら呟く田中。その手には木の棒が握られていた。気持ちはありがたいが、田中、お前じゃ兄貴を止められない。

「田中」

そう小声で呼びかけると、チラリと横目で俺を見た田中は、一瞬迷ったように瞳を揺らし、でも頷いた。頼むぞ田中、お前は強い。だからこそ里中と一緒に真琴を連れて逃げてくれ。

「俺の負けだ」

今まさに跳び出そうとしたその時、フッと笑った兄貴が、ため息を漏らして肩をすくめた。

「蒼維には里中さんが相応しいと思っているのは事実だ。里中さんほどの女性はそうそういない。いや、ブラコンだと思われるだろうけど、里中さんをあそこまで魅力的な女性にしたのは蒼維だ。だからこそ、里中さんは蒼維に相応しいと思っている。だが……」

そう呟いた兄貴は、小笠原真琴を見つめた。

「俺は君のことが怖い。蒼維は君しか見えていない。蒼維は君に狂っている。蒼維の心をそこまで魅了してしまう君が怖かった」

怖い。兄貴の口からそんな言葉が出るなんて信じられなかった。

「本当にすまない。わかっているんだ。蒼維を不幸にするのは君じゃない。俺だ」

そう言って空を見上げる兄貴。その顔は寂しそうで、弱々しくて、まるで今にも泣き出しそうだった。でもすぐに笑みを浮かべた兄貴は、小笠原真琴を見ると深々と頭を下げた。

「余計なことを言ってすまなかった。弟のことを、よろしくお願いします」

深々と頭を下げたまま、そう口にした兄貴の姿は、まるでへし折れた枯れ木のようだった。

違う、そうじゃない。俺は逃げていただけだ。それなのに、すべてを兄さんのせいにして駄々を捏ねていただけだ。

兄さん。大好きだった兄さん。自慢だった兄さん。憧れ続けた兄さん。

顔を上げた兄さんは小笠原真琴を見るとにっこりと笑った。そして踵を返すと歩き出した。

行ってしまう。兄さんが行ってしまう。

違うんだ。俺は兄さんを疎ましいだなんて思っていないんだ。本当は甘えたかったんだ。ずっと前から、今だって兄さんのことが大好きなんだ。

「兄さん！」

物陰から飛び出した俺は、遠ざかってゆく兄さんの背中に向かって叫んだ。

「あ、蒼維くん……」

ひっくひっくと嗚咽を漏らす小笠原真琴が、震えるか細い声で俺を呼んだ。

俺の声は届いているはずなのに、兄さんは立ち止まることも振り返ることもなかった。

兄さんを追いかけたい衝動に駆られたが、聞こえる小笠原真琴の嗚咽を無視することなどできなかった。

振り返るとベンチに駆け寄り、小笠原真琴の肩を抱き寄せた。

「私も怖いです。お兄さんの言った通りです。私は蒼維くんを苦しめ、不幸にしてしまうかもしれない。だけど、離れたくないんです……」

俺にしがみつき、俺の胸元に顔を埋め、嗚咽を漏らしながら震える声を上げる小笠原真琴。そんな小笠原真琴をギュッと強く抱きしめると、嗚咽が次第に大きくなり、そして小笠原真琴はまるで子供のように声を張り上げて泣いた。そんな小笠原真琴のことが、愛おしくてたまらなかった。

※

散々泣いて、泣き疲れてしまった真琴を家まで送り、マンションに帰った。

「城島さん？」

部屋の手前で立ち止まった俺を見た里中が、首を傾げて問いかけてきた。

「兄さんと話をしようと思って」

そう答えると、そっか、と笑みを浮かべて頷いた里中は、田中を連れて俺の部屋の中に入っていった。

兄さんの部屋の前に立ち、何度か深呼吸をすると意を決し、インターホンを押した。しばらく待ったが返答はない。再度インターホンを押したが、やはり返答はなかった。

俺と話したくないのか、それとも部屋にいないのか。

壁に寄り掛かるとそのまま床に座りこんだ。

どれくらい時間が経っただろうか。兄さんは部屋から出てくることもなく、帰ってくる様子もない。

「城島さん……」

聞こえた声に顔を上げると、里中が立っていた。

「隣、いい？」

そう訊ねてきた里中は、俺の返答を聞かずに隣に座り、膝を抱えた。

「真琴ちゃんって本当に凄いね。城島さんを不幸にするって泣いて怖がりながら、それでも一緒にいたいって言いきるなんて」

抱えた膝に顔を埋めながら呟く里中。

「総一郎さんが言ってたでしょ？　あたしを変えたのは城島さんだって。それは真琴ちゃんも一緒。ああ、一緒じゃないか。あたしは真琴ちゃんと違って、本当に大切な人を失って、それに気づいたことで、やっと変われたのかな？」

顔を上げた里中は、そう言ってクスッと笑った。

「総一郎さんは、真琴ちゃんの返答次第で、本当にどんな手でも使うつもりだったと思う。でも、泣いて怖がりながら、それでも決して退かない真琴ちゃんを見て、ああ、これは勝てない、って思ったんじゃないかな」

里中の言う通りだ。兄さんは本気だった。本気で真琴をどうにかしようと思っていた。でも負けた。泣きながら前進する真琴の姿を見て、負けを認めてしまったんだ。

あの兄さんに勝てるヤツがこの世に存在したなんてな。

「それに、真琴ちゃんは教えてくれた。総一郎さんだって人間だってことを。真琴ちゃんは総一郎さんと真っ向から勝負することで、そのことを城島さんに教えてくれたんだよ」

「ああ、そうだな」

確かにその通りだ。去っていく兄さんの背中は、なんだかとても小さく見えた。追いつくことすらできない大きな背中だと思っていたのに、なんだかとても弱そうで、小さく感じた。

「総一郎さん、まだ帰ってこないのかな……」

ポツリと呟いた里中の言葉を聞き、なんだか無性に怖くなった。

兄さんはここに帰ってくるだろうか。なぜか、もう帰ってこない気がする。いや、もう二度と会えないような……。

「アキラ！　マコちゃんから連絡が入ったんだけど！」

俺の部屋の扉が勢いよく開き、跳び出してきた田中が声を張り上げた。

「お兄さんの様子が変だって！」

その言葉を聞き、俺と里中が同時に立ち上がった。

「どういうこと!?」

田中に駆け寄った里中が、田中に問いかけた。

「マコちゃんこっちに向かってたみたいなんだよ！　やっぱり城島と一緒にいたいって思ったらしくて！　そしたらお兄さんを見かけて、様子が変だから後を追ってるみたい！」

兄さんを見つけて様子が変だから後を追っている？

なんだか嫌な予感がする。

「すぐにこっちに来いと真琴に伝えてくれ！」

「わ、わかった！」

頷いた田中が携帯を操作した。

「い、嫌ですって返信がきたんだけど……」

顔を引き攣らせた田中が俺を見て呟いた。

「涼ちゃん携帯貸して！」

「え？　あ、うん」

里中の問いかけに頷いた田中が携帯を差し出した。

「真琴ちゃんはあれでけっこう頑固だから、止めるよりも現在地を聞き出した方がいいよ！　それと、涼ちゃんのフリをしてメールを送らせてもらうから！」

「へ？　なんで？」

「涼ちゃんは真琴ちゃんの親友だから！」

首を傾げた田中に答え、携帯を操作する里中。親友と言われた田中は、嬉しそうにえへへへと笑って頭を掻いている。

「駅に向かってるみたい！　総一郎さんは電車に乗るつもりなんだと思う！」

真琴からの返信がきたのか、俺を見た里中が叫んだ。

電車か。乗ってしまうと止めようがなくなってしまう。

「兄さんが電車に乗っても、お前は電車に乗らずに俺を待てと伝えてくれ！」

その俺の言葉に頷いた里中が携帯を操作した。だが——。

「い、嫌ですって……返信がきた」

顔を引き攣らせ、揺れる瞳で俺を見ながら呟く里中。

ああそうかよ、嫌かよ、わかったよ。

「駅だな！　田中、悪いが携帯を借りるぞ！」

そう言って里中から携帯を取ろうとしたら、携帯を両手に持った里中がサッと逃げた。

「おい！」

「あたしも行く！」

「なんだか嫌な予感がするんだ！　お前はおとなしく待っていろ！」

「ヤダ！　あたしも行く！　あたしもなんだか嫌な予感がするんだよ！」

携帯を奪おうとしても、ヒョイッヒョイッと躱されてしまう。

携帯は俺も持っているが、俺は真琴のアドレスを知らない。真琴も俺のアドレスを知らないだろう。

「クソ！　ヤバいと思ったら即逃げるって約束しろ！」

「うん！」

里中が頷くのを確認し、すぐさま駆け出した。

嫌な予感がする。兄さんはもう二度と帰ってこないんじゃないかって、そんな想いが湧き上がってくる。そしてその兄さんのそばに真琴がいることが、俺の心をザワつかせていた。

真琴、頼むから無茶だけはしないでくれ。

※

駅に到着し、焦りだけが募ってゆく。

真琴は兄さんが乗った電車に乗りこんだようだ。そのことを伝えてくれたため、どの路線のどの電車に乗ったのかわかっている。だが——。

「次の電車が発車するのは二十五分後か……」

時刻表を見つめながら呟いた。

一秒でも早く真琴を追いかけたいが、真琴は目的地を知らずに兄さんを追いかけているため、降りる駅を知らない。目的地さえわかればタクシーを使うこともできるんだが、わからないのだから次の電車の発車時刻まで待つしかない。

※

乗りこんだ電車の発車時刻となり、電車がゆっくりと動き出した。

急いで欲しい。できれば真琴に追いつきたい。だが無理だ。どこで降りるのかもわからないんだ。どうしようもない。それはわかっているが、気ばかりが焦ってしまう。

「真琴ちゃんが電車を降りたよ。草野原駅だって」

携帯を操作していた里中が、俺を見上げて小声で囁いた。真琴が降りたってことは、兄さんが降りたってことだ。

「待っていろと言っても聞かないだろうからな。十分に注意することと、それとできるだけ連絡を寄こすように伝えてくれ。目印になるような物があったら必ず連絡するように」

「わかった」

俺の言葉に頷いた里中は、真琴に返信した。

「この路線に初めて乗ったけど、山の方に向かってるね。民家もどんどん減ってる」

窓の外の流れる景色を見つめる田中が呟いた。

山の方へと向かって走る電車が不安を煽る。

真琴たちが電車に乗ったのは、俺たちよりも三十分近く早い。それで今降りたのだから、俺たちが目的の駅に到着するまで三十分近くかかるってことだ。

嫌な予感が膨らんでゆく。

※

電車が減速を始め、そしてゆっくりと停車した。

ようやく目的の駅に到着し、跳び出すように電車から降りた。そこで駅名が書かれた看板が視界に入り、ふと何かが脳裏を過った。

初めて来た場所のはずなのに、どこかで見たような気が。まあ、駅名の看板なんてどこも同じだろうからな。気のせいだろう。

「真琴ちゃんは山の方に向かったみたい。急がないと日が暮れちゃう」

焦った様子の里中が空を見上げながら呟いた。

茜色に染まる空。確かにもうじき日が暮れる。

兄さんは真琴が追っていることに気付いていないだろう。気付いていれば真琴を撒いたはずだ。

もし真琴が兄さんを見失ったら。

その場でジッとしてくれればいいが、無理に兄さんを見つけようとして道に迷い、携帯の電波が入らない場所に迷いこんでしまったりしたら最悪だ。

「向かった先の目印は?」

「田んぼと畑しかないって。あとは山だって。でも一本道だからわかりやすいって」

「そうか」

里中の言葉を聞いて駆け出した。

跨線橋を駆け上がり、無人の改札口を抜け、駅から出た。

息を切らせて周囲を見回し、妙な既視感に駆られた。

おかしい。初めて来た場所のはずなのに、俺はここを知っている気がする。

「俺はここに……来たことがあるのか?」

振り返って駅を見た。年季の入った小さな無人の駅。その入り口の横に設置された自動販売機。

駅のそばには古い個人商店と、そして数件の民家。

ふと脳裏を過る光景。駅名が書かれた看板。さびれた小さな駅の横にある自動販売機。駅のそばにある古い個人商店と数件の民家。血のように赤い夕暮れの中、辺り一面に咲いている向日葵。そして、優しい瞳で俺を見つめる兄さん。

俺はここに……来たことがあるんだ。

「目的地がわかった」

そう呟くと、駅の横にある電話ボックスに駆けこんだ。

「急にどうしたの？」

電話ボックスから出ると、里中が話しかけてきた。

「恐らくだが、兄さんの目的地がわかった。だからタクシーを使って追いかけよう」

俺を見つめる里中にそう答えた。

「タクシーを使えば、兄さんを追っている真琴を途中で捕まえることができるかもしれない」

「なるほど」

俺の言葉に頷く里中。だがその表情が曇った。

「あたしはお金がないけど、城島さんは持ってるんだよね？」

里中の言葉に汗がブワッと噴き出した。急いで財布を確認し、顔から血の気が引いた。

金がない……。

電車の乗車券を購入する際、焦っていたから気付かなかったが、三人分の乗車券を買った時点で金を使い果たしていたようだ。

「お金ならあるよ？」

聞こえた声に視線を向けると、右手に財布を持った田中が笑っていた。おお、田中、お前も役に立つ時があるんだな。

※

タクシーは五分ほどで到着した。

里中と田中を後部座席に乗りこませると、俺は助手席に乗りこんだ。

「ちょっとお聞きしたいのですが、この道の先に向日葵畑はありますか？」

乗りこむなり、そうタクシーの運転手に問いかけた。

「ああ、はいはい、ありますよ」

愛想のいい笑みを浮かべ、頷きながら答える初老の運転手。やっぱりあったんだ。

「知る人ぞ知る名所って呼ばれているけどね。知る人ぞ知るだからね。ほとんど知られていないんじゃないかな」

運転手の言葉を聞き、確信した。兄さんの目的地は間違いなくその向日葵畑だ。

「運転手さん、その向日葵畑に向かってもらえますか？」

そう運転手に問いかけると、運転手はにっこりと笑って了承し、車を走り出させた。

向日葵畑に向かう途中、もし道を少女が歩いていたら止まって欲しいと告げたが、ほどなくして真琴から連絡が入った。

俺の予想通り、兄さんの目的地は向日葵畑であり、そこに到着したようだ。

「向日葵畑まであとどれくらいかかりますか？」

「五分くらいかな。なに、歩けば遠いが車ならすぐだよ」

運転手の答えを聞いて焦った。五分か。たった五分が気が遠くなるほど長い。

兄さんは目的地に到着した。それは真琴も同じ。俺たちが到着するまで真琴がジッとしていればいいが、余計なことをして万が一が起きたら。

タクシーが向日葵畑に到着し、転がり落ちるようにタクシーから跳び出した。そして――。

「こ、ここは……」

今まさに太陽が山の陰に隠れようとしている黄昏時《たそがれどき》。茜色だった日の光は燃え盛る炎のように赤く、見渡す限り一面に咲いた向日葵を朱色に染めていた。

思い出した。俺はここに来た。兄さんに背負われてここに来て、そして一面の向日葵畑を見たんだ。あの時もこんな夕暮れだった。

「おうちに戻ってください！　蒼維くんに会ってください！」

聞こえた声にハッと我に返り、声が聞こえた方に視線を向けた。そこには、俺に背を向けて佇む兄さんの姿と、その兄さんの正面に立ちはだかり、両手を広げている真琴の姿。

ホッとした。崩れ落ちてしまいそうなほどにホッとした。無駄に元気なアイツの姿を見て、泣いてしまいそうなほどに心底ホッとした。

馬鹿が、心配かけやがって。

「ま、真琴ちゃん。どうして怒っているんだい？　それと、どうして真琴ちゃんがここに？　まさかお兄ちゃんを追いかけてきたのかい？」

真琴と兄さんに向かって駆け寄ると、困惑したような兄さんの声が聞こえた。

「お兄さんは死ぬつもりなんですよね⁉」

「え？　ちょ、ちょっと真琴ちゃん？　お兄ちゃんは死ぬつもりなんて――」

真琴の叫びに頭を掻きながら答えた兄さんは、途中で言葉を切ると振り返った。

「あ、蒼維……」

兄さんの真後ろに到着し、息を荒らげている俺を見た兄さんは、目を見開くと俺の名を呼んだ。

「な、なんだ？　蒼維までここに来るなんて。もしかしてお兄ちゃんはみんなを誤解させてしまったのか？」

心底驚いている様子の兄さん。兄さんは演技も上手いと思うが、本当に驚いているようだ。

死ぬ気だった。真琴はそう言ったが、実は俺もそれを考えていた。でもその嫌な予感がもし当たってしまったら。それが怖くて考えないようにしていた。

「い、いや、待ってくれ。お兄ちゃんは死ぬ気なんてないぞ。ここは思い出の場所なんだ。地元から遠いから、帰る前に来ようと思っただけなんだ。本当にそれだけだ」

俺と真琴を交互に見ながら必死に説明する兄さん。どうやら嘘ではないようだ。

「半分くらい本当で、半分くらい嘘ですよね？」

静かに紡がれたその言葉に、一瞬兄さんが動揺した。そして真琴を見た。

変わらず仁王立ちで両手を広げている真琴は、兄さんをまっすぐに見つめている。

半分くらい本当で、半分くらい嘘？

「私も何度も死のうと思ったことがあるので、お兄さんの目を見てわかりました。死にたいけど迷っている、って感じました」

兄さんをまっすぐに見つめながら話す真琴。そんな真琴をまっすぐに見つめている兄さん。

「参ったな。降参だ。真琴ちゃんの言う通りだ」

ため息を漏らした兄さんは、降参を示すように両手を上げた。

「だがこれだけは信じてくれ。確かに俺は何度も死にたいと思った。だが思ったことはあっても、死のうとしたことは一度もない。それは今もだ」

両手を上げたまま話す兄さん。その言葉を聞いてようやく納得したのか、真琴が両手を降ろした。

「そうだな、ちょうどいい。蒼維と真琴ちゃんに聞いてもらいたい話がある。生涯黙っていようとも思っていたんだが、蒼維が追いかけてきてくれたからな。ならお兄ちゃんもすべてを打ち明けるべきだろう」

そう言って俺を見た兄さんは、どこか寂しげに笑った。

※

兄さんが土手に座り、その兄さんに並んで俺と真琴も座った。

真琴の手を握ると、上目遣いで俺を見た真琴は、捨てられた仔犬のようにしゅんとしてしまった。

俺の命令を無視して兄さんを追いかけたことを、一応は気にしているようだ。

反省しているのならそれでいい。いや、真琴が兄さんを追いかけてくれたからこそ、俺は今ここにいるんだ。忘れてしまっていた兄さんとの思い出の場所に。

「兄さんとここに来たことをついさっき思い出しました……」

家からここまで凄く遠くて、家に帰ったのは夜中だった。あの時、親父が兄さんを怒っていた。親父が兄さんを怒ったなんてあれ一度きりだ。どうして忘れていたのか。

「覚えているのか？　あの時蒼維はまだ三つくらいだったはずだ」

驚いた様子の兄さんは、そう言って懐かしそうに笑った。

三つか。そんなに昔の記憶だったのか。

「僕は電車の中で眠ってしまって、兄さんに背負われてここに来たんです。そして夕暮れの向日葵畑を見て、大はしゃぎしたんです」

「そうだ、その通りだ。あの時の蒼維はそれはそれは可愛かった。向日葵畑の中で天使が踊っているようだった」

目を閉じた兄さんは、ちょっとだらしない顔で呟いた。

天使って、そういうことを言うから里中からキモいって言われるんですよ。

「真琴ちゃんは、達也君と実の姉弟だったね」

目を開けた兄さんは、真琴を見ると唐突に問いかけた。

ビクッと震え、体を強張らせた真琴は、チラリと俺を見た。そして俺の手をギュッと握りしめた。

俺が頷くのを見た真琴は、薄く笑みを浮かべると頷き返した。

「はい。達也は双子の弟です」

兄さんを見た真琴が答える。

「達也君の事情を知って、他人とは思えなくてね。つい色々と余計なことをしてしまった」

「他人とは思えない？」

兄さんの言葉に引っ掛かりを覚え、思わず問い返した。

「実の姉弟でありながら幼なじみとして過ごした真琴ちゃんと達也君。そして、城島家の血を受け継いだ蒼維と紛い物の俺。状況は違うが達也君と自分が重なってしまったんだ」

「……え？」

俺をまっすぐに見つめて話した兄さんの言葉を、理解できなかった。

「蒼維、お兄ちゃんはな、城島家の血を引いていないんだよ」

そう言って俺を見た兄さんは、今にも消えてしまいそうな、そんな儚い笑みを浮かべた。

兄さんが城島家の血を引いていない？　それはつまり、親父の血を引いていないってことか？　どういうことだ。

「お兄ちゃんは城島の家で生まれた。父さんが認知してくれたから、お兄ちゃんは父さんの実の子だということになっている。だがな、母さんが城島の家に嫁いだ時、お兄ちゃんはすでに母さんの中にいたんだよ」

お袋が城島の家に嫁いだ時、兄さんはすでにお袋の中にいた？　それって――。

「言っておくが、母さんの不貞じゃない。母さんの実家は、城島の家に匹敵する名家でな。両家は犬猿の仲だった。それをどうにかしようとしたのが父さんだ。父さんは城島の家と、そして母さんの実家である春日野《かすがの》家の長い因縁を断ち切ろうとした。母さんを嫁に迎えることでな」

母さんの実家？　春日野の家なら俺も知っている。でも犬猿の仲だったなんて知らなかった。いや、仲がいいと思っていた。

「だがな、城島の家と春日野の家に結束されると困る連中がいたんだよ。両家の結束を阻止したい連中がいたんだ。そして阻止しようとした。その方法は……言わんでも予想はつくだろう？」

両家の仲を良好にするため、親父はお袋を嫁に迎えた。だがお袋の腹にはすでに兄さんがいた。

両家が結束するのを防ぐため、お袋を穢したのか。そして縁談を破談させようとした。

「犯人は複数の男。ただのチンピラだ。ソイツらは事が終わるとすんなり自首したそうだ。最初からその予定だったんだろう。黒幕がいることは火を見るより明らかだったが、真実は闇の中だ」

そう言ってため息を漏らす兄さん。チンピラに金を握らせて利用し、自首させることで事件を収束させたのか。たとえ黒幕がいるとわかっていても、関与した証拠がなければ手の打ちようがない。

「母さんは縁談を断ったそうだ。城島の家の名に傷をつけてしまうと言ってね。そこまでは黒幕の予定通りだったのだろうが、誤算が生じた」

「誤算？」

「事件をきっかけにして、父さんが母さんに本気で惚れてしまったんだ」

事件をきっかけに本気で惚れた？

「母さんは縁談を断り、そして俺を産もうとしてくれた。望まれぬ子である俺を、愛する我が子として。周囲は猛反対しただろう。だが母さんは俺を守ってくれた。いや、俺がこうして生きているのだから、守り抜いてくれた、と言うべきだな」

そう言って兄さんは笑った。

「父さんは、そんな気丈な母さんに心底惚れこんでしまったらしい。わざわざ春日野の家に出向き、土下座をしてまで母さんを嫁に迎えたいと頼んだそうだ。何度も何度も、首を縦に振ってくれるまで、何度も頼みに行ったそうだ」

土下座？　あの親父が？　お袋を嫁に迎えるのに何度も土下座したって言うのか？

「俺にも父さんの想いが理解できるよ。母さんと蒼維は見た目も中身もそっくりだからな。意地っ張りなところなんか特に。そう言うところがたまらなく可愛いんだ」

俺と母さんは見た目も中身も似ている？　見た目はよく言われるが、中身はまったく似ていないと思うけど。

「意地を張っていた母さんだけど、父さんのあまりの熱意に根負けしたらしくてな。母さんは、あの人は、一度こうと決めたらとことん尽くす人だ。父さんは父さんで母さんにベタ惚れだ。そんな二人の歯車はガッチリと噛み合った。その二人の間に生まれたのが蒼維だ。固い絆で結ばれた二人の愛の結晶だ。城島の家を継ぐべきなのは蒼維なんだよ」

そう言って、兄さんはまっすぐに俺を見た。待ってくれ。ちょっと待ってくれ。

「だが父さんは俺を城島家の跡取りにと考えている。城島の家の血を引いていない俺をだ。俺は母さんを穢したどこの馬の骨とも知らない男の血を引いている。そんな俺には城島の家を継ぐ資格などない」

両手で頭を抱え、縮こまって震える兄さん。そんな兄さんを見たのは初めてだった。そんなにも弱々しい兄さんを見たのは初めてだった。

兄さんが死に物狂いで努力していた理由がようやくわかった。自分を貶め、自分を否定し、それでも必死に期待に応えようとしていたんだ。認めてくれた親父のために。だけど違うよ兄さん、そうじゃない。兄さんほどの男が、どうして自分を貶める必要があるんだ。狂わせていたのは俺だ。俺さえいなければすべてが上手くいったはずなんだ。

「に、兄さ——」

「お兄さんはやっぱり、ここに死にに来たんですね」

兄さんに声をかけようとしたら、その俺の言葉を真琴が遮った。

「いやだから、死にたいと思ったことは何度もあるが、死のうとしたことは一度も――」

「今は、ですよね？　お兄さんは〝今は〟死ぬつもりなんてない。でも死のうと思ってここに来た。そうですよね？」

真琴の言葉を否定しようとした兄さんだが、その否定を振りきるように言い放った真琴の言葉に、兄さんの顔が歪んだ。

「私では止められませんでした。いいえ、誰だってお兄さんを止めることなんてできなかった。たった一人を除いては」

俺の手をギュッと強く握った真琴は、兄さんをまっすぐに見つめ、そして俺を見た。

「真琴ちゃん。君の言葉はいちいち心にグサッと突き刺さるよ」

ため息交じりにジト目で真琴を見る兄さん。

「達也の想いを理解できたことで、私はお兄さんの想いも理解できるようになりました。お兄さんと達也はとてもよく似ていますから」

そう言って立ち上がった真琴は、兄さんの前に立った。

「感謝してください。蒼維くんがあなたを追いかけたのは、私と出会ったからです。

私と出会ったことで、蒼維くんは成長したんです」

　両手を腰に当て、堂々と胸を張り、真琴はおよそ真琴らしくないことを言い放った。

「凄い自信だな」

　真琴を見上げ、楽しそうに笑う兄さん。

「当然です。私は蒼維くんに愛されていますから」

　右手でポンッと自分の胸を叩いた真琴は、偉そうにふふんと笑った。

　なんて生意気なことを。真琴のクセに。

「ふふ、真琴ちゃんは可愛いな。蒼維が惚れこむのも頷ける」

「違います。可愛くなったんです。あなたの弟に愛されたいから。だから私はこれからもっと可愛くなります」

「今でも十分愛されているだろう？　もっと愛されたいのかい？」

「はい。もっともっと愛されたいです。どんなに愛されたって、きっと満足なんてしないです」

「欲張り……とは言わないよ」

「どうしてです？　私は欲張りです」

「違うだろう？　だって君は、蒼維が君を愛している以上に蒼維を愛している。そして蒼維から愛し続けてもらうために、そのために自分を磨き続けるつもりだろう？」

「さすがはお兄さんです。その通りです。まさに図星です」

お互いに言い合った二人は、楽しそうにクスクスと笑った。

「ああ、俺はもう、死ぬ気なんてない」

そう言って立ち上がった兄さんは、パンパンと尻を叩いて汚れを落とすと、日が落ちた夜空を見上げた。

「はい！」

兄さんが見上げるたくさんの星々が瞬く夜空に、真琴の元気な声が響き渡った。

「蒼維が追いかけてきてくれて、ようやく決心できた。俺は自分の役目を果たす。城島の家を継ぎ、守ってゆく。蒼維がいつでも帰ってこられるように守ってゆく。俺の役目は、蒼維の故郷を守ることだ」

その兄さんの言葉が心に染みこんでゆく。

帰る場所。それはきっと、俺がずっと探し求めていたものだ。それを兄さんが守ってくれるのか。

「そろそろ帰るか」

そう言って俺と真琴を見た兄さんは、まるで憑き物が落ちたような柔らかな笑みを浮かべ、そして俺たちに背を向けて歩き出した。その背中はこれまで見た兄さんの背中の中で、一番大きく、一番力強く感じた。

気がつくと駆け出していた。そしてそのまま兄さんの大きな背中に抱きついた。

「もう一つだけ……教えてください」

兄さんの背中に顔を埋めながら呟く。

「僕はあんなに兄さんを避け続けたのに、どうして兄さんは僕を大切に想い続けてくれたのですか？」

その俺の問いかけに、兄さんはふぅと小さく息を漏らした。そして夜空を見上げる。

「俺を兄だと言ってくれたからだ」

そしてそう呟いた。

それが理由？　たったそれだけが？

「避けられようと、嫌われようと、たとえ罵声を浴びせかけられようと、それはすべて俺を兄として認めてのことだ。下賤の血を引く俺を兄だと認めてくれるお前がいたからこそ、俺は今日まで生きてこれたんだよ」

その言葉がズキズキと心に痛みを走らせる。そんなことを言われてしまったら、謝ることすらできない。

「だから、ありがとうな、蒼維」

何も言えない俺に、兄さんは優しい声でそう呟いた。

※

話も終わり、三人で土手を上がると、里中と田中が待っていた。どうやら空気を読んでくれていたらしい。それと――。

「タクシーには四人しか乗れないから、もう一台呼んでおいた。でももうお金はないから」

そう言ってチラリと兄さんを見る田中。兄さんが金を持っていないとアウトだと思っているのだろう。

「安心してくれ田中さん。お兄ちゃんはお金だけはたんまりと持っているから」

田中の視線を受けて心中を察した様子の兄さんは、田中を見てにっこりと笑った。

「それと、みんなに迷惑をかけてしまったようだし、お詫びとして、有名な老舗旅館に一泊ご招待、って言うのはどうかな？」

その兄さんの言葉に田中の目がギラッと光った。

「え⁉　有名な老舗旅館⁉　部屋は⁉　食べ物は⁉」

「部屋は当然最上級だよ。料理も最高の物を用意してもらう。それと、天然岩風呂と夜空が綺麗な露天風呂もあるよ？」

「わおわお！　イクイクぅ！」

なぜか勝手に盛り上がっている兄さんと田中。

「ということで、みんなもどうかな？　迷惑をかけてしまったせめてものお詫びだ」

振り返った兄さんは、にこやかに笑いながら全員を見回し、そう問いかけた。

「あたしは問題ないよ。親に連絡を入れる必要もないし」

兄さんの問いに真っ先に答える里中。まあ、里中は俺と暮らしているからな。外泊したって今さらすぎる。

「あ、んじゃあ、私はアキラのところに泊まるって親に言うよ。アキラも話を合わせてね？」

「りょーかい」

続いて声を上げた田中が里中に問いかけ、里中が頷いた。

残るは——。

「うちは両親が滅多に帰ってこないので、問題ないです」

真琴がそう答えたことで、旅館に一泊することが決まった。

「蒼維、お兄ちゃんに任せなさい」

ススッと俺に寄ってきた兄さんが、身を屈めてコソコソと耳打ちをしてきた。

兄さんが何か悪だくみをしているような気がする。

第十章　真琴と蒼維の最高の夜

タクシーに乗りこんだ俺たちは、兄さんの言う老舗旅館に向かった。

メンバーは全部で五人。一台のタクシーに乗れる人数は四人。そのため、気を利かせた田中がタクシーをもう一台呼んでくれた訳だが――。

「無理をしてこっちに乗る必要はなかったんだぞ」

隣に座っている兄さんが、柔らかな笑みを浮かべながら問いかけてきた。

「い、いいえ。無理なんて……」

普通に会話をしたいのに、兄さんが相手だとどうしても緊張してしまう。緊張だけじゃない。すべてを兄さんのせいにして逃げ出して、それで今さら何もなかったように話すのが後ろめたい。

「蒼維、今日は本当にありがとうな」

兄さんの言葉が心に突き刺さり、ズキンズキンと痛む。

「あの日、お兄ちゃんは幼い蒼維を勝手に連れ出し、あの向日葵畑に行った」

窓から外を眺め、誰にとはなく呟く兄さん。

「家に戻ったのは深夜過ぎだった。あの時は父さんから散々叱られたよ。嬉しかった。叱ってもらえたことが」

そう言って、兄さんは嬉しそうに微笑んだ。

兄さんは俺より七つ年上だけど、俺が三つの頃なら、兄さんだって十分幼かった。

生粋の優等生だった兄さんが、どうしてそんな無茶なことをしたんだ。それなのに、こんな遠いところまで……。

「どうしてそんなことをしたんですか？」

気になって問いかけてみた。

「今でも鮮明に覚えている。あの日の朝、蒼維がテクテクと近寄ってきて、お兄ちゃんの服を指で摘まみ、クイクイと引っ張ったんだ。そしてお兄ちゃんと言おうとしたようなんだが、噛んでしまってな。おにーたんと言ってしまった。噛んでしまったことが恥ずかしかったのか、蒼維は照れたようにえへへと笑った。それを見て、ああ、このまま蒼維をどこかに連れ去ってしまいたい、と思い、蒼維を連れて衝動的に家を飛び出したんだ。反省はしているが、後悔はない」

窓の外を見つめ、懐かしそうに語る兄さん。その顔はどこか誇らしげだった。

「……そ、そうだったんですね」

兄さんに謝りたかったけど、謝らなくてもいいような気がしてきた。

※

旅館に到着し、驚いた。先に到着していた真琴たちも呆然としている。

「す、凄い旅館ですね……」

隣に立っている兄さんを見ながら、思わず呟いてしまった。

タクシーが山の奥へと向かっていたからちょっと不安だったんだが、現れたのは、まるで過去にタイムスリップしたような、ノスタルジックな旅館だった。いや、旅館と言うよりホテルだ。

一見して豪華な洋風建築なのに、どことなく和が混じっているような、まさに大正ロマンと言える神秘的な佇まい。しかも石畳の通路の両脇には、オレンジ色に輝くランプが並んでいる。

「高そう」

「高そうだね」

「高そうです」

不安そうに呟く三人。高級旅館と聞いていたけど、予想以上に高級そうで面食らったのだろう。俺も同じ思いだ。

「じゃあ行こうか」

一人だけまったく気にしていない兄さんが、そう言って歩き出した。

※

旅館内に入り、通されたのは大部屋だった。その大部屋は、ノスタルジックな外観とは異なり、純和風だった。

「城島家《うち》は生粋の和風だからな。マンションは洋風だし、久しぶりに和風と言うのも悪くないだろう？」

そう、俺に問いかけてくる兄さん。

生まれてから家を出るまで、ずっと和風な物に囲まれていたからな。確かに落ち着く。ていうか、予約もしていないのにこんな大部屋を取れるなんて。兄さん、あなたはいったい何者なんですか。

「えー？　もっとレトロな雰囲気の部屋がよかったー！」

大部屋に入り、文句を言う田中。田中の辞書には遠慮と言う言葉が載っていないようだ。

「田中さん、安心してくれ。寝室は別に取ってある。そっちはレトロな感じだよ。ちなみにジャグジー付きだ」

「わおわお！　さすがお兄さん！　気が利くう！」

兄さんの言葉に田中のテンションが一気に上がった。

大部屋の他に寝室まで取ってあるとは。気が利くなんてレベルじゃない。

「きゃっほーい！」

テンションが上がりすぎておかしくなったのか、奇声を上げて駆け出した田中は、大部屋の隅に置いてあった浴衣を手に取った。

「ねえねえねえねえ！　早く温泉に入ろうよ！　せっかくの高級旅館なんだから、楽しまないともったいないでしょ！」

そう声を張り上げた田中は、一人ではしゃいでいる。

「元気だね」

「元気ですね」

「体育会系だからな」

ジト目になった里中と真琴と俺が同時に呟き、それを見た兄さんが楽しそうに笑った。

田中がうるさいため、温泉に入ることにした。

兄さんと一緒に風呂に入るなんて何年ぶりだろうか。裸の付き合いって言うし、一緒に風呂に入れば話しづらいことも自然に話せるかもしれない。

そう思ってちょっと期待していたんだけど、兄さんは色々と段取りがあるらしく、一人で入ることになった。少し残念だ。

風呂から上がり、入り口で三人を待っていたが、待てど暮らせど出てこない三人。体を洗ってお湯に浸かるだけなのに、どうしてそんなに時間がかかるのか。

迷うことはないだろうし、先に部屋に戻ることにした。ていうか、風呂に入っている最中もそうだったが、他の宿泊客が俺をジロジロと見ている気がして落ち着かない。俺って自意識過剰なのだろうか。

部屋に戻ると、すでに夕食の支度が整っていた。

「……す、凄いなこれは」

ズラリと並んでいる豪華な料理。山深いからか、ワラビやゼンマイの和え物、コゴミやタケノコの煮物やお浸し、それとコシアブラやタラの芽の天ぷらといった山菜料理が多いが、ステーキやすき焼きといった肉料理もある。それと見るからに新鮮そうで立派な舟盛り。他にも美味しそうな料理がたくさんある。五人で食べきれるかどうか。

まあ、田中がいればなんとかなるか。アイツは恐ろしいほど食いそうだしな。

「蒼維は先に上がったのか？」

聞こえた声に視線を向けると、浴衣を着てホカホカと湯気を上げている兄さんが立っていた。あれ？　風呂に入ったのか？

「兄さんも温泉に入ったんですか？」

「あ、いや、汗を流さずに夕食と言うのもあれだと思ってな。軽くシャワーを浴びたんだよ」

にっこりと笑いながら答える兄さん。軽くシャワーを浴びた割には妙にホカホカしているようだけど。まあいいか。

それはそうと、どうしても兄さんに言いたかったことがあった。それを言ったら、いかに俺を溺愛している兄さんでも怒るかもしれない。だけどどうしても言いたいんだ。

「あ、あの……」

「ん？」

俺の声を聞き、首を傾げる兄さん。

ゴクリと唾を飲みこみ、ギュッと拳を握りしめ、兄さんをまっすぐに見つめた。

「に、兄さんは……父さんに似ていると思います」

父さんと血が繋がっていないことで苦しんできた兄さん。そんな兄さんにとって、父さんと似ていると言う言葉は、きっと何よりもその心を傷つけ、苦しめてしまう。それはわかっている。だけど本当にそう思うんだ。いや、わかったんだ。父さんも兄さんも不器用なところがそっくりだ。

「お前が……」

目を見開いた兄さんは、震える声を上げた。

「誰よりも父さんに叱られてきたお前がそう言うのなら……きっとそうなんだな」

そう言って兄さんは俺を抱きしめた。そして肩を震わせ、声を押し殺して泣いた。

俺にできることは、ただ兄さんを抱き返すことだけだった。

※

しばらくして、三人が部屋に戻ってきた。

三人とも浴衣を着て、これまた三人とも髪を結い上げている。髪が一番長いのは真琴だが、里中と田中もそれなりに長いからな。髪が長いと大変そうだ。

里中はいつも髪を後ろで結っているし、田中も髪を結っている時がある。だが真琴が髪を結っている姿を見たのは初めてだ。そのせいか、髪を結い上げている真琴はとても新鮮に感じた。しかも似合っている。それに風呂上がりのせいで肌が火照っていて、妙に色っぽい。さらに浴衣姿が色っぽさに拍車をかけている。

胸元を押し上げる大きな膨らみと、手前で合わせた衿《えり》から見える白い首筋。浴衣をしっかりと着ているため、肌がほとんど見えないが、どうにもエロくてたまらない。

「気を遣う必要は一切ない！　料理が足りなかったらお兄ちゃんに言ってくれ！　どんな手段を使ってでも用意しよう！　ということで、さっそく宴会を始めようか！」

パンッと手を叩いた兄さんが声を張り上げた。そうして宴会が始まった。

一心不乱に料理を食べまくる田中と、そんな田中を唖然と見つめる真琴と里中。兄さんはと言うと、楽しそうに笑いながらお猪口《ちょこ》を持ち、珍しく酒を飲んでいる。

悩んでいた俺は、意を決すると立ち上がり、兄さんのそばに寄った。

「ん？」

俺が隣に座ったことで、首を傾げて俺を見る兄さん。顔が熱くなるのを感じ、何も言わずに徳利《とっくり》を持った。

「あ、ああ、酒を注いでくれるのか。ありがとう」

俺の行動を見て察してくれた兄さんは、お猪口の酒をグイッと飲み干し、空になったお猪口を俺に差し出した。

「蒼維に酒を注いでもらえるなんて、夢のようだ」

俺が徳利の酒をお猪口に注ぐと、兄さんが呟いた。チラリと兄さんを見ると、切なくて胸が苦しくなってしまうような、そんななんとも言えない笑みを浮かべていた。

「旨い。こんな旨い酒は初めてだ」

そして俺が注いだ酒をグイッと飲み干し、そう呟いた。

スッと徳利を差し出すと、ハッとした兄さんは焦るようにお猪口を差し出した。そのお猪口に酒を注ぐ。

言葉なんていらない。俺が酒を注ぎ、兄さんが飲んでくれる。それだけで、俺と兄さんは多くの言葉を交わしている。今まで素直になれなかった分、それを必死に取り戻している。

「あ、蒼維?」

兄さんが酒を飲み干したのを見てスッと徳利を差し出すと、兄さんの顔が引き攣った。

「お、お兄ちゃんは酒があまり強くないん――」

兄さんの言葉を聞き、ハッとした。そうか、そうだな。無理に飲んでも意味がない。

「も、もらおう！　今日はガンガン飲もう！」

突然声を張り上げた兄さんが、サッとお猪口を差し出した。

「で、でも、酒があまり強くないって——」

「今日は強い！　まだまだ全然大丈夫だ！　さあドンとこい！」

俺の言葉を遮り、ドンッと自分の胸を叩く兄さん。さすが兄さん、酒にも負けないのか。

嬉しくなり、急いで酒を注いだ。それをグイッと飲み干し、空になったお猪口を俺に差し出す兄さん。そのお猪口に急いで酒を注ぐと、兄さんはまたもやグイッと飲み干した。そして——。

「ぐはっ」

倒れてしまった。

「に、兄さあん！」

倒れた兄さんを見て驚き、その肩を揺すった。

「あ、蒼維、お兄ちゃんはもうダメだ。だが……後悔はない！」

そう言って、兄さんはガクッと項垂れた。その顔は幸せそうに微笑んでいた。

急いで兄さんの頭を膝の上に乗せ、ゆでだこのように真っ赤になっている兄さんの顔をパタパタと手であおいだ。無理して飲まなくてもよかったのに。

「あそこラブラブなんだけど。美少女三人を放っておいて、なにやってんだか」

「城島さんの膝枕なんてあたしも経験ないのに……」

「じゃ、邪魔しちゃダメですよ」

ジト目で呟く田中と里中。そしてあわあわしながら二人に声をかける真琴。

兄さんの顔をパタパタと手であおぎつつ、ふんっと顔をそらした。

「あ、プイッってした！　子供か！　ほんと絵に描いたようなツンデレだな城島は！」

声を張り上げた田中の言葉に、真琴と里中がサッと顔をそらした。そして肩を震わせている。

な、なに笑ってんだよテメェらは。ケツ穴犯すぞ。

※

兄さんは酔い潰れて寝てしまったため、残った四人で宴会を続けることになった。

「浴衣って下着つけないんだよね？」

唐突に疑問を口にする田中。俺は男だぞ。しかも旅館に一泊するんだ。それなのに平然と下ネタを振ってくるんじゃねえよ。

「あたしはつけないね。浴衣の下は全裸だよ」

田中の疑問に答える里中。里中は、まあ、うん。

「私はまだ温泉に入りたいし、いちいち脱ぐのが面倒だからつけてないけど、アキラはいつもそうなの？」

「うーん、着物自体滅多に着ないからね。でもまあ、基本つけないよ。〝ある人〟から着物を着る場合は下着をつけるなって散々教えこまれたから」

「ある人？　着付けの先生とか？」

「まあ、うん、先生みたいなものかな？」

田中の問いに答えた里中は、チラリと俺を見てニヤリと笑った。

なんだよ、言いたいことがあるなら――やっぱり言うな。

チラリと真琴を見ると、恥ずかしそうに襟元を右手で押さえている真琴が、耳まで真っ赤にして俯いていた。そんな真琴の姿を見て思わずゴクリと唾を飲みこんだ。

俺に平然と裸体を晒し、マッサージの訓練と称して好き放題に弄ばれ、浣腸までされて、挙句の果てに俺の目の前で排泄までして。そのうえ肛門を犯された。

全部演技だったことはわかっている。俺のそばにいるために、騙されたフリをしていたことはわかっている。だけど真琴は仮面を脱いでしまった。

襟元を晒すのすら恥ずかしがる内気な少女。里中と田中の会話に入っていけない人見知りな少女。仮面を脱いだ真琴の真の姿。それが俺をたまらなく興奮させた。

※

里中と田中の下ネタ満載ガールズトークに疲れた俺は、二人の会話に入れずにしょぼんとしていた真琴を連れ、夜風に当たりに行った。

「素敵な旅館ですね」

照明によって幻想的に照らされた中庭を歩いていたら、隣を歩く真琴が問いかけてきた。

相変わらず耳まで真っ赤にして、右手で衿を押さえている。

「アイツらも薄情だよな。真琴が乗りやすい話題で盛り上がればいいのに」

そう呟くと、真琴がクスッと笑った。

「二人とも気を遣ってくれたんです」

「え？」

「今こうして、蒼維くんと私が二人でお散歩しているのが答えですよ」

二人で散歩しているのが答え？　それって――。

まさかアイツら、ワザと真琴が乗れないような話題で盛り上がり、俺が真琴を連れ出すように仕向けたのか。

「お兄さんと仲良くなれてよかったですね」

「ま、まあな」

真琴の問いかけに視線をそらし、顔が熱くなるのを感じながら指で頬を掻いた。

「私も頑張らないとですね。これ以上達也に、弟に心配をかけないように」

やや俯き加減で呟く真琴。

「ああ、そうだな」

そう答えると、そっと真琴の手を握った。

ただでさえ真っ赤だった真琴は、さらに真っ赤になって俯いた。でも俺の手を強く握り返した。

※

しばらく散歩をして部屋に戻ると、誰もいなくなっていた。

「城島さま、お休みになるお部屋をご用意してあります」

突然背後から声をかけられ、驚いて振り返ると、着物を着た仲居らしき女性が立っていた。

「お二人をご案内するよう、承っております」

そう言って頭を下げた女性は、俺たちを先導するために歩き出した。顔を見合わせた俺たちは、お互いに視線をそらし、でも手をしっかりと握り合って歩き出した。

案内された部屋を見て、思わず愕然としてしまった。真琴も驚いたようだ。呆然としている。

「それでは、ごゆっくり」

畳の上に正座をした仲居らしき女性は、そう言って深々と頭を下げると部屋を後にした。

二人で泊まるには広すぎると言えるその部屋には、布団が二つ並べて敷いてある。一見して少々贅沢な普通の和室だが、普通とは言えないあるモノがあった。

「お、お部屋の中に温泉があります……」

ボソッと呟く真琴。部屋の奥の襖《ふすま》が開いていて、そこから外の景色が見えるんだが、そこに温泉があるのだ。大人が数人足を伸ばして入ってもまだ余裕がありそうな、内風呂と言うには立派すぎる代物だった。そして室内に漂う檜《ひのき》の香り。

「ん？」

温泉に呆気に取られていたが、ふと布団の枕元に大きなバッグが置いてあることに気付き、近寄った。

誰かの忘れ物、ということはないだろう。そう思ってバッグをよく見ると、紙が乗っていた。

――蒼維へ。

二つに折られた紙に書かれた文字。それは間違いなく兄さんの字だった。その紙を手に取り、開いて中を見た。そこに書かれていたのは――。

思わずジト目になり、紙をそっと閉じると、枕元に置かれている大きなバッグを開けた。

バッグの中に入っていたのは、セーラー服やチャイナドレス、それにナース服やレオタードなどなど。その他にも、大型の浣腸器具やアナルバイブ、それにローターや電マまで入っていた。

「……兄さん」

思わず泣きそうになってしまった。手紙にはこう書かれていた。これを使って真琴ちゃんと最高の夜を、と。

お兄ちゃんに任せろって言っていたけど、これのことか。

兄さん、気持ちは嬉しいですけど、本当に余計なお世話ですよ。これまでのことを全部見ていたぞ、と言われているようで、正直死にたくなります。

「ど、どれか……着た方がいいですか?」

俺の隣にしゃがんだ真琴が、そう言って恥ずかしそうにもじもじしながら上目遣いで俺を見た。

「ゆ、浴衣のままでいいよ」

頭を抱えたい衝動を必死にこらえ、そう答えた。

※

敷かれた布団の上に座っている俺と、その俺の隣に正座を崩して座っている真琴。

兄さんのいらぬ気づかいのおかげで、室内に気まずい空気が流れている。

俺は今日、真琴を本当の意味で俺の女にするんだ。俺が求めれば、真琴は必ず応えてくれるだろう。お互いの気持ちはもう十分すぎるほどに理解《わか》り合っているのだから。

だが、だがしかし——。

ドキドキが治まらない。緊張しすぎて窒息死しそうだ。

脳裏に浮かぶ真琴の姿。

初めて目にした時、里中だと思った。

笑えなかった里中と、笑うことしかできなくなっていた真琴。対照的だけど、でも暗く沈んだ瞳の奥に輝くナニカを見た。それが似ていたんだ。

「私は蒼維くんに謝らなければならないことがあります」

俺の手にそっと手を重ねた真琴は、そう静かに呟いた。

「田中さんから聞いたんです。蒼維くんが私を守ってくれたことを。それに、田中さんが私のお友達になってくれたのも、蒼維くんのおかげだということを」

「た、田中は違う。田中がお前の親友になったのは田中の意志だ」

真琴が勘付いていることは知っていた。だが田中は違う。俺は噂を流しただけだ。その噂を聞きつけ、真琴の親友になったのは田中の意志だ。

「守りたい人を守るためなら、平然と自分の手を汚す。誰に頼るでもなく、自分の手で守る。あんな男は滅多にいない、って田中さんが言っていました。だから私に興味を持ったそうです。蒼維くんが惚れこんだ女の子はいったいどんな子なんだろうって」

田中のヤツ、全部知っていたのか。俺が流した噂を聞きつけて真琴に接触したんじゃなかったんだな。

田中、やっぱり俺はお前が苦手だ。

「でも、だけど、ごめんなさい」

そう言って真琴は頭を下げた。

「田中さんに聞く前から知っていたんです」

その真琴の言葉を聞き、思わず頭を掻いた。バレていることは知っていたが、そうか、最初からだったのか。

「もう一つ、謝らなければならないことがあるんです」

その声は怯えているようで、でもとても甘い響きを含んでいた。

「私、蒼維くんが思っているよりも……ずっとエッチです♡」

自分を抱きしめ、震えながら、潤んだ上目遣いで俺を見つめ、その薄桃色に潤う唇から紡がれる甘美な告白。

ゾクゾクとした快感が背筋を駆け上がり、一物がムクムクといきり勃つのを感じた。

「上等だ」

そう言ってニヤリと笑うと右手を真琴の顎の下に添え、グイッと持ち上げた。

顎の下を持ち上げられ、素直に顔を上げる真琴。顔を上げたせいで浴衣の衿が開き、深い谷間が露わとなった。

蕩けた瞳で俺を見つめる真琴。その瞳と、そして薄桃色に潤う可憐な唇が、吸いついて欲しいと無言で訴えかけている。

「俺はエロい女が大好きなんだよ。ただし、俺の前だけに限るがな」

そう言って真琴に顔を寄せる。

「ま、真琴は、蒼維くんと一緒にいる時だけ、淫乱ドマゾなド変態せーしたんくになります♡」

燃えるように真っ赤な顔で卑猥な言葉を口にした真琴は、スッと目を閉じた。

ゾクゾクとした快感を覚えながら、さらに真琴に顔を寄せ、そして真琴の唇を奪った。

唇から伝わってくる、とても柔らかく潤った感触。まるで吸いついてくるようで、それでいて蕩けそうなほどに甘い真琴の唇。

真琴は、生まれて初めて唇を奪った女になった。

もう結婚するしかない。処女を奪うのもそうだが、女の唇は特別だ。どれだけ体を穢されても、女は唇を守る生き物なのだ。その唇を奪ったのだから、もう結婚するしかない。

結婚しよう。そう言うために唇を離そうとしたら、俺の口内にヌラリとしたモノが侵入してきた。

驚きと快感に思わず身を引こうとしたら、グッと伸びをした真琴が強引に唇を押しつけてきた。そしてそれが俺の舌に絡みついてくる。そして俺の首裏に両手を回し、さらに強く唇を押しつけてきた。

「ん♡　んん♡　んんう♡」

舌を限界まで突き出し、その舌を俺の舌に激しく絡め、ジュルジュルと卑猥な音を立てて唾液を吸い出す。そしてゴクリと喉を鳴らす。

激しく絡みついてくる舌と、吸い出した俺の唾液を飲む真琴。完全に我を忘れているその姿が、どれだけ俺を求めていたかを無言で知らしめていた。

俺が思っているよりもずっとエッチな女、か。ならどれだけエロいか見せてもらおうじゃないか。

永遠とも思えるほどに互いの唇を貪り合い、そっと唇を離した。すると、名残惜しむかのように舌を突き出す真琴。その突き出された舌から垂れる淫らな水糸。

燃えるように真っ赤な顔と、蕩けきった瞳。そして熱く荒く甘い吐息。

視線を下げると、細い首筋の下に見える深い谷間。紅潮した肌にはうっすらと汗が滲み、浴衣越しに乳首がビンビンに勃っているのが見えた。

思わず摘まみたくなったが、その衝動をグッとこらえる。

初めての夜だ。真琴のすべてを奪う夜だ。真琴を俺だけのモノにする夜だ。そして俺は男だ。

どれだけ淫らでも、初めてを奪われる真琴は恐怖と不安に駆られていることだろう。ならば安心させてやらなければ。初めてを奪うその前に身を清めさせ、心を落ち着かせると共に覚悟を決めさせる。そうやって真琴の不安と恐怖を取り払ってやらなければ。

「汗を流そう」

そう囁き、そっと真琴を抱きしめた。

「じ、焦らすんですか♡　焦らされて身悶える真琴を見て楽しむんですか♡」

はぁはぁと息を荒らげる真琴が甘い声で問いかけてきた。え？？　焦らす？　あ、いや、別に焦らすつもりはないいんだが。

ま、まあいい。とにかく汗を流して身を清めよう。

唇を重ねただけで腰が抜けてしまったのか、一人で立つことができない真琴。そんな真琴を支えて立ち上がらせると、温泉へと向かった。

部屋の外、広い縁側のような場所に作られた木造《きづくり》の温泉は、隣の部屋から見えないようになっているが、それ以外は完全な露天風呂だ。正面に至っては一切の目隠しがない。

外は深い山であり、人が歩ける場所ではないため、目隠しを必要としないようだ。だが誰に見られる心配もないとはいえ、これでは野外露出と変わりがない。

そんな温泉の周囲はオレンジ色のランプによって幻想的に照らされ、そのせいで外の景色はよりいっそうの闇に包まれている。

見上げれば広大な星空。かけ流しのお湯が奏でる水音が、まるで小川のせせらぎのように心地よく、心に染みこむ。

恐ろしいほどの解放感。

木造の温泉のそばにそっと真琴を座らせると、息を荒らげている真琴の浴衣を脱がせようとした。だが思い留まった。

男なら先に脱ぐべきだろう。そう思い、自分の浴衣を脱いだ。そして真琴の浴衣を脱がそうとして――。

「んあああああっ♡」

突然声を張り上げた真琴は、ガバッと俺に倒れこんできた。そしてそのまま俺の股間に顔を埋めた。

「おち×ぽおっ♡　蒼維くんのおち×ぽぉぉぉおおおおおおっ♡」

狂ったように叫んだ真琴は、いきり勃った俺の一物の竿を握り、亀頭をベロベロと舐め回した。

「くうっ」

唐突に痺れるような快感に襲われ、思わず呻きを上げてしまった。

「お、お願いしますっ♡　これ以上焦らさないでっ♡　ずっと我慢していたんですっ♡　無知なフリをしてしまった自分を呪って、あなたに犯される日をずっと夢に見ていたんですっ♡」

握った竿を扱き、亀頭をベロベロとはしたなく舐め回しながら、必死に懇願する真琴。

「エッチな本をいっぱい買ってお勉強しましたっ♡　私知ってますっ♡　里中さんと違って経験はないけど、お勉強したから色んなことを知ってますっ♡」

そう叫んだ真琴は、口をあんぐりと開けた。そしてジュブッと音を立てて亀頭を咥えこんだ。

エッチな本って、ここ最近妙に淫語を使うと思っていたが、それの影響だったのか。里中が教えこんでいたんじゃなかったんだな。

「んふっ♡　じゅぶっ♡　じゅぼっ♡　んじゅっ♡　じゅぼっ♡」

咥えこんだ亀頭を吸い上げた真琴は、口内の亀頭に舌を絡め、卑猥な音を立てながら頭を振る。

「くうっ」

技術は拙い。当然だ。教えていないのだから。だが真琴は独学で覚えた技術で必死に俺を楽しませようとしている。その想いが快感を倍増させる。

「みるくっ♡　蒼維くんのおち×ぽみるくをビュルビュルしてくださいっ♡　ざーめんたんくの真琴にゴクゴクさせてくださいっ♡」

ジュポンと音を立てて亀頭を吐き出した真琴は、竿をシコシコと扱きながら淫語で懇願してくる。

「み、見てっ♡　見てくださいっ♡　真琴のエッチな乳首はビンビンですっ♡　真琴は蒼維くん専用のざーめんたんくですからっ♡」

そう言って浴衣の衿を左右に開いた真琴は、たゆんと揺れる大きな乳房をさらけ出し、本人が言う通り弾けそうなほどビンビンに勃起した乳首を指で摘まみ、グリグリと抓った。

「あひぃっ♡」

自分で乳首を弄って喘ぎ、涎を垂らして痙攣した真琴は、くひっと笑った。

「ま、真琴の無駄なおっぱいは、蒼維くんのおち×ぽを挟むためにあるんですっ♡」

乳首を摘まんで抓ったまま、そう言って前屈みになった真琴は、俺の一物を乳房で挟み、はぷっと亀頭を咥えこんだ。

ヌメる窮屈な肉の感触が亀頭を包みこみ、柔らかくも張りと弾力のある乳房で竿を挟まれる感触。

「んじゅっ♡　ぐぷっ♡　じゅぽっ♡　じゅじゅっ♡」

頭を振り始めた真琴は、卑猥な音を立てて亀頭をしゃぶり、竿を乳房で扱き、そして自分で乳首を弄る。

すべては俺を楽しませるため。エッチな本を買い漁り、男が喜びそうなことを必死に研究したんだ。いや、それもあるだろうが、それだけじゃない。

「この淫乱め」

ニヤリと笑ってそう呟くと、真琴の尻がビクビクビクッと激しく痙攣した。そして――。

「んっふぅぅうううううううっ♡」

亀頭を咥えたまま全身を硬直させた真琴は、甘い絶叫を上げながらビュルビュルと小便を噴き出した。淫乱、そう俺に言われただけで壮絶な絶頂に達してしまったようだ。

俺は大きな勘違いをしていた。真琴が騙されたフリをしてマッサージの訓練を受けていたのは、俺のそばにいたかったからだけじゃない。

そばにいたかったのも本心だろうけど、コイツは、真琴は最初から俺に調教されたがっていたんだ。

考えてもみればそうだ。俺のそばにいたいというだけで全裸になるか？　浣腸を受け入れるか？　男の前で排泄をするか？

真琴は調教されたい女。そして俺は女を調教するのが大好きな鬼畜。

俺たちは心と体の相性が抜群なんだ。

「真琴、誰がしゃぶっていいと言った。フェラをやめて風呂に入れ」

「あ♡　ああ♡　……は、はい♡」

まだ絶頂から降りることができない様子の真琴は、涎をダラダラと垂らしながら痙攣し、それでもどうにか返事をした。そして震える手で浴衣を脱ぐと、ガクガクと膝を震わせて立ち上がろうとした。だが大きな乳房がブルンブルンと跳ねるだけで、立ち上がることができない。

「淫乱と言われただけでイキすぎて腰を抜かしたのか。しようがないヤツだな」

　ワザとらしく呟いてため息を漏らし、真琴の背後に移動すると、その場にしゃがんだ。そして——。

「特別に手伝ってやる」

　そう言って真琴の尻に右手を伸ばすと、清純な秘裂から際限なくあふれ出している淫液を指に絡め、その指を肛門に宛がった。

「あひいっ♡」

　肛門に触れられ、ビクビクと痙攣しながら喘ぐ真琴は、触れられた肛門を蕾のようにギュッと締め、ビュビュッと小便を噴き出した。

　肛門に軽く触れられただけでイッてしまうとは。真琴も成長したもんだ。

　感傷に浸りつつ、淫液にまみれた二本の指を、ズヌッと肛門に押しこむ。

「くひぃぃいいぃいいいぃいいいっ♡」

　肛門に指を突き挿されて大喜びの真琴は、甘い悲鳴を上げて痙攣し、勢いよく小便を噴き出す。またイッてしまったようだ。なかなかイケなかった頃とは大違いだな。

　それと、二本の指をグッポリと咥えこんでいる肛門も随分と成長した。時間をかけて丁寧に丹念に開発し、拡張した賜物だ。

「ほれ、手伝ってやるから立て」

そう真琴に声をかけ、その尻をグイッと持ち上げる。二本の指を根元まで肛門に突き挿れた状態で、まるでボーリングの玉を持つように大きな尻を持ち上げたのだ。

「あぅううっ♡　あぅうううっ♡」

くぐもった甘い呻きを上げ、ギュモッと強烈に肛門を締めた真琴は、内股になった太ももをブルブルと震わせながら徐々に立ち上がる。

肛門で支えられるという屈辱と恥辱。それが真琴をたまらなく興奮させているらしい。ただでさえ勃起していた乳首がビンッと硬度を増し、秘裂から見えていた充血したクリトリスもまた、ビンッと尖った。そして清純な秘裂からゴボッとあふれ出す淫液。

そんな真琴の姿を見て、すぐにでも肛門に一物をブチこみたい衝動に駆られたが、お楽しみは取っておくべきだ。お互いに限界以上まで興奮しようじゃないか。

※

温泉は部屋よりも一段高いところに作られていて、湯船は掘炬燵《ほりごたつ》のように凹んでいる。そのため、浴槽に足を入れながら寝転ぶことも可能だ。

どうにか一段高い木造の床に乗った真琴は、浴槽には入らずに床の上に座った。一方俺は、きちんと肩までお湯に浸かっている。

床に座っている真琴と肩までお湯に浸かった俺。浴槽は掘炬燵のように凹んでいるため、位置的に真琴を見上げるような状態。つまりすべてが丸見えだ。いや、真琴は俺に見せるためにあえて浴槽に入らなかったのだ。それを証明するかのように、息を荒らげて涎を垂らしている真琴は、ゆっくりと股を開いた。そして――。

「こ、これから、淫乱な真琴はいつもどんなオナニーをしているか、蒼維くんに見ていただきます♡」

自ら公開オナニーを宣言する真琴。部屋の中ならまだわかるが、ここは外から丸見えだ。見ている者が誰もいなくとも、丸見えであることに変わりはない。野外露出の経験がない真琴にとって、それは耐えがたい恥辱のはずだ。だが真琴はその恥辱を楽しんでいる。

「ま、まずは、気分を盛り上げるために乳首を弄ります♡」

そう言って、大きな乳房の頂でビンッと勃起している乳首を指で摘まむ真琴。

「きひぃいいいっ♡」

摘まんだ乳首をギチッと抓り、涎を垂らして嬉しそうにビクビクビクッと痙攣した真琴は、ビュビュッと勢いよく小便を噴き出した。その小便の飛沫が俺の顔にピチャンとかかった。

俺に小便をかけるとは……許す。でもお仕置きはするからな？

「ご、ごめんなさい♡　すでに気分が盛り上がっていたので、乳首だけでイッてしまいました♡」

ぜぇぜぇと息を荒らげ、ビクビクと痙攣している真琴は、イッてしまったことを素直に告白した。

蕩けた瞳で申し訳なさそうに俺を見つめる真琴。だが破裂しそうなほどにビンビンに勃起している乳首を両手の指でクリクリと弄っている。それは反省とは真逆の挑発。その姿を見て思わずゴクリと唾を飲みこんだ。

真琴は厳しいお仕置きを受けたがっているのだ。もうすっかりドマゾの牝豚だ。それなのに――。

真琴の凄いところは、どれだけ乱れても、どれだけ下品な淫語を口にしても、清純で清楚な雰囲気を失わないことだ。

真琴は淫乱だ。無理をしている訳ではないのはわかっている。快楽に溺れるのが大好きな牝なのだ。だが持って生まれた資質とでも言うのだろうか。その一挙手一投足に気品を感じる。

清楚で可憐な雰囲気を失わない淫乱な牝豚。そのアンバランスさが俺をたまらなく興奮させる。

「じゃ、じゃあ次は、クリトリスを弄ってイキそうになります♡」

まだ息が荒いが、真琴は股の間に右手を伸ばした。

「い、弄る前に皮を剝き……もう剝けています♡」

クリトリスの皮を剝こうとした真琴は、破裂しそうなほどに勃起して勝手に皮から顔を出してしまっているクリトリスに気付き、恥ずかしそうに言い直した。

卑猥なことに真面目に取り組むのが実に真琴らしい。

「じゃ、じゃあ、イキそうになるまで弄ります♡」

そう言って勃起したクリトリスを指の腹でクリッと弄った真琴は――。

「ひぐぅぅぅうううううううううううっ」

ビクンッと激しくその身を跳ねさせ、甘い呻きを上げながらギリッと歯を食い縛り、ビクンビクンと痙攣するとギュウッと股を締めた。

ブルンブルンと弾む乳房。

クリトリスに軽く触れただけでイッてしまったようだ。

「はぁっ♡　はぁっ♡　はぁっ♡　……ご、ごめんなさい♡　いつもはこんなに簡単にイカないんですけど♡」

息を荒らげ、ピクンピクンと震えながら申し訳なさそうに謝る真琴。大丈夫だ、予想していたから。

左手を背後についた真琴は、その左手で体を支えると、股を限界まで開いた。そして俺に向かって腰をクイッと突き出す。

M字開脚をしているような体勢で腰を突き出したため、俺の位置から真琴の肛門が丸見えとなった。いや、見せるためにあえて腰を突き出したのだ。

コクンと喉を鳴らす真琴。あまりにも淫らな姿を野外で晒しているのだ。不安と恐怖と緊張と羞恥に襲われていることだろう。だがそれ以上に興奮しているのだろう。

ドロリと秘裂からあふれ出す淫らな粘液が、それを無言で物語っている。

「で、では最後に、大好きなお尻の穴を指でズボズボして……イキます♡」

最後の締めとばかりにそう口にした真琴は、右手を股の間、その下の肛門に向かって伸ばした。

「指でいいのか？」

もうどうしようもなく興奮しすぎた俺は、そう言ってニヤリと笑うと立ち上がった。

目を見開いた真琴は、いきり勃つ俺の一物に釘付けとなり、はっきりと聞こえるほどにゴクリと喉を鳴らした。

「ほ、ほし……です♡」

紅潮した全身から汗を吹き出し、乳首とクリトリスを破裂しそうなほどに勃起させ、まさに洪水のように淫液を垂れ流し、激しく息を荒らげながら小声で呟く真琴。

「聞こえないな？　ちゃんと言わないと、これを突き挿してやらないぞ？」

真琴をイジメたくてたまらず、聞かなくてもわかっているのにあえて意地悪をした。

「ほ、欲しいですっ♡」

そう叫んだ真琴は、右手の指で肛門の横を押さえ、グイッと横に引っ張るとビロッと卑猥に肛門を広げた。

ふふ、いい子だ。よく言った。ならご褒美をあげないと――。

「ま、真琴のっ♡　真琴のお尻おま×こに欲しいですっ♡　真琴の穢れただらしのないお尻おま×こざーめんたんくにおち×ぽをズボッて突き挿して欲しいですっ♡　そしてズボズボと激しく突いて欲しいですっ♡　そしてそして、情けないアヘ顔をさらしてイキまくりたいですっ♡　できれば、この淫乱牝豚ドマゾなざーめんたんく真琴、って言われたいですっ♡」

「お、おう」

必要以上にちゃんと言った真琴にやや気圧された俺だが、俺がこの程度で気後れすると思うなよ。

限界まで開いている股の間に体を割りこませると、右手で一物の竿を掴み、強引に亀頭を下げた。そして亀頭の先端を肛門に宛がうと、左手で真琴の乳房を鷲掴みにした。

「淫乱牝豚ドマゾなザーメンタンクの真琴ちゃんは、俺より先にイッちゃうのか？」

その俺の問いかけに、真琴の顔が引き攣った。こう言えば、真琴は限界までイクのを我慢するだろう。だが顔が引き攣ったのは、たぶんそれほど我慢できないと自覚しているからだ。

イッてもいいんだ。ただ、耐えようとしながらどうしてもイッてしまうお前が見たいんだよ。そう思い、さらに興奮してグイッと腰を突き出した。

「ひぐぅうぅうぅううううっ♡」

ズヌッと肛門に亀頭が突き挿さり、甘い悲鳴を上げた真琴の全身が激しく震えた。竿を握っていた右手を離し、その右手で真琴の乳房を鷲掴みにすると、グイッとさらに腰を突き出した。

「んおぉおぉおおぉおおおおっ♡」

ズルルッと亀頭が穴の内部に侵入し、グググッと背を弓なりにしならせた真琴は、乳房を突き出しながら甘い絶叫を上げた。

両手でしっかりと乳房を掴み、真琴の尻にバチンと腰を叩きつける。

くうっ、よく締まる最高の肉穴だ。柔らかな肉がギュウギュウと締めつけてくるのに、ドロドロの粘液が絡みついてくる。そのせいで、肉が絡みついているような錯覚に陥ってしまう。

穴の感触を楽しみながら、乳房を掴んだまま指で乳首をギチッと摘まんだ。それと同時に一気に腰を引いた。

「あおぉおおぉおおおおおっ♡」

ズロロロロッと亀頭が引き抜かれ、ビクンビクンとその身を跳ねさせた真琴が、ビュビュビュッと勢いよく小便を噴き出しながら獣染みた咆哮を上げた。

「う、うんちっ♡　うんちしてるみたいで気持ちいいよおぉおおおおおっ♡」

擬似的な排泄の快感を与えられ、狂ったように叫ぶ真琴。

「イッたのか？」

「ひぐっ!?」

快楽に呑まれて牝と化していた真琴は、俺のひと言で現実に引き戻された。

「い、イキましたっ♡　でも次は我慢しますっ♡」

イッたことを素直に白状するのは実に真琴らしい。だが我慢すると言うのはどうかな？

左右の乳房を掴み直し、指で乳首をグリグリと捏ねくりながら、ズンッと腰を突き出した。そしてズルルルッと一気に引き抜き、ズンッと突き挿し、またズルルルルッと一気に引き抜く。

「あぁぁあああっ♡　あああぁぁあああああぁぁあああああっ♡」

目を白黒させながら満面の笑みを浮かべた真琴は、狂ったように甘い叫びを上げながらだらしなくダラダラと涎を垂らし、清純な穴からブビュッと淫液を噴き出すと、ビクビクビクッと異常に激しい痙攣を起こした。そしてシュルシュルと音を立てて噴水のように小便を噴き出した。

どうしようもないほどに完璧に完全にイッている真琴。これはもう、耐えるとかそういう次元を超えている。

そんな真琴が大好きだ。

連続で盛大にイキまくる真琴の獣のような咆哮を聞きながら、がむしゃらに腰を振り、真琴の肛門を犯しまくった。

※

風呂から上がると、イキすぎてぐったりしている真琴の体を夕オルで拭いた。

拭いている最中、以前にも増して卑猥になった真琴の肉体《からだ》に興奮してしまい、思わず襲いたくなってしまった。だが必死にこらえた。

これから俺は真琴の処女を奪う。そのために真琴の肛門に三回しか射精しなかったんだ。

三回といえば結構な回数だが、相手が真琴だと全然出し足りない。あと四回はイケる。

湧き上がる性欲を必死にこらえ、真琴を抱き上げると、室内に敷かれた布団へと向かった。

真琴を抱きかかえたまま布団の前に立つと、その布団の上にそっと真琴を寝かせた。そして立ち上がろうとしたら、真琴が震える手で俺の腕を摑んだ。

「ど、どこに行くんですか？　真琴を置いていかないでください」

ポロポロと涙をあふれさせ、悲しそうな顔で懇願する真琴。

「どこにも行かない」

「ほ、本当ですか？」

「ああ、本当だ」

笑って頷くと、真琴はようやくホッとしたのか、俺の腕から手を離した。

どこにも行かないでと言って泣いてしまった真琴を見て、胸が苦しくなった。真琴は目の前にいるのに、とても切なくなった。

ああ、この感覚は知っている。里中にオモチャの指輪を渡した時だ。里中の左手の薬指に指輪を嵌めてやったら、笑えない里中が泣きながら左手を俺に見せた。

ああ、わかる。これは、この感覚は……恋だ。

胸が切り裂かれるような切なさに駆られながら、部屋の灯りを消した。

ここからはプレイじゃない。真琴が喘ぐ姿を見て楽しむ訳でも、真琴の肉体《からだ》を使って快感を貪る訳でもない。俺と真琴が本当の意味で繋がるための神聖な儀式だ。

「真琴、今から俺はお前を抱く」

全裸で仰向けに寝ている真琴の横に膝をつくと、そう言って真琴の頭を撫でた。

「お前の処女を奪う。俺はお前の人生を背負うと決めた」

続けてそう問いかけると、震える手を伸ばして俺の手を掴んだ真琴は、目尻から涙をあふれさせ、にっこりと笑った。

「嫌です」

「え!?」

キッパリと拒絶した真琴に思わず声を上げてしまった。

まさか拒絶されるなんて思いもしなかったせいで、本気で驚いた。

「私は背負われるなんて嫌です。だって背負われることに慣れてしまったら、もし落とされた時、追いかけられないじゃないですか」

「ま、真琴……」

「私は一緒に歩くんです。蒼維さんの隣を歩いてゆくんです。もし蒼維さんが走り出したら、私も走るんです。だから私は、背負われるなんて絶対に嫌です」

「うん、そうか、わかった、わかったよ真琴」

コイツはこういうヤツだ。内気で人見知りなクセに妙に頑固で、ここぞという時は迷わず足を踏み出せるヤツなんだ。そんなお前に、俺はベタ惚れだ。

薄闇のなか、開かれた襖の先にある露天風呂のお湯に月明かりが反射し、ゆらゆらと室内を照らしている。その光が真琴の裸体を白く浮き上がらせていた。

真琴の両肩に両手を添え、身を屈めてそっと顔を寄せる。目を閉じる真琴。その真琴の唇を優しく奪った。

唇を押しつけ、舌を絡め、さらに唇を押しつける。それを何度も何度も繰り返し、ゆっくりと顔を離した。

「真琴、俺、お前に渡したい本があったんだ」

そう真琴に問いかけ、顔を寄せる。そして舌を絡めた。

お前に読んで欲しくて、お前に笑って欲しくて、徹夜でリボンを結んだんだぞ?

「ど、どんな本なんですか？」

顔を離すと、かすかに息を荒らげている真琴が問いかけてきた。

「お前、悲恋ばっかり読んでいただろ？　悲恋は感動するけど、でも悲しいだろ？

だから幸せになる本を読んでもらいたかった」

その俺の答えに、真琴は目尻から涙をあふれさせた。そして――。

「あなたがそばにいてくれるのなら、その本を読みたいです。あなたと一緒に幸せになりたい……」

そう答えた真琴は、頭を持ち上げると唇を押しつけてきた。そして激しく俺を求めてきた。

ああ、そうだな。一緒に幸せになろう。

お互いに唇を強く押しつけ、夢中で舌を絡め合い、ただひたすらに求め合った。

唇を離すと、名残惜しむかのように舌を突き出した真琴は、かすかに息を荒らげ、薄目を開けて俺を見る。

真琴の柔らかく滑らかな頬に口付けをすると、その頬に舌を這わせ、そのままゆっくりと下へ向かって滑らせる。

頬から首筋へ。首筋から鎖骨へ。ゆっくりと舌を這わせてゆく。鎖骨の下の膨らみに到達すると、かすかに甘い吐息を漏らした真琴がピクンと震えた。

弧を描くように、すべてを俺のモノにするために、大きく膨らんだ柔らかな乳房に舌を這わせる。そして到達した頂点をチロチロと舌で愛撫した。

「んあっ♡」

ビクッと震え、甘い喘ぎを上げた真琴は、両手で口元を覆った。

この期に及んで喘ぐのが恥ずかしいのか。本当に真琴は俺を魅了する天才だ。

ムラッと欲望が膨らみ、真琴をイジメたい衝動に駆られたが、必死にこらえた。そしてその卑猥な肉体《からだ》に舌を這わせ、徐々に下へと降りてゆく。

乳房の下を、脇腹を、下腹部を、太ももを。そうやって真琴を俺で埋め尽くし、最後に股の間に顔を埋めた。そして洪水のように淫液があふれ出ている秘裂に、チュッと口付けをした。

「んくぅううっ♡」

それまで必死に喘ぐのをこらえていた真琴が、くぐもった甘い喘ぎを上げて腰をビクンッと跳ねさせた。

そんな真琴の姿に加虐心を煽られまくり、思いっきり言葉で責めてやろうと思ったが、必死に我慢した。

「じゃあ、お前を奪う」

真琴の上に覆いかぶさると、上から真琴を見おろし、そう問いかける。

両手で口元を押さえて涙ぐんでいる真琴は、コクンと頷いた。そのあまりにも加虐心を煽る姿に我を忘れてしまいそうになったが、どうにか耐えた。

俺たちはこれから、いくらでも体を重ねることができる。どんな変態的なプレイでも楽しむことができる。だからこそ、初めてを奪う時だけでも、何よりも心を大切にしたい。俺は今から真琴の心を抱くんだ。

そう自分に言い聞かせ、そっと真琴を抱きしめた。すると両手で口元を押さえていた真琴も、俺の背に両手を回し、ギュッと強く抱きついてきた。

密着する体。真琴のすべてを感じる。まるでお互いの心臓が血管で繋がれているようだ。

唇を重ねた俺たちは、舌を絡めながらお互いを抱きしめ合い、そして――。

真琴の清純な場所に、ゆっくりと杭を打ちこんだ。

ズルリ、と杭が内部へと侵入し、真琴の閉じられた花園を抉《こ》じ開けた。

心に広がる支配感。コイツは俺のモノだという確信。だが、だがしかし――。

グイッと腰を突き出すと、ブツッと何かを突き破った。

ビクッと震えた真琴が顔をしかめる。

「い、痛いか？」

「ちょ、ちょっと」

俺の問いに、微妙そうな顔で答える真琴。

多少痛い様子の真琴だが、真琴の中は大洪水で、そのおかげで異常なまでに潤滑性が増し、初めてを奪っても悲鳴を上げるほどの痛みを感じなかったのかもしれない。

それはいい。それはいいんだが――。

言ってもいいのだろうか。どう考えても言ってはいけないことだ。だがなんだか真琴も同じことを考えているような気がする。

よし、言っちゃおう。

「ま×こって、その、思っていたより楽しくないと言うか……」

「おま×こって、その、あれですね。思っていたより微妙と言いますか……」

お互いに声を掛け合い、お互いにパアッと笑った。やっぱりか、やっぱり真琴も同じことを考えていたのか。

真琴の中は気持ちいい。一物を受け入れる専用の穴だけあって、柔らかくもミッチリとした肉が吸いついてくる。しかもドロドロなのにザラザラしていて、出し入れすれば恐ろしく気持ちがいいことも容易に推測できる。だが足りない。圧倒的に何かが足りないのだ。

「あ、蒼維くん。私……」

亀頭が挿ったただけの状態で、もじもじしながら俺をチラ見する真琴。

「あ、ああ……」

真琴が何を伝えたがっているのか察し、ゆっくりと腰を引いた。すると――。

急いで両足を持ち上げた真琴は、両手で太ももの裏を押さえ、グイッと腰を浮かせた。

でんぐり返しをするように両足を持ち上げている真琴は、太ももを押さえていた両手を尻たぶに添え、グイッと左右に引っ張った。それにより、肛門がグパッと大きく開いた。

「わ、私っ♡　お尻の穴がいいですっ♡」

泣きそうになりながら、グッポリと卑猥に開いたケツ穴を晒し、必死に叫ぶ真琴。そんな真琴の姿を見て鼻血が出そうなほどに興奮した。

これだ、これだよ、これなんだよ。

性器ではなく、排泄を目的として進化した器官。汚物を排泄する穢れた穴。決して人に見せてはいけない恥辱の穴。そう言った肉穴を性器として扱う非道徳な行為。そう言った肉穴で感じてしまう背徳的な興奮。

「やはり肛門だろ！　ケツ穴だろ！　アナルだろ！」

「はいっ♡」

俺の叫びに声を張り上げて返事をする真琴。どうやら俺たちはアナルじゃないとダメなようだ。

勢いよく真琴に襲いかかり、いきり勃った一物を肛門にブチこんだ。

「んああぁあああぁあぁああぁああああっ♡　お尻おま×こがだいすきでごめんなさいぃいいぃいいいぃいいぃいいいいぃいっ♡」

肛門に一物をブチこまれ、甘い絶叫を上げた真琴は、肛門で感じてしまうことを謝りながら、舌を突き出して痙攣した。そしてギュギュウッと肛門を締め、それと同時にビュビュッと小便を噴き出した。

挿れただけで盛大にイッてしまったようだ。

たまらん。やっぱりコイツはたまらん。一物を受け入れる専用の肉穴では満足できず、ケツ穴を犯されて喜ぶ生粋の変態。もはや肛門でしか満足できない肛門専用の牝豚だ。

「あああぁっ♡　うんちぃっ♡　うんちしてるみたいできもちいいよぉぉぉおおおおおおおおっ♡」

ズボズボと肛門を犯され、涎を垂らして喜ぶ真琴。

「蒼維くんっ♡　蒼維くぅんっ♡　真琴は犬のように後ろからお尻おま×こをズボズボ犯されるのが大好きなんですぅぅうぅうぅうぅうぅうっ♡」

まだ犯している最中だというのに、真琴は次の体位を予約してきた。その望み通り、真琴を四つん這いにさせると後ろから一物をブチこんだ。

「んぉぉぉおおおおおおおおおおおおっ♡」

四つん這いになってビクンビクンと痙攣している真琴は、後ろからケツ穴を犯され、狂ったように獣染みた咆哮を上げた。

「ああっ♡　あああああっ♡　恥ずかしいっ♡　後ろからお尻おま×こを犯されるの凄く恥ずかしいっ♡　犬みたいっ♡　真琴犬みたいっ♡　それがたまらなく大好きなのぉぉぉおおおおおおおおっ♡」

犬のように後ろから犯されるという恥辱にまみれた屈辱的な行為が、真琴に絶大な快感を与えているようだ。

俺も好きだ。真琴の大きく形のいい尻を乱暴に摑み、肛門を容赦なく犯すのが好きだ。腰を叩きつけるたびに尻たぶを波立たせ、無駄にデカい乳をブルンブルンと揺らし、獣のように喘ぐ真琴を見るのが大好きだ。

四つん這いの真琴を後ろから犯しまくって射精し、休む間もなく真琴をうんこ座りにさせた。そして――。

「いやあぁあああぁあぁあああああっ♡　本当にうんちしてるみたいで恥ずかしすぎるよぉぉぉおおおおおおおおっ♡」

和式便器にまたがったような体勢で後ろから犯されている真琴は、白目を剝いて舌を突き出しながら両手で膝を抱えている。そんな真琴の乳房を背後から鷲摑みにし、真琴の尻たぶに強烈に腰を叩きつけて穴の最奥を抉り、射精した。

「んおぉおおぉおおぉおおおおっ♡　イクイクイクイクイクぅうううぅうううぅううううっ♡　イックぅうううぅううううぅうううううううっ♡」

これまでにないほどの壮絶な絶頂に到達した真琴。その獣染みた咆哮が響き渡った。

※

気がつくと朝だった。仰向けに寝ている俺と、その俺の上に乗り、肛門に一物を根元まで突き挿したままスヤスヤと寝息を立てている真琴。

たぶん寝たのはついさっきだ。外が白み始めるのを見たような気がするからな。つまり朝方まで真琴を犯していたということだ。

俺は一体何度射精したのか。

「ん♡　んん♡」

ぼーっとしながら考えを巡らせていたら、俺の上に乗っている真琴がかすかに声を上げながらモゾモゾと動いた。

「くっ」

真琴が動いたせいで、俺の一物を根元まで呑みこんでいる肛門の内部がグニュリと蠢いた。

朝ということもあり、いきり勃っていた俺の一物は、刺激されてその気になってしまった。

「寝てるのに悪いな」

そう呟くと、真琴を抱きしめて身動きを封じ、ズゴッと腰を突き上げた。

「ひゃうっ!?」

ビクンッと震えて悲鳴染みた声を上げる真琴。かまわずズゴズゴと腰を突き上げた。

ああ、やっぱり真琴の肛門は絶品だ。柔らかくも締まりがよく、それでいて腸液でドロドロ。まさに一物を扱くために作られたような肉穴だ。吐き出された欲望を際限なく呑みこむための肉穴でもある。

「ひゃあっ!? んにゃあっ!? はぐぅううっ!?」

寝惚けているのだろう。状況を理解できない様子の真琴は、突き上げられるたびに悲鳴染みた声を上げている。が――。

「あはあっ♡ んおぉおおっ♡ 寝ながらうんちしてるみたいでごめんなさいぃいいぃいいいぃいいいいっ♡」

速攻で快楽に呑みこまれた様子の真琴は、謝りながら甘い絶叫を上げ、白目を剝いて舌を突き出すと、ダラダラと涎を垂らしながらイキまくった。

※

朝から散々真琴を犯し、さすがに疲れた俺と、イキすぎてぐったりしている真琴。ぐったりしているのは寝不足なのも原因だろう。

そんな俺たちは、朝食を摂るために大部屋に向かった。

大部屋にはすでに全員がそろっていた。だが雰囲気がおかしい。

里中と田中は耳まで真っ赤にさせて俺たちから視線をそらしている。兄さんも頬を染めて俺たちから視線をそらしていた。そして拳を口元に当てると、コホンと咳払いをした。それを見て理解した。たぶん真琴の声が丸聞こえだったんだ。

真琴も気付いたのだろう。一瞬にして耳まで真っ赤にさせると、サッと俺の背後に隠れてしまった。だが――。

「んくっ♡」

背後から聞こえた甘い声。次いでブビュッと音が響き、ボタボタッと床に白濁とした粘液が落ちた。

朝から出しまくったため、腸内に残っていた精液が噴き出してしまったようだ。

朝食はとても美味しかったが、みんな無言なのがとても気まずかった。

エピローグ

マッサージ訓練は止めてしまった。もう必要ないからな。

真琴は毎朝俺を迎えに来るようになった。下校も一緒で、俺の部屋に寄っていく。

そして二人きりになると、お尻の穴を弄って欲しいと甘えてくる。

常にエロいことをしている訳じゃない。真琴に贈った本を二人で並んで読んだりもしている。もう何度も読んでいるのに読むたびに真琴は泣いてしまって、でも最高の笑顔を見せてくれる。そしてお互いに盛り上がってしまい、激しく求め合ってしまう。

まあ、結局エロに行きつく訳だ。

それはそうと、地元に帰らなかった里中は、今現在、俺の隣の部屋に住んでいる。

兄さんが住んでいた部屋だ。

兄さんは地元に帰ってしまった。俺の故郷を守るため、実家を継ぐことを親父に報告しに行った。すぐに帰ってくると言っていたけど、難しいだろう。兄さんは大学院生だし、親父から任されている会社もある。それに正式に家を継ぐとなれば、色々とやらなければならないこともあるだろうし。

せっかく普通に話せるようになったのに、会えないのは少し寂しい。でも大丈夫だ。だって兄さんが待っていてくれる故郷に、いつだって帰ることができるのだから。

※

洗面所で顔を洗い、そのまま髪を掻き上げた。

鏡に映る妙に楽しそうな男の顔。この地に来たばかりの頃と同じ男だとは思えない。

学校に登校する支度を整えると、タイミングを見計らったかのようにインターホンが鳴った。

急いで玄関に向かい、勢いよく扉を開き、そこに立っていた少女を抱きしめた。

「おはよう、真琴」

「はふう♡」

抱きしめたまま挨拶をすると、デレッとした真琴がへらへらと笑った。

だらしのない顔をしやがって。それがまた可愛いんだが。

「はいはい、朝からイチャイチャラブラブごちそうさまです」

聞こえた声に視線を向けると、ジト目の里中が立っていた。

サッと離れた俺たちは、でもお互いに手を後ろに回して握った。

「城島さんがここまでデレるとはね。総一郎さんと和解してデレやすくなっちゃったのかな？」

ジト目のまま呟いて首を傾げる里中。うるさい、俺はデレてなどいない。

※

マンションを出ると、田中と佐々木が待っていた。

「おっす、アキラ、マコちゃん」

軽く手を上げた田中が、爽やかに笑って真琴と里中に挨拶をした。そしてジト目で俺を見る。

「おはようツンデレ。ああ、最近はデレッぱなしだからツンじゃないか」

「よう馬鹿の親玉。朝からご機嫌だな。ケンカを売ってんのなら買ってやるぞ」

無礼なことを言う田中に負けじと返してやった。

俺の言葉ににっこりと笑った田中は、何も言わずに俺の肩をポンポンと叩き、うんうんと頷く。

なんだよ、なんで可哀想なモノを見るような目で微笑んでいるんだよ。言いたいことがあるなら言えよ。

「姉さん、おはよう」

真琴の前に立った佐々木が、頭を掻いて照れながら挨拶をした。

「おはよう、達也」

どこか気恥ずかしそうに笑った真琴が、俺の手をギュッと握りしめ、佐々木に挨拶を返した。

まだぎこちないが、でも確実に進歩している。

「城島くん、姉さんをよろしくお願いします」

俺を見た佐々木は、そう言って深々と頭を下げた。

「おう」

俺が答えると、顔を上げた佐々木は嬉しそうに笑う。

しかしイケメンだなコイツは。しかも俺より背が高いし体格もいい。

「んじゃあ、まあ、行くか」

やや落ちこみつつ、そう言って歩き出した。

「佐々木くんって彼女とか作らないの？　凄くモテるんでしょ？」

「そうそう、彼女作った方がいいよ？　じゃないとそこのツンデレブラコンみたいに拗らせちゃうぞ？」

俺と真琴の後ろをついてくる佐々木に、里中と田中が話しかけた。

おい田中、ツンデレブラコンって誰のことだ。

「彼女は……どうですかね。でも心に決めた人はいます。だけど……俺には手が届きそうにない高嶺の花です」

ポッと頬を染めた佐々木が、空を見上げて切なそうに呟いた。

お？　佐々木には想い人がいるのか？　我が校でも美少女として有名な里中や田中を前にして高嶺の花だと言いきるなんて。相手は相当な美少女と見た。

「どんな人なの？」

「言えよ佐々木。教えろよ佐々木」

佐々木に絡む里中と田中。タチが悪い。

「そうですね。蒼き月のような人、ですかね。彼女に比べれば、俺なんて湖面に映ったその月に見惚れるだけのスッポンですよ」

ほぅ、と熱い吐息を漏らし、両手で左胸を押さえながら切なそうに語る佐々木。

出たよポエムが。佐々木は遊園地での一件以来、俺の双子の姉ということになっている俺に今でも頻繁にポエムを送ってくるからな。

やっぱり中二病なのかもしれない。

「あ、ああ……蒼い月ね」

「アキラが言ってたアレか。佐々木も不憫な男だ……」

ジト目になって声を上げた里中と、同じくジト目で呟く田中。もしかして二人は佐々木の想い人を知っているのか？　気になるからあとで聞いておくか。

「達也、諦めちゃダメだよ？　お姉ちゃんは諦めなかったよ」

振り返った真琴が頬を染めて笑い、佐々木に声をかけた。

健気で弟想いの真琴。しかも滲み出る清純で清楚な雰囲気。これで二人きりの時は肛門を犯されてアへりまくる牝豚になるんだからな。思い出したら興奮してきた。

「彼女公認だよ。これやるしかないんじゃない？　またやるしかないんじゃない？」

「見たい見たい、私も見たい！」

なぜか盛り上がっている里中と田中。彼女公認ってなんだ？　意味がわからん。

「お兄ちゃんも混ざっていいかい？」

背後から聞こえた声に思わずビクッとしてしまった。

「出た！　いきなり出てきたよ変態ブラコンストーカー！」

「おお！　お兄さんおっすおっす！　またどっか連れてってよー！」

いつの間にか現れた兄さんに、里中と田中が声をかける。

すぐに帰ってくるって言っていたけど、まさかこんなに早く戻ってくるとは。兄さん、もしかして暇なんですか？

「よし！　次は南国に行こう！　日焼けをして頭にハイビスカスをつけた蒼維を見てみたい！」

「日焼けしてハイビスカスって……確かに見てみたいかも」

「それは面白そうだ！　パレオの水着とか着せたらもっと面白い！」

兄さんの言葉に盛り上がる里中と田中。言っておくが、俺は絶対に行かないからな。

でもまあ、兄さんがどうしてもって言うのなら、考えなくもないけど。

「佐々木くんもおいでよ！」

「あ、いえ、俺は夜空に浮かぶ蒼い月を眺めて己の矮小さを思い知り、それでもなお想いを馳せるのに忙しいので」

里中の誘いにポエムで返す佐々木。

「こんがりと日焼けした蒼い月ちゃんに会えるかもよ？」

「え!?　こ、こんがりと日焼けした……行きます！」

ニヤリと笑った田中の囁きに、顔を真っ赤にして右手で口元を押さえた佐々木が大きく頷いた。

田中は佐々木の想い人を呼べるのか？　剣道部の誰かなのだろうか。

そんなことを考えていたら、手を強く握りしめられた。隣を見ると、真琴が横目で俺を見ていた。

目を細めて笑みを浮かべている真琴。それは寒気がするほど妖艶で――。

学校についたらトイレの個室で犯す。

興奮しつつも胸を締めつけられるような切なさがこみ上げる。

真琴はそばにいるのに、こうして手を握り、笑ってくれているのに、真琴は俺だけのモノなのに、それでも真琴が欲しくてたまらない。

こんなにも甘酸っぱくて、それでいて切なく苦しい日々は、きっとずっと続いてゆくのだろう。

それは、俺が真琴に恋をし続けているから。だからきっと永遠に、この甘酸っぱくも切なく苦しい想いから解放されることはない。

だってきっと永遠に、俺は真琴に恋をし続けるのだから。

美少女文庫
FRANCE SHOIN

美少女《びしょうじょ》を上手《じょうず》に○○○《まるまるまる》にする方法《ほうほう》

著者／アナルカン
挿絵／ユキヲ
発行所／株式会社フランス書院
〒102-0072　東京都千代田区飯田橋 3- 3 -1
電話（営業）03-5226-5744
（編集）03-5226-5741
URL http://www.bishojobunko.jp

印刷／誠宏印刷
製本／若林製本工場

ISBN978-4-8296-6372-1 C0193

美少女文庫
FRANCE SHOIN

◆◇◆ 好評発売中！◆◇◆